Voyage autour du monde

EXTRAITS

BOUGAINVILLE

récit de voyage

Édition présentée,
annotée et commentée
par
Frédéric Le Blay
Ancien élève de l'E.N.S. de Paris
Agrégé de Lettres classiques

www.petitsclassiques.com

SOMMAIRE

Avant d'aborder le texte

Voyage autour du monde

Comment lire l'œuvre

Avant d'aborder le texte

Voyage autour du monde

Titre : *Voyage autour du monde, par la frégate du roi* La Boudeuse *et la flûte* L'Étoile, *en 1766, 1767, 1768 et 1769.*

Genre : récit de voyage.

Auteur : Louis-Antoine de Bougainville (1729-1811), militaire, marin et homme de sciences.

Structure : une adresse au roi, un discours préliminaire, sorte d'exposé de la méthode et des principes du voyage, et seize chapitres suivant la chronologie.

Personnages : le récit est narré par l'auteur lui-même. Il emploie alternativement les premières personnes du singulier et du pluriel pour parler des équipages des deux navires et de leurs états-majors composés de :
– pour *La Boudeuse*, MM. de Bougainville, capitaine de vaisseau ; Duclos-Guyot, capitaine de brûlot ; les chevaliers de Bourmand, d'Oraison, du Bouchage, enseignes de vaisseau ; les chevaliers de Suzannet, de Kué, gardes de la marine, faisant fonction d'officiers ; Le Corre, officier marchand ; Saint-Germain, écrivain ; La Veze, aumônier ; La Porte, chirurgien-major ;
– pour *L'Étoile*, MM. Chefnard de La Giraudais, capitaine de brulôt ; Caro, lieutenant des vaisseaux de la Compagnie des Indes ; Donat, Landais, Fontaine et Lavary-le-Roy, officiers marchands ; Michaud, écrivain ; Vivès, chirurgien-major.
Aux équipages s'ajoutent MM. de Commerçon, médecin, Verron, astronome, de Romainville, ingénieur, le prince de Nassau, riche amateur de botanique, et quatre musiciens embarqués pour divertir les membres de l'expédition.
L'ensemble des indigènes et sauvages rencontrés, ainsi que les colons et officiels européens, sont les personnages secondaires de ce récit et en constituent la trame de fond. On peut distin-

guer parmi eux Aotourou, noble tahitien embarqué sur *La Boudeuse* à Tahiti pouvant figurer parmi les compagnons de Bougainville.

Sujet : le voyage réel de Bougainville effectué autour du monde depuis les côtes de France.

Publication : publié une première fois à Paris chez les libraires Saillant et Nyon en 1771 et une seconde fois en 1772.

Canot à voile des Tahitiens.
Gravure de Croisey pour l'édition originale du Voyage autour du monde, *1771.*

LOUIS-ANTOINE DE BOUGAINVILLE

(1729-1811)

La jeunesse et la formation

1729-1753

Naissance à Paris, le 12 novembre 1729, de Louis-Antoine de Bougainville, fils d'un notaire du Châtelet devenu conseiller du roi. Son oncle, administrateur général des Postes, est un grand ami de la marquise de Pompadour et du savant et encyclopédiste d'Alembert.

Suivant d'abord les traces de son père, Bougainville devient avocat au Parlement. Néanmoins, il se sent l'âme d'un militaire et rêve de gloire et d'aventure.

Passionné par les sciences, un intérêt qu'il entretiendra au plus haut point tout au long de sa vie, il suit des études de mathématiques supérieures auprès de d'Alembert, et publiera peu après un *Traité du Calcul intégral pour servir de suite à l'analyse des infiniment petits de M. le Marquis de L'Hôpital* (2 vol., Guérin et Delatour, 1754 et 1756).

La carrière militaire et les premiers succès à la Cour

1753-1758

Bougainville entre dans la carrière militaire comme officier des mousquetaires et devient membre de l'état-major de Chevert.

En 1755, toujours en tant que militaire, il devient secrétaire d'ambassade à Londres.

Il suit en 1756 le marquis de Montcalm au Canada, en qualité d'aide de camp. Au cours de la longue traversée de l'Atlantique, le capitaine La Rigaudière, sur la frégate *La Licorne*, lui enseigne les éléments de la navigation et du commandement en mer.

Bougainville prend une part glorieuse à la défense du Canada dès son arrivée.

En 1758, il est envoyé auprès de la Cour pour rendre compte de la situation et reçoit un accueil triomphal, suite à la victoire remportée à la bataille de Fort Carillon, où il a été blessé. Madame de Pompadour, sa protectrice déclarée depuis son départ pour le Canada, l'introduit au sein des nombreuses réceptions de la Cour. Le roi Louis XV lui accorde la croix de chevalier de Saint-Louis et une promotion au grade de colonel. Il a alors vingt-neuf ans ; cette double faveur provoque quelques remous et à ceux qui lui en parlent, le souverain aurait répondu : « *Je l'ai fait exprès.* »

À l'occasion de son retour vers le Canada, sur la *Chézine*, il se fait une fois encore enseigner la théorie maritime par son capitaine, Nicolas Duclos-Guyot.

1759-1763

Le 13 septembre 1759, Bougainville assiste à la mort de son chef, tué au cours de la bataille des plaines d'Abraham. Il doit alors traiter les conditions de reddition de Québec et diriger les opérations d'évacuation du corps expéditionnaire français. Il est fait prisonnier et libéré sur l'intervention du duc de Choiseul, alors secrétaire d'État aux Affaires étrangères.

Après la défaite de Montréal et la mort de Montcalm, la seconde visite de Bougainville, en 1762, n'est plus si agréable. Cette année-là, la marquise de Pompadour « *n'est plus aux affaires* ». Mais, devenu secrétaire d'État à la Guerre et à la Marine, Choiseul obtient pour lui la liberté d'aller guerroyer là où il le veut. Bougainville fait campagne en Allemagne jusqu'en 1763.

L'explorateur, le marin et l'homme de sciences

1763-1772

Voulant à tout prix utiliser ses qualités de combattant et d'homme de sciences, Bougainville demande à M. de Choiseul à créer une colonie française dans les mers australes. Il voit germer dans son esprit une idée généreuse, celle d'associer la gloire et la science à la bonté. Il veut installer les familles du Canada réfugiées en France dans un pays nouveau habitable et bien à eux. Il pense ainsi aux îles Falkland, découvertes par les Anglais mais encore inoccupées. Des pêcheurs français, bretons, y ont séjourné et les ont appelées les îles Malouines. Le roi est mis au courant de ce projet et donne son accord ; Bougainville peut y fonder un établissement, mais à ses frais. Le ministre lui octroie une commission de capitaine de vaisseau pour la durée de la campagne, en échange de son grade de colonel. Le Grand Corps des officiers de la Marine royale s'agite à la nouvelle de cette intrusion.

Bougainville arme à ses frais deux bâtiments : la frégate *L'Aigle* de vingt canons et de cent hommes, et la corvette *Le Sphinx* de huit canons et de quarante hommes. Il appareille de Saint-Malo le 8 septembre. Les deux navires sont commandés respectivement par Duclos-Guyot, qu'il a connu et apprécié au Canada, et un de ses amis, La Giraudais. Un bénédictin, Dom Pernetty, qui fait fonction d'aumônier de la flottille, sera le « conteur » de l'expédition, dont il écrira l'histoire. Prudent, Bougainville effectue son premier voyage avec seulement une dizaine d'Acadiens, qui devront préparer le terrain pour y recevoir les autres familles d'émigrés.

Le 3 février 1764, la flottille arrive dans l'archipel et Bougainville en prend possession au nom du roi le 5 avril. Les Acadiens s'installent et, avec eux, le nouveau gouverneur, M. de Nerville, cousin de Bougainville, confirmé dans ses fonctions dès que ce dernier a rendu compte de sa mission auprès de la Cour. D'autres Acadiens, agriculteurs, artisans et commerçants, arrivent à la colonie avec femmes et enfants. La nouvelle possession française paraît alors en plein essor. Mais une alliance avec l'Espagne oblige la France à rétrocéder l'archipel à son nouvel allié.

C'est le malheureux Bougainville qui, en 1766, est chargé de cette douloureuse mission. Il est toutefois un peu consolé, car le roi le charge « *de reconnaître les terres australes et de prendre possession de celles qui pourraient contribuer à l'avancement de la navigation et du commerce et par cela même au bien de la Nation* », une fois réglée l'opération des Malouines. Le ministre confie alors au capitaine de vaisseau Bougainville deux navires, la frégate *La Boudeuse* et la flûte *L'Étoile*.

La Boudeuse appareille de Brest le 5 décembre 1766. Son périple et sa mission accomplis, la petite flottille entrera dans le port de Saint-Malo, deux ans et quatre mois plus tard, le 16 mars 1769. Elle rapporte une abondante moisson de documents, à laquelle s'ajoute la possession de territoires où flotte dorénavant le pavillon français. Néanmoins, les milieux maritimes font à Bougainville un accueil réservé. Il se consacre donc à la rédaction de son *Voyage autour du monde par la frégate du roi* La Boudeuse *et la flûte* L'Étoile, qui connaîtra une première édition, en 1771.

À la suite de la seconde édition, Bougainville est élu à l'Académie de marine, et entrera officiellement, en 1772, dans la marine militaire.

La Boudeuse *et un canot de l'archipel des Navigateurs (Samoa). Gravure de Croisey pour l'édition originale du* Voyage autour du monde, *1771.*

1778-1792

En 1778 débute la guerre d'Indépendance américaine. Malgré « *les criailleries* » du Grand Corps, Bougainville se voit confier successivement plusieurs commandements, dont celui du *Guerrier*. Avec ce vaisseau et au sein de l'escadre placée sous les ordres du comte d'Estaing, il part en guerre contre l'Angleterre pour soutenir les Américains. *Le Guerrier* joue brillamment son rôle à New Port, Boston, Sainte-Lucie et la Grenade et rentre à Rochefort le 9 décembre 1778. Bougainville y trouve sa promotion au grade de chef d'escadre le 10 janvier 1780. Mais il n'est pas satisfait, car il prend rang après le marquis de Vaudreuil, plus jeune que lui. Il écrit à Louis XVI, demandant à reprendre son grade dans l'armée. Nommé général par le roi, il obtient aussitôt un congé pour se marier, à cinquante et un ans.

Puis il rentre dans la marine et prend à nouveau part à la guerre. Chef d'escadre, il remporte plusieurs victoires jusqu'à l'importante défaite des Saintes le 12 avril 1782. Félicité pour sa bravoure, il est également « *admonesté* » par le Conseil de guerre, qui le charge de responsabilité dans la défaite.

En 1785, il participe à la préparation du voyage de La Pérouse. Il vit désormais plus une existence d'homme de science que celle d'un homme de guerre. À l'orée de la Révolution, le 18 novembre 1790, il est nommé au commandement de la flotte à Brest. Le désordre dans les ports commence à s'amplifier ; le roi, qui voudrait voir un chef compréhensif et énergique à la tête de la Marine, offre le poste de ministre à Bougainville ; malgré l'insistance de Louis XVI, il refuse et déclinera également, le 1er janvier 1792, l'honneur d'être promu au grade de vice-amiral.

Les 20 juin et 10 août, Bougainville tente de protéger la famille royale ; il est alors incarcéré, puis libéré en septembre 1794 à la suite du 9 thermidor.

1792-1811

Bougainville consacrera la dernière partie de sa vie à ses travaux scientifiques, renouant en quelque sorte avec les études de sa jeunesse. Les honneurs se succèdent alors.

Le 25 juin 1795, la Convention le nomme membre du Bureau des longitudes. Le 16 décembre, il devient membre de l'Institut de France ; puis, en 1798, membre de la commission chargée de préparer la campagne de Bonaparte en Égypte.

Le 25 décembre 1799, Bougainville est nommé sénateur, puis il sera promu grand-officier de la Légion d'honneur le 21 mai 1804, pour devenir enfin comte de l'Empire le 1er mai 1808.

Le 20 août 1811, il meurt à l'âge de quatre-vingt-deux ans. Sa dépouille est inhumée au Panthéon le 3 septembre.

Parmi ses quatre enfants, il laisse un fils, Hyacinthe, baron de Bougainville, qui lui aussi sera marin et effectuera un voyage autour du monde, dont la relation paraîtra en 1837 sous le titre *Journal de la navigation autour du globe de la frégate* Thétis *et de la corvette* L'Espérance *pendant les années 1824 à 1826.*

CONTEXTES

L'Europe à la conquête du monde

De nouveaux espaces

Depuis le XVIe siècle, les grands voyages ne cessent de se multiplier. Grâce aux découvertes réalisées, l'Europe conquiert alors un espace qui s'étend largement au-delà de ses frontières. Ces conquêtes, dont la finalité est avant tout commerciale, vont devenir en deux siècles un enjeu politique fondamental, chaque nation essayant de bâtir un empire colonial. Les premiers venus furent l'Espagne et le Portugal et pendant longtemps, il n'y a que deux empires, ceux de ces deux royaumes de l'Europe méditerranéenne. Étant à l'origine de la découverte du Nouveau Monde et à l'initiative du premier tour du monde, les royaumes de la péninsule ibérique s'installent durablement sur le continent américain. Ce sont ces provinces colonisées que Bougainville visitera d'abord lors de son tour du monde. Il y rencontrera un mélange de cultures et de populations résultant d'une cohabitation déjà ancienne.
Les autres nations d'Europe tardent à suivre la voie ainsi tracée, mais se livrent ensuite une farouche compétition. L'expansion hollandaise prend son élan à l'extrême fin du XVIe siècle. Les efforts de l'Angleterre et de la France ne deviennent cohérents qu'au XVIIe. Entre 1670 et 1680, les Hollandais occupent d'une manière permanente six comptoirs sur la côte de Malabar et de Coromandel. Colombo et Jaffna enserrent les rives occidentales et méridionales de Ceylan ; l'île Maurice est occupée depuis 1638. Malacca contrôle le passage vers les mers de Chine et les épices, Formose, dont les côtes sont en partie contrôlées, contrebalançant l'influence de Macao portugais. Un dixième de Java est étroitement surveillé, le contrôle effectif des Moluques assure la liaison annuelle ; l'entrouverture du Japon à Nagasaki est à l'actif d'une filiale de la Compagnie hollandaise des Indes orientales, dont la puissance n'a cessé de s'accroître depuis 1602. L'extrémité sud du conti-

nent africain et le cap de Bonne-Espérance sont également sous contrôle hollandais. La Compagnie hollandaise des Indes orientales assure ainsi l'essentiel des communications maritimes directes de l'Europe avec l'Asie et l'Insulinde. C'est cette lourde administration commerciale que Bougainville aura l'occasion de décrire avec précision dans la dernière partie de son récit. Cependant la France s'est installée à la Réunion (1639), pour échouer finalement sur la côte sud de Madagascar à Fort-Dauphin. Aux Indes, où elle subit la concurrence de l'Angleterre, Chandernagor est occupée en 1673, Pondichéry en 1688.

Des espaces convoités

Le siège de Bougainville sera de ce fait le théâtre de conflits commerciaux et militaires entre les deux principales puissances du moment, la France et l'Angleterre, chacune cherchant à s'assurer le contrôle des routes commerciales et des côtes qui ne sont pas encore tombées sous la domination européenne. À partir de 1740, la rivalité des compagnies française et anglaise prend, aux Indes, un tour dramatique : après de nombreux renversements de fortune, la guerre déclarée qui oppose les deux nations tourne au profit des Anglais, qui s'emparent de l'essentiel des possessions françaises.

Mais un nouveau continent attise désormais les convoitises : le XVIIIe siècle sera en effet celui de l'Amérique du Nord, où, dès 1750, la population blanche dépasse la population créole des deux vieux empires ibériques sur l'ensemble du continent américain. Ces Européens nouvellement arrivés sont surtout français, ainsi les Acadiens du Canada, et anglais, ainsi les colons de la Nouvelle-Angleterre. Si la domination anglaise sur la côte est de ce qui va devenir les États-Unis est plus ou moins acquise, la situation est plus complexe encore au Canada. Dans cette région du monde, la concurrence prend là aussi un tour dramatique, entraînant une guerre sanglante dans laquelle Bougainville est un acteur de premier ordre. Comme en Inde, la France sera pour finir dépouillée de ses possessions par sa grande rivale.

C'est sur ce fond de défaite qu'il convient d'envisager l'entreprise de Bougainville. La France vient de perdre un empire colonial et il lui faut se reprendre pour assurer sa prospérité et faire oublier sa fierté bafouée. De ce point de vue, le voyage de Bougainville et surtout son récit peuvent apparaître comme une œuvre de propagande destinée à redorer le blason de la maison de France et à raviver les sentiments nationaux. Dans son *Voyage autour du monde*, on compte bon nombre de passages où l'auteur insiste sur la valeur de son équipage et la dignité du peuple français, et d'autres comportant des allusions et des attaques dirigées contre les Anglais. Philosophe, Bougainville est aussi un militaire dans l'âme qui ne se départit pas d'une certaine animosité. Les décennies qui suivront verront la guerre d'Indépendance américaine et, de toute évidence, l'engagement de la France aux côtés des Américains s'insurgeant contre l'oppression anglaise sera une revanche. Mais avant ces événements, auxquels l'auteur prendra également part, il y a un voyage autour du monde, le premier entrepris par des navires de la Marine royale, et destiné à reconnaître un océan encore mystérieux et sur lequel on fonde de grands espoirs, le Pacifique.

Un nouveau monde à découvrir

L'expédition de Bougainville repose sur de nombreux enjeux (voir la « Genèse », pp. 33-35) ; l'un d'eux, et pas des moindres, consiste à découvrir et à reconnaître, du moins en partie, le continent austral qui doit logiquement se situer au Sud de l'Asie, pour assurer l'équilibre du globe, puisque aussi bien l'Europe est contrebalancée par l'Afrique, et l'Amérique du Nord par celle du Sud. Il ne s'agit là bien sûr que d'une théorie soutenue par des Brosses dans son *Histoire des navigations aux terres australes*, qui fait autorité dans toute l'Europe.

L'expansion des empires européens ne doit pas faire oublier que, deux siècles après les grandes découvertes de la Renaissance, la géographie des mers connues n'a guère varié. Les navires de l'Europe ne sont jamais sortis de quelques larges couloirs de navigation, couvrant au maximum soixante à soixante-dix millions de km². La maîtrise de la mer ne devient effective au profit de l'Angleterre que tardivement et progressivement, de 1792 à 1814. Les empires issus de l'Europe des Lumières, au début du XVIIIe siècle, restent sur mer des entités fuyantes qui masquent une puissance médiocre derrière de fausses rigueurs juridiques. C'est donc la seconde moitié du XVIIIe siècle qui verra les progrès certains et le développement formidable de la navigation. Selon l'historien Pierre Chaunu, on peut évaluer à quatre-vingts millions de km² la surface des océans sillonnée vers 1740-1750 par cent quatre-vingts à deux cents navires en

Danse des îles des Amis, en Polynésie (détail).
*Gravure de Piron pour l'*Atlas du Voyage à la recherche de La Pérouse*, 1792.*

moyenne, chaque jour. Entre 1750 et 1790, la surface des océans s'est accrue de plus d'une moitié, 120 à 130 millions de km^2 au moins, et le nombre des navires, en présence journalière, a décuplé. Cette mutation fondamentale de l'espace repose sur des bases technologiques : la révolution du point sûr et facile. Elle est liée à l'existence d'un chronomètre assez précis pour conserver, pendant des mois de navigation, une heure de référence. Cet instrument, mis au point par Harrison puis Le Roy et Berthoud entre 1767 et 1772, est le résultat de recherches entreprises au cours du XVIIIe siècle pour le progrès de la navigation. Faute de chronomètre, les marins, incapables de déterminer leur position exacte, naviguaient à l'estime. Les cartes dont ils disposaient comportaient encore de fréquentes erreurs, Bougainville ne manque pas de le signaler à de nombreuses reprises. Après des essais infructueux, Harrison met au point l'instrument qu'utiliseront Cook et Wallis. La méthode des distances lunaires et des conjonctions d'étoiles qui permettait à des astronomes habiles un calcul de longitude à terre n'était pas utilisable en exploration rapide, *a fortiori* en navigation courante. Dès 1775-1780 apparaissent des chronomètres de précision à un prix non totalement prohibitif : les îles cessent de flotter dans l'océan des cartes. L'exploration du Pacifique est contemporaine du chronomètre. Bougainville, Cook, La Pérouse, Malaspina, Vancouver scandent la mutation de l'espace océanique dans la seconde moitié du XVIIIe siècle. On suivra à travers Diderot l'impact de cette nouvelle dilatation planétaire. La circumnavigation de Bougainville est bouclée en deux fois moins de temps qu'au début du XVIe siècle, celle de Magellan et de Juan Sebastian Elcano, le premier marin à avoir fait le tour du monde. Ce gain du simple au double mesure le progrès modeste mais sûr des techniques de la mer.

L'esprit des Lumières

Les sciences et la littérature

Ce développement des sciences et des techniques liées à la navigation n'est qu'un aspect de l'esprit scientifique des Lumières. Depuis le début du siècle, la science a détrôné la métaphysique. La philosophie positive des Lumières demande en effet aux sciences des faits contrôlés, leur emprunte méthode et raisonnement. À leur exemple, elle renonce à découvrir le *pourquoi* des choses et se contente du *comment*. Cette science, qui se fonde sur l'expérience et l'observation, exerce une influence considérable sur la littérature. Habile vulgarisateur, un écrivain comme Fontenelle a beaucoup contribué à inspirer un tel engouement. Il n'est pas d'homme de lettres qui ne fasse montre de ses connaissances scientifiques, il n'est pas de femme du monde cultivée qui ne s'entoure d'instruments de physique. Moins abstraites que les mathématiques, les sciences de la nature sont surtout en faveur ; Montesquieu procède ainsi à des expériences de biologie : la fameuse théorie des climats exposée dans *L'Esprit des lois* en est l'illustration. Et Voltaire, lui, présente en vers le système de Newton. Débats d'idées, systèmes, thèses en tout genre envahissent les genres littéraires. Bien qu'il soit un représentant de cet esprit des Lumières et de cette passion pour les idées, Bougainville ne manque pas dans son *Voyage autour du monde* de s'élever contre cette domination de l'esprit de système qui ruine parfois la science parce qu'elle empêche de considérer les faits et la réalité. Les philosophes font porter leur réflexion sur tous les champs de la connaissance ; rejetant les solutions théologiques et l'autorité des traditions, ils se livrent à une révision critique des notions fondamentales concernant le destin de l'homme et l'organisation de la société. Caractérisé par une entière confiance dans la raison humaine, et par une foi optimiste dans le progrès, l'esprit philosophique se présente comme un nouvel humanisme, et trouve son expression la plus complète dans l'*Encyclopédie*, grande œuvre collective destinée à diffuser les « lumières », à combattre l'intolérance et le despotisme, pour contribuer ainsi au bonheur de l'humanité.

Le regard porté sur soi et sur l'autre

Cet effort pour comprendre la société et son fonctionnement repose sur une observation méticuleuse de l'humanité. En même temps que les progrès de la science permettent de mieux connaître les mécanismes de la vie, que le développement de la zoologie et l'engouement pour la botanique élargissent la connaissance des règnes animal et végétal, l'homme des Lumières fait porter son regard sur lui-même, dans une réflexion nouvelle sur les sociétés et la notion même de civilisation. Initiée sans doute par Montesquieu avec *L'Esprit des lois*, cette réflexion concerne l'ensemble des philosophes. Rousseau expose dans son *Discours sur l'origine et les fondements de l'inégalité* une conception pessimiste de la civilisation associée à une version idéale de l'homme à l'état de nature. Les termes du débat sont repris par Diderot dans le *Supplément au voyage de Bougainville*. Ce débat passe nécessairement par une comparaison de soi avec l'autre par excellence, c'est-à-dire le sauvage, l'homme du Nouveau Monde. On s'applique donc à une étude systématique des peuples indigènes aux régions du monde récemment découvertes. Si les voyageurs et humanistes du XVIe siècle avaient déjà manifesté cet intérêt pour l'autre, l'esprit de l'*Encyclopédie* lui fait prendre une tournure plus systématique et plus scientifique. On ne parlera pas encore d'ethnologie, mais ses principes en sont d'ores et déjà posés.

La mode du voyage

L'esprit d'examen trouve son expression dans les récits de voyage, dont la multiplication accompagne naturellement celle des expéditions et déplacements lointains. Dès la fin du XVIIe siècle, les récits de voyage sont à la mode. Tavernier transporte ses lecteurs en Turquie, en Perse, aux

Indes ; Bernier et Le Comte visitent la Chine, Chardin la Perse et les Indes ; à son retour d'Amérique, le baron de Lahontan publie ses *Voyages*, ses *Mémoires* et ses *Dialogues* (1703). Tout au long du XVIIIe siècle paraîtront les *Lettres édifiantes et curieuses* des jésuites missionnaires en Extrême-Orient. De ces peintures de civilisations étrangères, les lecteurs avertis concluaient à la relativité universelle : loin d'être universels et seuls raisonnables, les usages occidentaux n'étaient plus que des coutumes particulières. La comparaison tourne souvent à la satire des mœurs françaises : la relation de voyages imaginaires dans les « Terres Australes » devient même un moyen commode de critiquer l'état politique, social et religieux du vieux continent.

Cette curiosité s'étend également aux arts plastiques et à la musique. Boucher, peintre en vogue, exécute ainsi quelques toiles à sujet oriental. De nombreux artistes puisent leur inspiration dans les descriptions ou les croquis transmis par les voyageurs et les marins. Lors de son deuxième voyage, l'Anglais Cook se fait accompagner du peintre William Hodges, qui rapportera de Tahiti des toiles destinées à raviver la nostalgie de l'âge d'or. Enfin, avec son opéra *Les Indes galantes*, Rameau renouvelle le thème de l'amour en lui offrant un cadre exotique.

Vie	Œuvres
1729 Le 12 novembre, naissance à Paris de Louis-Antoine de Bougainville.	
1751 Bougainville devient élève de Clairaut et de d'Alembert.	
1753 Bougainville est officier des mousquetaires.	

TABLEAU CHRONOLOGIQUE

Événements culturels et artistiques	Événements historiques et politiques
1729 Découverte de la transmission de l'électricité par Gray.	1729 Fondation des colonies anglaises des Carolines.
1730 Début de l'emploi du sextant pour la navigation.	
	1731 Dupleix est nommé gouverneur du comptoir indien de Chandernagor.
1732 Maupertuis, *Discours sur la figure des astres*.	1732 Fondation de la colonie anglaise de Géorgie.
1733 Réaumur, *Histoire des insectes*. Voltaire, *Lettres philosophiques*.	
1735-1736 Mesure du méridien. Rameau, *Les Indes galantes*.	1736-1744 Expédition de La Condamine au Pérou.
1737 Classification des végétaux par Linné.	
1743 D'Alembert, *Traité de dynamique*.	1744 Louis XV déclare la guerre à l'Angleterre et à l'Autriche.
1746 Diderot, *Pensées philosophiques*.	
1748 Montesquieu, *L'Esprit des lois*.	
1749 Buffon, *La Théorie de la Terre*, *Histoire naturelle de l'homme*. Diderot, *Lettre sur les aveugles*.	1749 Première fonte de l'acier en Angleterre.
1751 Deux premiers volumes de l'*Encyclopédie*.	1751 Accord provisoire franco-anglais sur l'Acadie.
1752 Première condamnation de l'*Encyclopédie* par l'Église.	1752 Lutte d'influence franco-anglaise en Inde.
1753 Troisième volume de l'*Encyclopédie*.	1753 Hostilités entre Canadiens et Anglo-Américains.

TABLEAU CHRONOLOGIQUE

Vie	Œuvres
	1754 *Traité du Calcul intégral pour servir de suite à l'analyse des infiniment petits de M. le Marquis de L'Hôpital.*
1755 Secrétaire d'ambassade à Londres.	
1756 Départ pour le Canada, en qualité d'aide de camp de Montcalm.	
1758 Retour à Paris et mission auprès du roi.	
1759 13 septembre, défaite des plaines d'Abraham et mort de Montcalm. Bougainville est fait prisonnier.	
1762 Après sa libération, il retourne auprès de la Cour, puis il part faire la guerre en Allemagne.	
1763 Le 8 septembre, départ de l'expédition des Malouines.	
1764 Le 5 avril, prise de possession des îles Malouines et fondation de la colonie française.	
1766 Le 5 décembre, départ de Saint-Malo du voyage autour du monde.	
1767 Le 1er avril, prise de possession des Malouines par les Espagnols.	
1769 Le 16 mars, arrivée à Saint-Malo de l'expédition.	1771 Première édition du *Voyage autour du monde*.

ÉVÉNEMENTS CULTURELS ET ARTISTIQUES	ÉVÉNEMENTS HISTORIQUES ET POLITIQUES
1754 Rousseau, *Discours sur l'origine et les fondements de l'inégalité.*	1754 Dupleix quitte l'Inde. Recul de l'influence française.
	1755 Occupation anglaise de l'Acadie et déportation des Acadiens.
1756 Voltaire, *Essai sur les mœurs.*	1756 Début de la guerre de Sept Ans.
1758 Diderot, *Lettre à d'Alembert.*	1758 Le duc de Choiseul aux Affaires étrangères.
1759 Deuxième condamnation de l'*Encyclopédie* par l'Église. Voltaire, *Candide.*	1759 Mort de Montcalm et Charte de Québec.
	1760 Perte du Canada par les Français.
1761 Rousseau, *La Nouvelle Héloïse.*	1761 Choiseul secrétaire d'État à la Guerre et à la Marine.
1762 Rousseau, *Le Contrat social, Émile.* Diderot, *Le Neveu de Rameau.*	
1763 Voltaire, *Traité sur la tolérance.*	1763 Fin de la guerre de Sept Ans ; liquidation du premier empire colonial français.
1764 Voltaire, *Dictionnaire philosophique.*	1764 Mort de Madame de Pompadour, protectrice des philosophes.
	1765 Début de l'agitation dans les colonies anglaises d'Amérique.
1767 D'Holbach, *Le Christianisme dévoilé.*	1767 Jésuites expulsés d'Espagne, de France et de toute l'Amérique espagnole.
1771 Monge invente la géométrie analytique. Lavoisier analyse la composition de l'air.	1771-1773 Kerguélen dans les mers du Sud.

Vie	Œuvres
1772 Bougainville est élu à l'Académie de marine.	1772 Seconde édition du *Voyage autour du monde*.
1775 Entrée officielle dans la marine militaire.	
1778 Il prend le commandement d'un vaisseau pour participer à la guerre d'Indépendance américaine. 1780 De retour en France, Bougainville refuse une promotion et retrouve l'armée. Il se marie. 1782 Le 12 avril, défaite des Saintes.	

ÉVÉNEMENTS CULTURELS ET ARTISTIQUES	ÉVÉNEMENTS HISTORIQUES ET POLITIQUES
1772 Achèvement de la publication de l'*Encyclopédie*. Diderot, *Supplément au voyage de Bougainville*.	**1772-1775** Deuxième voyage de Cook dans le Pacifique. **1773** Début du soulèvement des treize colonies anglaises en Amérique.
1774 Études sur l'oxygène de Priestley. Grand télescope de Herschel. **1775** Beaumarchais, *Le Barbier de Séville*.	**1774** Le 10 mai, mort de Louis XV. Louis XVI. **1775** Début de la guerre en Amérique.
1776 D'Holbach, *La Morale universelle ou les Devoirs de l'homme fondés sur la nature*.	**1776** Le 4 juillet, déclaration d'indépendance américaine. **1776-1779** Dernier voyage de Cook.
1777 *Le Journal de Paris*, premier quotidien français.	**1777** La Fayette en Amérique.
1778 Mort de Voltaire, de Linné, de Rousseau. Buffon, *Les Époques de la nature*.	**1778** Début de l'intervention française en Amérique et traité d'alliance franco-américain.
1781 Kant, *Critique de la raison pure*. Rousseau, *Les Confessions*. Mozart, *L'Enlèvement au Sérail*.	**1781** Fondation de l'usine du Creusot.
1782 Choderlos de Laclos, *Les Liaisons dangereuses*.	**1782** Suffren aux Indes : siège de Madras.
1783 Ascension en ballon de Montgolfier et Pilâtre de Rozier. Lavoisier : analyse de l'eau. Beaumarchais, *Le Mariage de Figaro*.	**1783** Traité de Versailles. Indépendance des États-Unis.
1785 Kant, *Fondements de la métaphysique des mœurs*.	**1785** Voyage de La Pérouse (jusqu'au naufrage de 1788).

VIE	ŒUVRES
1790 Il est nommé au commandement de la flotte à Brest.	
1792 Le 1er janvier, il est promu au grade de vice-amiral. Il tente de protéger la famille royale à deux reprises : il est incarcéré.	
1794 Il est libéré.	
1795 Il devient membre du Bureau des longitudes. Le 16 décembre, il est élu membre de l'Institut de France.	
1799 Il devient sénateur.	
1804 Il est nommé grand-officier de la Légion d'honneur.	
1808 Il devient comte de l'Empire.	
1811 Le 20 août, mort naturelle à l'âge de quatre-vingt-deux ans.	

TABLEAU CHRONOLOGIQUE

Événements culturels et artistiques	Événements historiques et politiques
1787 Bernardin de Saint-Pierre, *Paul et Virginie*.	1787 Les Anglais s'installent en Australie.
1789 Lavoisier, *Traité de chimie*. Jussieu, *Genera plantarum*.	1789 Le 5 mai : ouverture des États généraux. 14 juillet : prise de la Bastille.
	1790 14 juillet : fête de la Fédération à Paris.
	1791 20-21 juin : fuite du roi et arrestation à Varennes.
	1792 Le 21 septembre, abolition de la monarchie.
1793 Adoption du système métrique.	1793 Le 21 janvier, exécution de Louis XVI.
1794 Condorcet, *Esquisse d'un tableau historique des progrès de l'esprit humain*.	1794 La Convention abolit l'esclavage dans les colonies.
1796 Laplace, *Exposition du système du monde*.	1796 Bonaparte, général en chef de l'armée d'Italie.
	1798 Expédition d'Égypte, sous le commandement de Bonaparte.
1799 Monge, *Traité de géométrie descriptive*.	1799 Le 19 brumaire : coup d'État de Bonaparte.
1801 Chateaubriand, *Atala*.	
	1804 Le 2 décembre : couronnement de Napoléon empereur.
1805 Schlegel, *Considérations sur la civilisation*.	
1809 Lamarck, *Philosophie zoologique*.	

GENÈSE DE L'ŒUVRE

Le journal de navigation de Bougainville

Comme tout commandant de navire, comme tout chef d'expédition, Bougainville a tenu tout au long de son voyage autour du monde un journal de bord, dans lequel il consignait les éléments notables, les rencontres et découvertes que chaque journée avait apportées, les événements et le quotidien de la vie à bord, ainsi que les difficultés rencontrées au cours de la navigation, les indications indispensables sur la position des navires, l'état de la mer et des vents, la nature des terres et des côtes aperçues. C'est ce journal qui a servi de support à la relation du voyage telle qu'elle fut publiée. Deux manuscrits – l'un de la main du navigateur, l'autre une copie plus tardive (mais établie avant la fin du XVIIIe siècle), souvent fautive et donc peu fiable – sont conservés aux Archives nationales. Le manuscrit original est constitué de deux cahiers : le premier va du 15 novembre 1766, jour du départ de Nantes, au 31 mai 1768. À l'exception de quelques pages, il est entièrement de la main de Bougainville, il s'agit donc bien de l'exemplaire qu'il a tenu pendant son voyage ; les nombreuses ratures, les ajouts, les notes en marge, les encres différentes en témoignent. Le second cahier, qui prend la suite du premier, est plus problématique : il n'a pas été rédigé par la seule main de Bougainville et de nombreuses pages sont demeurées blanches et n'ont pas été numérotées. Il aurait ainsi dû contenir la description de Batavia (voir chap. XV) puisqu'on peut lire en haut d'une page le titre : « Relâche à Batavia : septembre-octobre 1768 », mais cette partie est restée vierge. Le journal se poursuit jusqu'à la date du mercredi 15 février 1769, à laquelle il s'arrête brusquement. Bougainville, contrevenant aux règlements, n'a pas cru devoir le tenir jusqu'au bout de la campagne. Enfin, suivant une habitude alors très répandue, ce journal ne comporte aucune signature. Contrairement au premier, il ne contient aucun dessin, aucune vue de côtes.

Journaux et récits de voyage

Bougainville cependant ne fut pas le seul à consigner par écrit les péripéties de ce long périple. Mais tous les journaux et récits ne sont pas parvenus jusqu'à nous. En dehors de celui de Bougainville, aucun autre journal d'officier de vaisseau n'a été conservé ; pourtant leur ministère en demandait la relation et la communication. Ces documents ont-ils bel et bien disparu ou existent-ils toujours dans quelque fonds d'archives privées ? Certains ont subsisté néanmoins, qui constituent un complément indispensable au récit de Bougainville.

• Le Journal de Joseph Hervel, qui fut embarqué à l'île de France, aujourd'hui l'île Maurice, sur *La Boudeuse* en tant que premier pilote. Il décrit donc la dernière partie du voyage et il est le seul à le faire. Son récit est abondamment illustré et tenu avec précision et un grand luxe de détails nautiques, contrastant avec les indigences de celui de Bougainville dans ce domaine.

• Le Journal de Fesche, qui semble être le fruit d'une collaboration entre Fesche, volontaire sur la frégate *La Boudeuse*, et l'écrivain Saint-Germain. Il est tenu, avec une grande régularité, jusqu'au débarquement de son auteur à l'île de France. Certaines escales suscitent de longs commentaires, souvent d'un grand intérêt, par exemple le passage du détroit de Magellan, l'escale de Tahiti ou la description de la ville de Buenos Aires (voir chap. II).

• Le Journal de Saint-Germain, embarqué sur *La Boudeuse* pour faire office d'écrivain ; de nombreux passages de ce récit se retrouvent dans celui de Fesche. Il comprend en particulier des mémoires géographiques sur Buenos Aires et Montevideo, sur le Rio de la Plata, le détroit de Magellan et Tahiti.

• Le Journal de Vivez : le chirurgien de *L'Étoile* en a rédigé deux versions différentes. La première semble avoir été recopiée sur le journal qu'il a tenu à bord, et la seconde est postérieure. Le premier manuscrit, le seul document couvrant l'intégralité du voyage, ne constitue pas un véritable journal – Vivez n'était pas tenu d'en faire –, il s'agit plutôt d'un récit, comprenant des notations d'ordre nautique assez nombreuses et largement erronées, qu'on peut être surpris de trouver dans la relation d'un chirurgien. Il a dû les recueillir auprès d'un officier de *L'Étoile* et les recopier avec maladresse pour donner une allure plus scientifique à son texte. Le second manuscrit constitue une version plus « littéraire », où les éléments nautiques laissent place à des descriptions plus pittoresques de nature à piquer la curiosité du lecteur.

• Le Journal de Caro : seuls des fragments nous sont parvenus. Il s'agit d'autre part d'une copie rédigée après le retour en France. Le texte comporte des indications nautiques et des remarques sur les événements de la campagne.

• Le récit du prince de Nassau-Siegen : il en existe trois copies dont les deux plus récentes sont à l'évidence des versions plus travaillées, destinées à être lues, voire publiées. Certains passages qui figuraient dans la première version ont été supprimés, sans doute en raison de leur caractère grivois. En revanche, Nassau-Siegen a ajouté au début un long paragraphe justificatif qui nous renseigne sur ses illusions et ses préjugés.

• Les notes de Commerson : elles n'ont pu faire l'objet d'une rédaction définitive puisque l'auteur mourut à l'île de France en 1773, avant de pouvoir mettre en ordre ces travaux qu'il avait l'intention de publier. Ces documents composent un ensemble riche et varié (certains rédigés par Pierre Duclos-Guyot, fils du commandant en second de *La Boudeuse*, embarqué volontaire) et enrichi de nombreux dessins représentant des pirogues, des armes, des habitations typiques, des vêtements, etc.

• Le Journal de Constantin : provenant lui aussi des papiers de Commerson, il ne s'agit pour l'essentiel que d'une simple chronologie.

• *Journal du chevalier Walsh* : ce récit de seize pages publié en 1901 dans la revue *Carnet historique et littéraire* porte sur une partie assez brève du voyage. L'éditeur reste anonyme et l'auteur, dont le ton et le style ne sont pas ceux d'un marin, est inconnu.

Quelles observations peut-on tirer de ce catalogue synthétique des différentes sources quant à la rédaction du *Voyage autour du monde* ? Si tous les grands voyageurs reviennent avec des notes et des esquisses, si les marins tiennent nécessairement un journal de bord, ces documents ne présentent en général qu'un intérêt administratif – il s'agit de rendre compte du déroulement d'une mission –, ou bien ils ont valeur de souvenir pour le voyageur lui-même et son entourage, tels les photographies ou les films que les touristes d'aujourd'hui rapportent en abondance de leurs lointains séjours. S'ils peuvent constituer un support pour une œuvre à venir, ils ne sont pas destinés à être publiés en leur état. La publication d'un récit de voyage requiert une mise en forme et une modification des données brutes du journal de bord et des carnets de route. C'était en particulier le projet de Commerson. Ce n'est pas son journal de bord que Bougainville a publié, mais une œuvre travaillée, révisée dans le calme de son cabinet. La finalité de sa relation dépasse ainsi largement le simple compte rendu d'une mission. L'auteur a cherché à toucher certains lecteurs – et pas seulement des marins ou des savants – et à justifier une entreprise.

Un plaidoyer

Il n'est pas inutile, pour mieux comprendre les conditions de la rédaction du *Voyage autour du monde*, de rappeler brièvement les buts de la mission de Bougainville tels qu'ils avaient été exprimés dans une instruction officielle du roi Louis XV. Bougainville avait été chargé de restituer les îles Malouines, de doubler le continent américain et reconnaître les terres inconnues du Pacifique, de prendre possession de plusieurs d'entre elles, de ramener des plants d'arbres à épices (plus particulièrement de muscadier et de giroflier) qui manquaient à l'île de France, de trouver un comptoir en face des côtes de Chine, pour concurrencer les comptoirs espagnols des Philippines. À de nombreux égards, ces objectifs n'étant pas atteints, l'entreprise de Bougainville passa pour un échec. Certains même mirent en doute la réalité de ce tour du monde, puisque l'expédition n'était pas allée jusqu'en Chine. Bougainville semble donc avoir déçu les attentes de ses commanditaires. En matière de découvertes, le bilan est particulièrement maigre. Tahiti avait déjà été découverte par Quiros, au XVIIe siècle, et par l'Anglais Wallis, quelques mois avant Bougainville. De même pour les Samoa, les Nouvelles-Hébrides, la Nouvelle-Guinée déjà aperçues par les navigateurs. Aucune des terres visitées, pas même Tahiti (dont Bougainville ne fit pas non plus le tour), ne fut explorée vraiment ; seules quelques portions de côtes ont été observées. Après l'escale tahitienne, Bougainville ne visite d'ailleurs plus aucune terre, l'écrivain Saint-Germain le note avec hargne dans son journal, à la date du 17 juin 1768 : « *La façon dépourvue de précautions dont cette traversée a été entreprise nous est d'autant plus sensible qu'elle nous fait perdre le fruit de toutes nos peines.* » Le chevalier de Bournand écrivit lui-même un rapport très critique à l'intention du ministre. Cet échec est rendu manifeste par le nombre réduit des récompenses distribuées au retour de l'expédition. Bougainville se heurta à l'opposition et à la méfiance du Grand Corps, c'est-à-dire les officiers de la Marine royale, et resta plusieurs années dans l'inaction, sans commandement ni embarquement – ce qui lui permit sans doute de se consacrer à la rédaction de son *Voyage autour du monde* ; ce n'est qu'en 1775 qu'il reçoit une nouvelle affectation, comme second sur la frégate la *Terpsichore*.

Tout ce qu'il ne put faire, Cook, semble-t-il, le réalisa peu de temps après. Ainsi le voyage de Bougainville ne fit pas avancer la question cruciale du continent austral. En ce qui concerne les sciences naturelles, le bilan lui aussi est très critiquable. Par suite de nombreuses négligences, rien pratiquement ne nous est parvenu des observations faites au cours du voyage par le botaniste Commerson. La comparaison avec Cook est écrasante, qui découvrit environ mille espèces de plantes, cinq cents poissons, autant d'oiseaux et un grand nombre d'insectes de mer et de terre. Bougainville ne rapporta enfin, pour une raison inconnue, aucun des plants tant attendus sur l'île de France. Le bilan, pour autant, ne fut pas nul : si on l'envisage sous un autre point de vue que celui des objectifs, le voyage apporte à la connaissance des données précieuses, en particulier pour ce qui est de la navigation et des sciences de l'homme. Ce sont ces points que l'auteur devait mettre en valeur afin de justifier son entreprise et de récolter les honneurs qui lui étaient dus. C'est bien comme une justification et un plaidoyer qu'il convient de lire l'œuvre. L'ensemble du *Voyage autour du monde* peut être lu sous l'angle de la séduction. L'auteur met en place une stratégie de persuasion afin de se rendre favorable un public qui ne lui est pas acquis d'avance, loin s'en faut, mais aussi de discréditer indirectement ses détracteurs. S'il passe sous silence certains aspects, il insiste largement sur ce qui jouera en sa faveur – ainsi sur les sondages et prises de mesures, ce qui peut paraître malvenu dans un récit destiné à un large public, mais confirme son sérieux et son apport à une cartographie jusque-là très approximative. La place qu'il consacre à la description des populations situe son œuvre dans le débat sur la civilisation et sur le « bon sauvage ». Il consacre un chapitre entier (V) à un événement qui n'est qu'une digression par rapport au voyage lui-même, l'arrestation des missionnaires jésuites. Mais la justesse qu'il manifeste dans cette narration menée comme une véritable enquête judiciaire constitue une leçon de méthode. Quand enfin l'occasion lui est donnée de dresser son autoportrait, celui d'un capitaine attentif et soucieux du bien-être de son équipage (l'œuvre s'achève sur le bilan exceptionnellement faible des pertes humaines, tout à son avantage), il ne manque pas de la saisir, mais il se montre aussi philosophe et humaniste à l'égard des sauvages, trait de son caractère auquel Diderot rendra hommage dans le *Supplément au voyage de Bougainville*.

Portrait de Louis-Antoine de Bougainville. Anonyme.

Voyage autour du monde

BOUGAINVILLE

récit de voyage

publié pour la première fois en 1771

Voyage
autour du monde

Au Roi

Sire,

Le voyage dont je vais rendre compte est le premier de cette espèce entrepris par les Français et exécuté par les vaisseaux de votre majesté. Le monde entier lui devait déjà la connaissance de la figure de la terre. Ceux de vos sujets à qui cette importante découverte était confiée, choisis entre les plus illustres savants français[1], avaient déterminé les dimensions du globe.

L'Amérique, il est vrai, découverte et conquise, la route par mer frayée aux Indes et aux Moluques[2], sont des prodiges de courage et de succès qui appartiennent sans contestation aux Espagnols et aux Portugais. L'intrépide Magellan, sous les auspices[3] d'un Roi qui

1. **Choisis entre les plus illustres savants français :** en 1735, le Français La Condamine fut envoyé au haut Pérou avec un collège de scientifiques renommés afin de réaliser des mesures et des observations qui devaient permettre de résoudre le débat passionné sur la forme exacte du globe et sur ses dimensions.
2. **Moluques :** archipel le plus oriental de l'Indonésie.
3. **Sous les auspices :** avec l'appui, la protection.

se connaissait en hommes, échappa au malheur si ordinaire à ses pareils, de passer pour un visionnaire ; il ouvrit la barrière, franchit les pas difficiles[1] et, malgré le sort qui le priva du plaisir de ramener son vaisseau à Séville d'où il était parti, rien ne put lui dérober la gloire d'avoir le premier fait le tour du globe. Encouragés par son exemple, les navigateurs anglais et hollandais trouvèrent de nouvelles terres et enrichirent l'Europe en l'éclairant[2].

Mais cette espèce de primauté et d'aînesse en matière de découvertes n'empêche pas les navigateurs français de revendiquer avec justice une partie de la gloire attachée à ces brillantes mais pénibles entreprises. Plusieurs régions de l'Amérique ont été trouvées par des sujets courageux des Rois vos ancêtres ; et Gonneville[3], né à Dieppe, a le premier abordé aux terres australes. Différentes causes tant intérieures qu'extérieures ont paru depuis suspendre à cet égard le goût et l'activité de la maison[4].

VOTRE MAJESTÉ a voulu profiter du loisir de la paix pour procurer à la géographie des connaissances utiles à l'humanité. Sous vos auspices, SIRE, nous sommes

1. **Les pas difficiles :** les obstacles.
2. **En l'éclairant :** en l'instruisant.
3. **Gonneville :** le capitaine Binot Le Paulmier de Gonneville, commerçant normand et lecteur fervent du récit de Marco Polo, quitta Honfleur le 24 juin 1504 sur son navire *L'Espoir* pour découvrir les secrets de la route des Indes, jalousement gardés par les Portugais. Il touche terre le 5 janvier 1504 dans un pays riant qu'il nomme « Indes méridionales » et dont il ramènera un habitant en France. La localisation de cette île mystérieuse, figurant sur les cartes du XVIIIe siècle, à une latitude incertaine dans l'hémisphère Sud, passionna les contemporains de Bougainville.
4. **La maison :** la maison de France, c'est-à-dire le souverain et sa famille.

entrés dans la carrière[1] ; des épreuves de tout genre nous attendaient à chaque pas, la patience et le zèle ne nous ont pas manqué. C'est l'histoire de nos efforts que j'ose présenter à VOTRE MAJESTÉ, votre approbation en fera le succès.

Je suis avec le plus profond respect,

DE VOTRE MAJESTÉ,

SIRE,

Le très humble et très soumis serviteur et sujet,
DE BOUGAINVILLE.

1. **Nous sommes entrés dans la carrière :** nous nous sommes engagés sur cette voie.

REPÈRES

1. Relevez les indications géographiques (noms de continents, de pays, de villes) présentes dans cette adresse au roi et situez les lieux auxquels elles correspondent sur une carte.
2. Sous les auspices de quel roi Magellan effectua-t-il son tour du monde ?

OBSERVATION

3. Pourquoi le voyage de Bougainville est-il exceptionnel ?
4. À qui devait-on déjà « *la connaissance de la figure de la terre* » (l. 4) ?
5. Que signifie l'expression : « *il ouvrit la barrière* » (l. 15) ?

INTERPRÉTATIONS

6. « *L'intrépide Magellan, sous les auspices d'un Roi qui se connaissait en hommes, échappa au malheur si ordinaire à ses pareils, de passer pour un visionnaire* » (l. 12-14) : comment comprenez-vous cette référence à Magellan ? Pourquoi n'est-il pas passé pour un visionnaire ? Qui sont les hommes désignés par l'expression : « *ses pareils* » ?
7. Quelles causes ont pu suspendre le goût et l'activité des Français en matière de découvertes ?

DE LA LECTURE À L'ÉCRITURE

8. « *Plusieurs régions de l'Amérique ont été trouvées par des sujets courageux des Rois vos ancêtres* » (l. 25-27) : après une recherche, rédigez un court exposé sur ces explorateurs français, précurseurs de Bougainville, auxquels on doit la découverte de régions d'Amérique.

I. Discours préliminaire

J'AI PENSÉ qu'il serait à propos de présenter à la tête de ce récit, l'énumération de tous les voyages exécutés autour du monde, et des différentes découvertes faites jusqu'à ce jour dans la mer du Sud ou Pacifique.

Ce fut en 1519 que Ferdinand Magellan, Portugais, commandant cinq vaisseaux espagnols, partit de Séville, trouva le détroit qui porte son nom, par lequel il entra dans la mer Pacifique, où il découvrit deux petites îles désertes dans le sud de la ligne, ensuite les îles Larrones, et enfin les Philippines. Son vaisseau, nommé *La Victoire* revenu en Espagne, seul des cinq, par le cap de Bonne-Espérance, fut hissé à terre à Séville, comme un monument de cette expédition, la plus hardie peut-être que les hommes eussent encore faite. Ainsi fut démontrée physiquement, pour la première fois, la sphéricité et l'étendue de la circonférence de la terre.

Drake, Anglais, partit de Plymouth avec cinq vaisseaux, le 15 septembre 1577, y rentra avec un seul, le 3 novembre 1580. Il fit, le second, le tour du globe. La reine Élisabeth vint manger à son bord, et son vaisseau, nommé *Le Pélican*, fut soigneusement conservé à

Deptfort dans un bassin avec une inscription honorable sur le grand mât. Les découvertes attribuées à Drake sont fort incertaines. On marque sur les cartes, dans la mer du Sud, une côte sous le cercle polaire, plus quelques îles au nord de la ligne[1], plus aussi au nord la Nouvelle Albion. [...]

Bougainville continue l'énumération des voyages autour du monde et des découvertes de ses prédécesseurs. Il mentionne ainsi treize expéditions, celles de Magellan et Drake comprises.

Tel est l'exposé succinct des divers voyages autour du globe, et des découvertes différentes faites dans le vaste océan Pacifique, jusqu'au temps de notre départ. Depuis notre retour en France et la première édition de cet ouvrage, des navigateurs anglais sont revenus d'un nouveau voyage autour du monde, et ce voyage me paraît être celui des modernes de cette espèce où on a fait le plus de découvertes en tous genres. Le nom du navire est l'*Endeavour* ; il était commandé par le capitaine Cook, et portait MM. Bancks et Solander, deux savants illustres. La relation de la partie maritime du voyage a déjà paru ; et celle de MM. Bancks et Solander, avec tous les détails concernant l'histoire naturelle, est annoncée pour l'hiver prochain. En attendant, j'ai cru à propos de placer ici un abrégé de l'extrait de ce fameux voyage que M. Bancks lui-même a envoyé à l'Académie des sciences de Paris.

Partis de Plymouth le 25 août 1768, ils arrivent à la Terre de Feu, le 16 janvier 1669 après deux relâches,

1. **La ligne :** l'Équateur, que les marins appellent, aujourd'hui encore, la ligne.

l'une à Madère, l'autre à Rio de Janeiro. Ils s'arrêtent cinq jours à la baie de Bon-Succès, et, ayant doublé le cap de Horn, ils dirigent leur route sur Tahiti. Du 13 avril au 13 juillet ils séjournent dans cette île, où ils observent en juin le passage de Vénus sur le disque du soleil. En sortant de Tahiti, un des Tahitiens embarqués avec eux les détermine à s'arrêter à quelques-unes des îles voisines ; ils en visitent six où ils trouvent les mêmes mœurs et le même langage qu'à Tahiti.

De là ils dirigent leur route pour attaquer la Nouvelle-Zélande par quarante degrés de latitude australe. Ils y atterrent le 3 octobre sur la côte orientale, et reconnaissent parfaitement, en six mois de circumnavigation[1], que la Nouvelle-Zélande, au lieu d'être partie du continent austral, comme on le supposait assez généralement, est composée de deux îles sans aucune terre ferme dans le voisinage. Ils observent aussi qu'on y parle différents dialectes de la langue de Tahiti, tous passablement entendus par le Tahitien embarqué dans l'*Endeavour*.

Leurs découvertes ne se bornent pas à celles-là ; après avoir quitté le 31 mars 1770 les côtes de la Nouvelle-Zélande, ils viennent atterrer par les trente-huit degrés de latitude australe sur la partie orientale de la Nouvelle-Hollande[2], ils la côtoient en remontant vers le nord, ils y font plusieurs mouillages et des reconnaissances, jusqu'au 10 juin où ils échouent sur un rocher par les quinze degrés de latitude dans les parages où l'on verra que je me suis trouvé fort embar-

1. **En six mois de circumnavigation :** en six mois passés à faire le tour des côtes.
2. **La Nouvelle-Hollande :** premier nom donné à l'Australie.

rassé ; ils restent échoués vingt-trois heures et passent deux mois à se radouber[1] dans un petit port voisin de ce rocher qui avait failli leur être fatal. Après avoir été plusieurs autres fois en risque dans ces parages funestes, ils trouvent enfin par dix degrés de latitude australe un détroit entre la Nouvelle-Hollande et les terres de la Nouvelle-Guinée par lequel ils débouchent dans la mer des Indes.

Insatiables de recherches, ils visitent encore les côtes méridionales et occidentales de la Nouvelle-Guinée, viennent ensuite ranger la côte méridionale de l'île Java, passent le détroit de la Sonde, et arrivent le 9 octobre à Batavia[2]. Ils y séjournent deux mois, relâchent ensuite au cap de Bonne-Espérance, à l'île Sainte-Hélène, et mouillent enfin aux Dunes le 13 juillet 1771, ayant enrichi le monde de grandes connaissances en géographie et de découvertes intéressantes dans les trois règnes de la nature.

Cette esquisse fera désirer impatiemment aux lecteurs la relation détaillée de cette instructive expédition, et doit me rendre encore plus timide à publier le récit de la mienne. Avant que de le commencer, qu'il me soit permis de prévenir qu'on ne doit pas en regarder la relation comme un ouvrage d'amusement : c'est surtout pour les marins qu'elle est faite. D'ailleurs cette longue navigation autour du globe n'offre pas la ressource des voyages de mer faits en temps de guerre, lesquels fournissent des scènes intéressantes pour les gens du monde. Encore si l'habitude d'écrire avait pu

1. **À se radouber :** à remettre leur navire en état.
2. **Batavia :** important comptoir hollandais de l'île de Java que Bougainville décrira au chapitre XV. Cette localité porte aujourd'hui le nom de Jakarta.

m'apprendre à sauver par la forme une partie de la sécheresse du fond ! Mais, quoique initié aux sciences dès ma plus tendre jeunesse, où les leçons que daigna me donner M. d'Alembert me mirent dans le cas de présenter à l'indulgence du public un ouvrage sur la géométrie, je suis maintenant bien loin du sanctuaire des sciences et des lettres ; mes idées et mon style n'ont que trop pris l'empreinte de la vie errante et sauvage que je mène depuis douze ans. Ce n'est ni dans les forêts du Canada, ni sur le sein des mers, que l'on se forme à l'art d'écrire, et j'ai perdu un frère dont la plume aimée du public eût aidé à la mienne.

Au reste, je ne cite ni ne contredis personne ; je prétends encore moins établir ou combattre aucune hypothèse. Quand même les différences très sensibles, que j'ai remarquées dans les diverses contrées où j'ai abordé, ne m'auraient pas empêché de me livrer à cet esprit de système, si commun aujourd'hui, et cependant si peu compatible avec la vraie philosophie, comment aurais-je pu espérer que ma chimère[1], quelque vraisemblance que je susse lui donner, pût jamais faire fortune ? Je suis voyageur et marin, c'est-à-dire un menteur et un imbécile aux yeux de cette classe d'écrivains paresseux et superbes qui, dans l'ombre de leur cabinet, philosophent à perte de vue sur le monde et ses habitants, et soumettent impérieusement la nature à leurs imaginations. Procédé bien singulier, bien inconcevable de la part des gens qui, n'ayant rien observé par eux-mêmes, n'écrivent, ne dogmatisent que d'après des observations empruntées de ces mêmes voyageurs auxquels ils refusent la faculté de voir et de penser.

1. **Ma chimère :** mon imagination.

Je finirai ce discours en rendant justice au courage, au zèle, à la patience invincible des officiers et équipages de mes deux vaisseaux. Il n'a pas été nécessaire de les animer par un traitement extraordinaire, tel que celui que les Anglais ont cru devoir faire aux équipages de M. Byron. Leur constance a été à l'épreuve des positions les plus critiques, et leur bonne volonté ne s'est pas un instant ralentie. C'est que la nation française est capable de vaincre les plus grandes difficultés, et que rien n'est impossible à ses efforts, toutes les fois qu'elle voudra se croire elle-même l'égale au moins de telle nation que ce soit au monde.

REPÈRES

1. Relevez les indications géographiques présentes dans cette relation des grands voyages. Dans quelle(s) partie(s) du monde ont été faites les principales découvertes ?
2. Quelles indications nous renseignent sur l'auteur et sa vie ?

OBSERVATION

3. Quels sont les points communs entre les voyages de Magellan et ceux de Drake ?
4. Comment peut-on expliquer que le voyage de Cook soit celui « *où on a fait le plus de découvertes en tous genres* » (l. 35-36) ? Quels domaines de la connaissance a-t-il permis d'enrichir ?
5. Que désigne l'expression : « *les trois règnes de la nature* » (l. 93-94) ?
6. « *des scènes intéressantes pour les gens du monde* » (l. 104-105) : de quel genre de scènes s'agit-il ici ? En quoi intéressent-elles les « *gens du monde* » ?
7. L'auteur reconnaît à son récit une faiblesse : laquelle ?
8. « *Il n'a pas été nécessaire de les animer par un traitement extraordinaire* » (l. 139-140) : quel est le sens de cette remarque ?

INTERPRÉTATIONS

9. Pourquoi peut-on dire que l'auteur fait preuve ici de sincérité et de modestie ?
10. « *un ouvrage d'amusement* » (l. 100) : à quels types d'ouvrages Bougainville fait-il ici référence ?
11. À quels écrivains Bougainville s'attaque-t-il avant de finir son discours ? Que leur reproche-t-il ? D'après ses propos, quelle pourrait être selon lui la définition de « *la vraie philosophie* » ?
12. Comment Bougainville se définit-il ? Quels sont les lecteurs auxquels il s'adresse surtout ? Quel est le sens de ces indications ?
13. En quoi le dernier paragraphe de ce discours préliminaire est-il propre à toucher le lecteur ?

Quel lecteur ?

L'adresse au roi et le discours préliminaire n'appartiennent pas au récit du voyage à proprement parler ; par rapport au journal de bord, support original de la narration, ils sont des pièces rajoutées en vue de la publication. À ce titre, ils jouent un rôle essentiel : Bougainville cherche à s'attirer la bienveillance de son lecteur. C'est donc sous l'angle de la persuasion qu'il convient de lire cette amorce du récit.

L'usage voulait que tout nouvel ouvrage fût présenté au roi qui, seul, pouvait en autoriser la publication par son approbation. Le roi devenait ainsi le lecteur privilégié des auteurs qui étaient ses sujets. C'est donc lui qu'il fallait convaincre en premier lieu. Bougainville se plie à l'usage sans réticence – son entreprise, il est vrai, avait été largement favorisée par le roi – et commence par flatter son lecteur souverain. Dans sa présentation initiale de son voyage et de ceux qui l'ont précédé, il attribue tout le mérite des découvertes réalisées aux souverains « *sous les auspices* » desquels ces aventures furent engagées. Avant Bougainville, avant Magellan, avant Gonneville, c'est à leur roi que reviennent l'initiative et le mérite de l'exploration du monde. Et la gloire n'en rejaillit pas seulement sur le monarque, mais sur son peuple tout entier. L'auteur insiste largement sur les mérites et les aptitudes de la « *nation française* », qui, dit-il, n'a pas à envier les exploits de ses rivales. L'adresse au roi débute sur un hommage aux Français, le discours préliminaire s'achève sur ce même hommage ; au cœur de l'ensemble se trouve la figure du roi. Ainsi, c'est la fierté non seulement d'un souverain mais aussi de tout un peuple que l'auteur sait flatter.

De grands exemples

Face à tout un peuple et à son roi, Bougainville ne se présente pas seul, mais accompagné d'illustres prédécesseurs et contemporains. Il s'attache dans ces pages préliminaires à se situer, lui et son entreprise, au sein d'une tradition de grands voyages qu'il décrit avec précision et exhaustivité. Se faisant, il se présente comme un homme sincère et humble, qui sait reconnaître les accomplissements et les exploits d'autrui et ne s'arroge pas seul toute la gloire d'une entreprise. Cette honnêteté doit lui attirer la sympathie du lecteur. Mais cette évocation des grands voyages joue également un rôle de faire-valoir ; elle permet en effet à l'auteur d'insister sur la nouveauté de son périple, « *le premier de cette espèce entrepris par les Français* ». C'est précisément parce qu'il n'oublie pas de mentionner autrui que Bougainville valorise son œuvre propre.

Un autoportrait

Cette sincérité de l'auteur passe par un portrait de soi, brossé à grands traits pour le lecteur. Cet autoportrait est sans complaisance puisqu'il met en évidence les réticences de Bougainville à publier son récit et en reconnaît les défauts. Cependant, cet aveu se transforme habilement en une justification qui aboutit, par un renversement, à un éloge de l'auteur et de son expérience. Si Bougainville reconnaît une certaine sécheresse à la relation de son voyage, c'est pour mieux la distinguer des ouvrages futiles qui intéressent « *les gens du monde* ». C'est également contre les philosophes à l'esprit de système que Bougainville se pose, légitimant son œuvre par rapport à l'expérience et aux observations réelles du marin, un marin qui ne manque pas de rappeler qu'il a aussi produit, sous les auspices du grand d'Alembert, « *un ouvrage sur la géométrie* », suggérant ainsi que les préoccupations des philosophes ne lui sont pas étrangères. Cet éloge de soi est légitimé par l'hommage rendu à tous les membres de l'expédition et à leur comportement exemplaire. Enfin, la mention du frère disparu et aimé du public contribue à attirer sur soi la sympathie et conforte le lecteur dans la bienveillance qu'on lui réclame.

II. De l'ancien au nouveau monde

CHAPITRE PREMIER

DANS le mois de février 1764, la France avait commencé un établissement aux îles Malouines. L'Espagne revendiqua ces îles, comme étant une dépendance du continent de l'Amérique méridionale ; et son droit ayant été reconnu par le roi, je reçus l'ordre d'aller remettre nos établissements aux Espagnols, et de me rendre ensuite aux Indes orientales, en traversant la mer du Sud entre les tropiques. On me donna pour cette expédition le commandement de la frégate *La Boudeuse*, de vingt-six canons de douze, et je devais être joint aux îles Malouines par la flûte *L'Étoile*, destinée à m'apporter les vivres nécessaires à notre longue navigation et à me suivre pendant le reste de la campagne. Le retard, que diverses circonstances ont mis à la jonction de cette flûte avec moi, a allongé ma campagne de près de huit mois.

Dans les premiers jours du mois de novembre 1766, je me rendis à Nantes où *La Boudeuse* venait d'être construite, et où M. Duclos-Guyot, capitaine de brûlot[1], mon second, en faisait l'armement. Je la trouvai arquée[2] de sept pouces ; ce qui provenait de ce qu'il s'est formé un banc à l'endroit où elle a été lancée à l'eau. Le 5 de ce mois, nous descendîmes de Paimbeuf à Mindin pour achever de l'armer ; et le 15, nous fîmes voile de cette rade pour nous rendre à la rivière de la Plata. Je devais y trouver les deux frégates espagnoles la *Esmeralda* et la *Liebre* sorties du Ferrol le 17 octobre, et dont le commandant était chargé de recevoir les îles Malouines au nom de Sa Majesté Catholique[3]. [...]

Le 5 à midi, nous appareillâmes de la rade de Brest. Je fus obligé de couper mon câble à trente brasses de l'ancre, le vent d'est très frais et le jusant[4] empêchant de virer à pic et me faisant appréhender d'abattre[5] trop près de la côte. Mon état-major était composé de onze officiers, trois volontaires, et l'équipage de deux cent trois matelots, officiers mariniers, soldats, mousses et domestiques. M. le prince de Nassau-Siegen avait obtenu du roi la permission de faire cette campagne. À quatre heures après-midi, le milieu de l'île d'Ouessant me restait au nord-quart-nord-est du compas à la distance d'environ cinq lieues et demie, et ce fut d'où je pris mon point de départ, sur le Neptune français dont je me suis toujours servi dans le cours du voyage.

Pendant les premiers jours nous eûmes assez constamment les vents d'ouest-nord-ouest et sud-ouest,

1. **Brûlot :** petit navire chargé de matières combustibles et destiné à incendier les bâtiments ennemis.
2. **Arquée :** penchée.
3. **Sa Majesté Catholique :** le roi d'Espagne.
4. **Le jusant :** la marée descendante.
5. **Abattre :** gouverner de façon à éloigner l'axe du bateau du lit du vent.

grand frais. Le 14, à sept heures du soir, le vent étant assez frais à l'est-sud et la mer très grosse de la partie de l'ouest et du nord-ouest, dans un roulis[1], le bout de bâbord de la grande vergue[2] entra dans l'eau d'environ trois pieds, ce que nous n'aurions pas cru possible, la vergue étant haute.

Le 17, après-midi, on eut connaissance des Salvages, le 18 de l'île de Palme et le 19 de l'île de Fer. Ce qu'on nomme les Salvages est une petite île d'environ une lieue d'étendue de l'est à l'ouest ; elle est basse au milieu, mais à chaque extrémité s'élève un mondrain[3] ; une chaîne de roches, dont quelques-unes paraissent au-dessus de l'eau, s'étend du côté de l'ouest à deux lieues de l'île : il y a aussi du côté de l'est quelques brisants[4], mais qui ne s'en écartent pas beaucoup.

La vue de cet écueil[5] nous avait avertis d'une grande erreur dans l'estime de notre route ; mais je ne voulus l'apprécier qu'après avoir eu connaissance des îles Canaries, dont la position est exactement déterminée. La vue de l'île de Fer me donna avec certitude cette correction que j'attendais. Le 19 à midi, j'observai vingt-huit degrés deux minutes de latitude boréale[6] ; et en la faisant cadrer avec le relèvement de l'île de Fer, pris à cette même heure, je trouvai une différence de quatre degrés sept minutes, valant par le parallèle de vingt-huit degrés deux minutes, environ soixante et

1. **Un roulis :** un mouvement du navire provoqué par la houle.
2. **La grande vergue :** la partie du mât portant la grand-voile (voir « Petit lexique de la marine », p. 280).
3. **Un mondrain :** un pic rocheux.
4. **Quelques brisants :** quelques rochers éloignés de la côte sur lesquels la mer se brise.
5. **Cet écueil :** ce groupe de rochers à fleur d'eau.
6. **Boréale :** de l'hémisphère Nord.

douze lieues, donc j'étais plus est que mon estime. Cette erreur est fréquente dans la traversée du cap Finisterre aux Canaries, et je l'avais éprouvée en d'autres voyages : les courants, par le travers du détroit de Gibraltar, portant à l'est avec rapidité.

J'eus en même temps occasion de remarquer que les Salvages sont mal placées sur la carte de M. Bellin. En effet, lorsque nous en eûmes connaissance le 17 après-midi, la longitude que nous donnait leur relèvement différait de notre estime de trois degrés dix-sept minutes à l'est. Cependant cette même différence s'est trouvée, le 19, de quatre degrés sept minutes, en corrigeant notre point sur le relèvement de l'île de Fer, dont la longitude est déterminée par des observations astronomiques. Il est à remarquer que, pendant les deux jours écoulés entre la vue des Salvages et celle de l'île de Fer, nous avons navigué avec un vent large, frais et assez égal, et qu'ainsi il doit y avoir eu bien peu d'erreur dans l'estime de notre route. D'ailleurs, le 18, nous relevâmes l'île de Palme au sud-ouest-quart-ouest corrigé, et selon M. Bellin, elle devait nous rester au sud-ouest. J'ai pu conclure de ces deux observations que M. Bellin a placé l'île des Salvages trente-deux minutes environ plus à l'ouest qu'elle n'y est effectivement. Au reste, sur la carte anglaise du docteur Halley, cette île des Salvages est placée trente lieues encore plus à l'ouest que sur celle de M. Bellin.

Je pris donc un nouveau point de départ le 19 décembre à midi. Notre route n'eut depuis rien de particulier jusqu'à notre atterrage à la rivière de la Plata.

La nuit du 17 au 18 janvier, nous prîmes deux oiseaux, dont l'espèce est connue des marins sous le nom de charbonniers. Ils sont de la grosseur d'un pigeon. Ils ont le plumage d'un gris foncé ; le dessus de la tête blanc, entouré d'un cordon d'un gris plus noir que le reste du corps, le bec effilé, long de deux pouces et un peu recourbé par le bout, les yeux vifs, les pattes jaunes, semblables à celles des canards, la queue très fournie de plumes et arrondie par le bout, les ailes fort découpées et chacune d'environ huit à neuf pouces d'étendue. Les jours suivants nous vîmes beaucoup de ces oiseaux.

Depuis le 27 janvier nous avions le fond et le 29 au soir nous vîmes la terre, sans qu'il nous fût permis de la bien reconnaître, parce que le jour était sur son déclin et que les terres de cette côte sont fort basses. La nuit fut obscure, avec de la pluie et du tonnerre. Nous la passâmes en panne sous les huniers, tous les ris pris[1] et le cap au large. Le 30, les premiers rayons du jour naissant nous firent apercevoir les montagnes des Maldonades. Alors, il nous fut facile de reconnaître que la terre vue la veille était de Lobos.

Les Maldonades sont les premières terres hautes qu'on voit sur la côte du nord après être entré dans la rivière de la Plata, et les seules presque jusqu'à Montevideo. À l'est de ces montagnes, il y a un mouillage sur une côte très basse. C'est une anse en partie couverte par un îlot. Les Espagnols ont un bourg aux Maldonades, avec une garnison. On travaille depuis quelques années, dans ses environs, une mine d'or peu riche ; on y trouve aussi des pierres assez transparentes. À deux lieues dans l'intérieur, est une ville nouvelle-

1. **En panne sous les huniers, tous les ris pris** : voir « Petit lexique de la marine », p. 280.

ment bâtie, peuplée entièrement de Portugais déserteurs et nommée Pueblo Nuevo.

Le 31, à onze heures du matin, nous mouillâmes dans la baie de Montevideo, par quatre brasses d'eau, fond de vase molle et noire. Nous avions passé la nuit du 30 au 31, mouillés sur une ancre, par neuf brasses même fond, à quatre ou cinq lieues dans l'est de l'île de Flores. Les deux frégates espagnoles destinées à prendre possession des îles Malouines étaient dans cette rade depuis un mois. Leur commandant, don Philippe Ruis Puente, capitaine de vaisseau, était nommé gouverneur de ces îles. Nous nous rendîmes ensemble à Buenos Aires afin d'y concerter avec le gouverneur pour la cession de l'établissement que je devais livrer aux Espagnols. Nous n'y séjournâmes pas longtemps et je fus de retour à Montevideo le 16 février.

Nous avions fait le voyage de Buenos Aires, M. le prince de Nassau et moi, en remontant la rivière dans une goélette[1] ; mais comme pour revenir de même, nous aurions eu le vent debout[2], nous passâmes la rivière vis-à-vis de Buenos Aires, au-dessus de la colonie du Saint-Sacrement, et fîmes par terre le reste de la route jusqu'à Montevideo où nous avions laissé la frégate. Nous traversâmes ces plaines immenses dans lesquelles on se conduit par le coup d'œil, dirigeant son chemin de manière à ne pas manquer les gués des rivières, chassant devant soi trente ou quarante chevaux, parmi lesquels il faut prendre avec un lacs[3] son

1. **Goélette :** bâtiment léger à deux mâts, plus petit que la frégate ou le vaisseau, à trois mâts.
2. **Le vent debout :** le vent face à l'axe du navire.
3. **Un lacs :** un nœud coulant.

relais lorsque celui qu'on monte est fatigué, se nourrissant de viande presque crue, et passant les nuits dans des cabanes faites de cuir, où le sommeil est à chaque instant interrompu par les hurlements des tigres qui rôdent aux environs. Je n'oublierai de ma vie la façon dont nous passâmes la rivière de Sainte-Lucie, rivière fort profonde, très rapide et beaucoup plus large que n'est la Seine vis-à-vis des Invalides. On vous fait entrer dans un canot étroit de long, et dont un des bords est de moitié plus haut que l'autre ; on force ensuite deux chevaux d'entrer dans l'eau, l'un à tribord, l'autre à bâbord du canot, et le maître du lac tout nu, précaution fort sage assurément, mais peu propre à rassurer ceux qui ne savent pas nager, soutient de son mieux au-dessus de la rivière la tête des deux chevaux, dont la besogne alors est de vous passer à la nage de l'autre côté, s'ils en ont la force.

Don Ruis arriva à Montevideo peu de jours après nous. Il y vint en même temps deux goélettes chargées l'une de bois et de rafraîchissements, l'autre de biscuit et de farine, que nous embarquâmes en remplacement de notre consommation depuis Brest. On avait employé le temps du séjour à Montevideo à calfater le bâtiment, à raccommoder le jeu de voiles qui avait servi pendant la traversée, et à remplir d'eau les barriques d'armement. Nous mîmes aussi dans la cale tous nos canons, à l'exception de quatre que nous conservâmes pour les signaux, ce qui nous donna de la place pour prendre à bord une plus grande quantité de bestiaux. Les frégates espagnoles étant également prêtes, nous nous disposâmes à sortir de la rivière de la Plata.

CHAPITRE II

BUENOS AIRES est située par trente-quatre degrés trente-cinq minutes de latitude australe ; sa longitude de soixante degrés cinq minutes à l'ouest de Paris a été déterminée par les observations astronomiques du P. Feuillée. Cette ville, régulièrement bâtie, est beaucoup plus grande qu'il semble qu'elle devrait l'être, vu le nombre de ses habitants, qui ne passe pas vingt mille, blancs, nègres et métis. La forme des maisons est ce qui donne tant d'étendue. Si l'on excepte les couvents, les édifices publics, et cinq ou six maisons particulières, toutes les autres sont très basses et n'ont absolument que le rez-de-chaussée. Elles ont d'ailleurs de vastes cours et presque toutes des jardins. La citadelle, qui renferme le gouvernement, est située sur le bord de la rivière et forme un des côtés de la place principale ; celui qui lui est opposé est occupé par l'hôtel de ville. La cathédrale et l'évêché sont sur cette même place où se tient chaque jour le marché public.

Il n'y a point de port à Buenos Aires, pas même un môle[1] pour faciliter l'abordage des bateaux. Les vaisseaux ne peuvent s'approcher de la ville à plus de trois lieues. Ils y déchargent leurs cargaisons dans des goélettes[2] qui entrent dans une petite rivière nommée Rio Chuelo, d'où les marchandises sont portées en charrois[3] dans la ville qui en est à un quart de lieue. Les

1. **Un môle :** une digue.
2. **Des goélettes :** voir note 1, p. 56.
3. **En charrois :** en chariots.

vaisseaux qui doivent caréner[1] ou prendre un chargement à Buenos Aires se rendent à la Encenada de Baragan, espèce de port situé à neuf ou dix lieues dans l'est-sud-est de cette ville.

Il y a dans Buenos Aires un grand nombre de communautés religieuses de l'un et de l'autre sexe. L'année y est remplie de fêtes de saints qu'on célèbre par des processions et des feux d'artifice. Les cérémonies du culte tiennent lieu de spectacles. Les moines nomment les premières dames de la ville Majordomes de leurs fondateurs et de la Vierge. Cette charge leur donne le droit et le soin de parer l'église. C'est pour un étranger un spectacle assez singulier de voir dans les églises de Saint-François ou de Saint-Dominique des dames de tout âge assister aux offices avec l'habit de ces saints instituteurs.

Les jésuites offraient à la piété des femmes un moyen de sanctification plus austère que les précédents. Ils avaient attenant à leur couvent une maison nommée la *Casa de los ejercicios de las mujeres*, c'est-à-dire la maison des exercices des femmes. Les femmes et les filles, sans le consentement des marins ni des parents, venaient s'y sanctifier par une retraite de douze jours. Elles y étaient logées et nourries aux dépens de la compagnie. Nul homme ne pénétrait dans ce sanctuaire s'il n'était revêtu de l'habit de saint Ignace ; les domestiques, même du sexe féminin, n'y pouvaient accompagner leurs maîtresses. Les exercices pratiqués dans ce lieu saint étaient la méditation, la prière, les catéchismes, la confession et la flagellation. On nous a fait

1. **Caréner :** subir des réparations.

remarquer les murs de la chapelle encore teints du sang que faisaient, nous a-t-on dit, rejaillir les disciplines[1] dont la pénitence armait les mains de ces Madeleines[2].

Au reste, la charité des moines ne fait point ici acception de personnes[3]. Il y a des cérémonies sacrées pour les esclaves, et les dominicains[4] ont établi une confrérie de nègres. Ils ont leurs chapelles, leurs messes, leurs fêtes, et un enterrement assez décent ; pour tout cela, il n'en coûte annuellement que quatre réaux par nègre agrégé[5]. Les nègres reconnaissent pour patrons saint Benoît de Palerme et la Vierge, peut-être à cause de ces mots de l'Écriture, *nigra sum, sed formosa, filia Jerusalem*[6]. Le jour de leur fête ils élisent deux rois, dont l'un représente le roi d'Espagne, l'autre celui de Portugal, et chaque roi se choisit une reine. Deux bandes, armées et bien vêtues, forment à la suite des rois une procession, laquelle marche avec croix, bannières et instruments. On chante, on danse, on figure des combats d'un parti à l'autre, et on récite des litanies[7]. La fête dure depuis le matin jusqu'au soir ; et le spectacle en est assez agréable.

---

1. **Les disciplines :** fouets faits de cordelettes ou de petites chaînes qu'on utilise pour se flageller.
2. **Ces Madeleines :** ces pénitentes sont associées à sainte Marie Madeleine, l'une des saintes femmes qui assistèrent à la Passion du Christ et que l'on identifie avec la pécheresse anonyme (Luc, VII, 37) qui parfuma les pieds de Jésus. Cette pécheresse repentie est un sujet d'inspiration pour nombre de peintres aux XVIIe et XVIIIe siècles, qui la représentent souvent entourée d'objets destinés à la flagellation.
3. **Ne font point ici acception de personnes :** ne marquent aucune préférence à l'égard de quiconque.
4. **Les dominicains :** frères de l'ordre de Saint-Dominique.
5. **Agrégé :** rattaché à la confrérie.
6. ***Nigra sum, sed formosa, filia Jerusalem* :** « Je suis noire et pourtant belle, filles de Jérusalem », extrait du premier poème du *Cantique des Cantiques*.
7. **Des litanies :** des prières et des invocations.

Les dehors de Buenos Aires sont bien cultivés. Les habitants de la ville y ont presque tous des maisons de campagne qu'ils nomment *quintas* et leurs environs fournissent abondamment toutes les denrées nécessaires à la vie. J'en excepte le vin, qu'ils font venir d'Espagne ou qu'ils tirent de Mendoza, vignoble situé à deux cents lieues de Buenos Aires. Ces environs cultivés ne s'étendent pas fort loin ; si l'on s'éloigne seulement à trois lieues de la ville, on ne trouve plus que des campagnes immenses, abandonnées à une multitude innombrable de chevaux et de bœufs, qui en sont les seuls habitants. À peine, en parcourant cette vaste contrée, y rencontre-t-on quelques chaumières éparses, bâties moins pour rendre le pays habitable que pour constituer aux divers particuliers la propriété du terrain, ou plutôt celle des bestiaux qui le couvrent. Les voyageurs qui le traversent n'ont aucune retraite et sont obligés de coucher dans les mêmes charrettes qui les transportent et qui sont les seules voitures dont on se serve ici pour les longues routes. Ceux qui voyagent à cheval, ce qu'on appelle aller à la légère, sont le plus souvent exposés à coucher au bivouac[1] au milieu des champs.

Tout le pays est uni, sans montagnes et sans autres bois que celui des arbres fruitiers. Situé sous le climat de la plus heureuse température, il serait un des plus abondants de l'univers en toutes sortes de productions s'il était cultivé. Le peu de froment et de maïs qu'on y sème rapporte beaucoup plus que dans nos meilleures terres de France. Malgré ce cri de la nature, presque

1. **Coucher au bivouac** : camper.

tout est inculte, les environs des habitations comme les terres les plus éloignées ; ou si le hasard fait rencontrer quelques cultivateurs, ce sont des nègres esclaves. Au reste, les chevaux et les bestiaux sont en si grande abondance dans ces campagnes que ceux qui piquent[1] les bœufs, en prennent ce qu'ils peuvent en manger et abandonnent le reste qui devient la proie des chiens sauvages et des tigres : ce sont les seuls animaux dangereux de ce pays.

Les chiens ont été apportés d'Europe ; la facilité de se nourrir en pleine campagne leur a fait quitter les habitations, et ils se sont multipliés à l'infini. Ils se rassemblent souvent en troupe pour attaquer un taureau, même un homme à cheval, s'ils sont pressés par la faim. Les tigres ne sont pas en grande quantité, excepté dans les lieux boisés, et il n'y a que les bords des petites rivières qui le soient. On connaît l'adresse des habitants de ces contrées à se servir du lasso et il est certain qu'il y a des Espagnols qui ne craignent pas d'enlacer des tigres : il ne l'est pas moins que plusieurs finissent par être la proie de ces redoutables animaux. J'ai vu à Montevideo une espèce de chat-tigre, dont le poil assez long est gris-blanc. L'animal est très bas sur jambes et peut avoir cinq pieds de longueur : il est dangereux, mais fort rare.

Le bois est très cher à Buenos Aires et à Montevideo. On ne trouve dans les environs que quelques petits bois à peine propres à brûler. Tout ce qui est nécessaire pour la charpente des maisons, la construction et le

1. **Piquent :** capturent et tuent.

radoub[1] des embarcations qui naviguent dans la rivière vient du Paraguay en radeaux.

Les naturels, qui habitent cette partie de l'Amérique, au nord et au sud de la rivière de la Plata, sont du nombre de ceux qui n'ont pu être encore subjugués par les Espagnols et qu'ils nomment *Indios bravos*[2]. Ils sont d'une taille médiocre, fort laids et presque tous galeux[3]. Leur couleur est très basanée[4] et la graisse dont ils se frottent continuellement les rend encore plus noirs. Ils n'ont d'autre vêtement qu'un grand manteau de peau de chevreuil, qui leur descend jusqu'aux talons, et dans lequel ils s'enveloppent. Les peaux dont il est composé sont très bien passées : ils mettent le poil en dedans, et le dehors est peint de diverses couleurs. La marque distinctive des caciques[5] est un bandeau de cuir dont ils se ceignent le front ; il est découpé en forme de couronne et orné de plaques de cuivre. Leurs armes sont l'arc et la flèche : ils se servent aussi du lasso et de boules. Ces Indiens passent leur vie à cheval et n'ont pas de demeures fixes, du moins auprès des établissements espagnols. Ils y viennent quelquefois avec leurs femmes pour y acheter de l'eau-de-vie et ils ne cessent d'en boire que quand l'ivresse les laisse absolument sans mouvement. Pour se procurer des liqueurs fortes, ils vendent armes, pelleteries[6], chevaux ; et quand ils ont épuisé leurs moyens, ils s'emparent des

1. **Le radoub :** la réparation.
2. **Indios bravos :** Indiens sauvages ; le même terme s'applique encore de nos jours aux Indiens non réduits d'Amérique du Sud.
3. **Galeux :** atteints de la gale, maladie de la peau très contagieuse.
4. **Basanée :** brune.
5. **Des caciques :** des chefs (terme caractéristique des indigènes d'Amérique centrale).
6. **Pelleteries :** peaux.

premiers chevaux qu'ils trouvent auprès des habitations et s'éloignent. Quelquefois ils se rassemblent en troupes de deux ou trois cents pour venir enlever les bestiaux sur les terres des Espagnols, ou pour attaquer les caravanes des voyageurs. Ils pillent, massacrent et emmènent en esclavage. C'est un mal sans remède : comment dompter une nation errante, dans un pays immense et inculte, où il serait même difficile de la rencontrer ? D'ailleurs ces Indiens sont courageux, aguerris, et le temps n'est plus où un Espagnol faisait fuir mille Américains.

Il s'est formé depuis quelques années dans le nord de la rivière une tribu de brigands qui pourra devenir plus dangereuse aux Espagnols s'ils ne prennent des mesures promptes pour la détruire. Quelques malfaiteurs échappés à la justice s'étaient retirés dans le nord des Maldonades ; des déserteurs se sont joints à eux : insensiblement le nombre s'est accru ; ils ont pris des femmes chez les Indiens et commencé une race qui ne vit que de pillage. Ils viennent enlever des bestiaux dans les possessions espagnoles pour les conduire sur les frontières du Brésil, où ils les échangent avec les Paulistes contre des armes et des vêtements. Malheur aux voyageurs qui tombent entre leurs mains. On assure qu'ils sont aujourd'hui plus de six cents. Ils ont abandonné leur première habitation et se sont retirés plus loin de beaucoup dans le nord-ouest.

Le gouverneur général de la province de La Plata réside, comme nous l'avons dit, à Buenos Aires. Dans tout ce qui ne regarde pas la mer, il est censé dépendre du vice-roi du Pérou ; mais l'éloignement rend cette dépendance presque nulle, et elle n'existe réellement que pour l'argent qu'il est obligé de tirer des mines du

Potosi, argent qui ne viendra plus en pièces connues depuis qu'on a établi cette année même dans le Potosi un hôtel des monnaies. Les gouvernements particuliers du Tucuman et du Paraguay dépendent, ainsi que les fameuses missions des jésuites, du gouverneur général de Buenos Aires. Cette vaste province comprend en un mot toutes les possessions espagnoles à l'est des Cordillères, depuis la rivière des Amazones jusqu'au détroit de Magellan. Il est vrai qu'au sud de Buenos Aires il n'y a plus aucun établissement, la seule nécessité de se pourvoir en sel fait pénétrer les Espagnols dans ces contrées. Il part à cet effet tous les ans de Buenos Aires un convoi de deux cents charrettes, escorté par trois cents hommes ; il va par quarante degrés environ se charger de sel dans les lacs voisins de la mer, où il se forme naturellement.

Le commerce de la province de La Plata est le moins riche de l'Amérique espagnole ; cette province ne produit ni or ni argent et ses habitants sont trop peu nombreux pour qu'ils puissent tirer du sol tant d'autres richesses qu'il renferme dans son sein ; le commerce même de Buenos Aires n'est pas aujourd'hui ce qu'il était il y a dix ans : il est considérablement déchu depuis que ce qu'on y appelle l'internation des marchandises n'est plus permise, c'est-à-dire depuis qu'il est défendu de faire passer les marchandises d'Europe par terre de Buenos Aires dans le Pérou et le Chili ; de sorte que les seuls objets de son commerce avec ces deux provinces sont aujourd'hui le coton, les mules et le *maté*[1] ou l'herbe du Paraguay. L'argent et le crédit des

1. **Maté** : variété de houx d'Amérique du Sud, dont les feuilles fournissent une infusion stimulante, parfois comparée au thé.

négociants de Lima ont fait rendre cette ordonnance contre laquelle réclament ceux de Buenos Aires. Le procès est pendant à Madrid, où je ne sais quand ni comment on le jugera. Cependant Buenos Aires est riche, j'en ai vu sortir un vaisseau de registre avec un million de piastres ; et si tous les habitants de ce pays avaient le débouché de leurs cuirs avec l'Europe, ce commerce seul suffirait pour les enrichir. Avant la dernière guerre[1] il se faisait ici une contrebande énorme avec la colonie du Saint-Sacrement, place que les Portugais possèdent sur la rive gauche du fleuve, presque en face de Buenos Aires ; mais cette place est aujourd'hui tellement resserrée par les nouveaux ouvrages dont les Espagnols l'ont enceinte que la contrebande avec elle est impossible s'il n'y a connivence ; les Portugais même qui l'habitent sont obligés de tirer par mer leur subsistance du Brésil. Enfin ce poste est ici à l'Espagne, à l'égard des Portugais, ce qui lui est en Europe Gibraltar à l'égard des Anglais.

La ville de Montevideo, établie depuis quarante ans, est située à la rive septentrionale du fleuve, trente lieues au-dessus de son embouchure, et bâtie sur une presqu'île qui défend des vents d'est une baie d'environ deux lieues de profondeur sur une de largeur à son entrée. À la pointe occidentale de cette baie est un mont isolé, assez élevé, lequel sert de reconnaissance et a donné le nom à la ville ; les autres terres qui l'environnent sont très basses. Le côté de la plaine est défendu par une citadelle : plusieurs batteries protègent le côté de la mer et le mouillage ; il y en a même une au fond

1. **Avant la dernière guerre :** le Portugal et l'Espagne étaient souvent en conflit à propos de leurs possessions d'Amérique du Sud.

de la baie sur une île fort petite, appelée l'île aux Français. Le mouillage de Montevideo est sûr, quoiqu'on y essuie quelquefois des *pamperos*, qui sont des tourmentes de vent de sud-ouest, accompagnés d'orages affreux.

Montevideo a un gouverneur particulier, lequel est immédiatement sous les ordres du gouverneur général de la province. Les environs de cette ville sont presque incultes et ne fournissent ni froment ni maïs ; il faut faire venir de Buenos Aires la farine, le biscuit et les autres provisions nécessaires aux vaisseaux. Dans les jardins, soit de la ville, soit des maisons qui en sont voisines, on ne cultive presque aucun légume ; on y trouve seulement des melons, des courges, des figues, des pêches, des pommes et des coings en grande quantité. Les bestiaux y sont dans la même abondance que dans le reste du pays ; ce qui, joint à la salubrité de l'air, rend la relâche à Montevideo excellente pour les équipages ; on doit seulement y prendre des mesures contre la désertion. Tout y invite le matelot, dans un pays où la première réflexion qui le frappe en mettant pied à terre, c'est que l'on y vit presque sans travail. En effet, comment résister à la comparaison de couler dans le sein de l'oisiveté des jours tranquilles sous un climat heureux, ou de languir affaissé sous le poids d'une vie constamment laborieuse et d'accélérer dans les travaux de la mer les douleurs d'une vieillesse indigente ?

REPÈRES

1. Relevez l'ensemble des peuples présents dans la province de La Plata.
2. Quelles richesses les Espagnols tirent-ils de cette région du monde ?

OBSERVATION

3. Quelles sont les activités qui semblent occuper pour l'essentiel la vie des habitants de Buenos Aires ?
4. Pourquoi peut-on affirmer que la société de Buenos Aires est fortement hiérarchisée ?
5. Quelles informations nous indiquent que le pays est faiblement peuplé ?
6. Quels éléments font de ce pays le pays de l'abondance ? Quelles sont les limites de cette abondance ?
7. Quelle denrée était inconnue de ces régions avant l'arrivée des Européens ? Quels éléments le prouvent ?
8. Pourquoi les *Indios bravos* n'ont-ils pu être encore soumis ? Quel mode de vie les caractérise ?
9. « *il est défendu de faire passer les marchandises d'Europe par terre de Buenos Aires dans le Pérou et le Chili* » (l. 219-221) : que signifie cette interdiction ? Quel est son intérêt ?

INTERPRÉTATIONS

10. Que symbolise l'organisation de la place principale de Buenos Aires ?
11. Dans la description de la vie religieuse de Buenos Aires, l'auteur ne mentionne que les femmes et les nègres (si on excepte les moines et les jésuites) : comment peut-on expliquer cette absence des hommes européens ?
12. Comment peut-on interpréter le déroulement des fêtes auxquelles participent les nègres ?

DE LA LECTURE À L'ÉCRITURE

13. Sur le modèle de la description des *Indios bravos* par Bougainville, rédigez une description des Européens vivant à Buenos Aires, telle que les *Indios bravos* auraient pu la faire.

Un lieu d'échanges

À l'époque de Bougainville, pour qui arrivait d'Europe, la ville de Buenos Aires constituait l'un des points de passage entre le vieux monde et un Nouveau Monde à découvrir. Ce qui devait y frapper le voyageur, et que ce chapitre illustre, est sans doute la grande diversité caractérisant un espace en perpétuel mouvement.

Les provinces espagnoles et portugaises d'Amérique n'existent que dans leur relation constante avec l'Europe. Elles sont avant tout un lieu d'arrivée et de départ de personnes et de marchandises. La description donnée par Bougainville insiste largement sur les voyages incessants qui relient cette partie du monde à l'Europe, mais aussi les différentes provinces entre elles. Tous les moyens de transport existants sont mis à contribution dans ce passage, les navires comme les charrettes dans lesquelles on est souvent contraint de coucher. Entre l'Europe et le Nouveau Monde, les navires ne cessent de se croiser. Sur les routes, ce ne sont que caravanes et convois. Les habitants, indigènes ou nouveaux venus, se caractérisent par leur nomadisme, une forme de vie que l'Europe du XVIIIe siècle ne connaît plus depuis fort longtemps. Ces déplacements ont pour conséquences le brigandage, la contrebande – et de la piraterie, qui elle aussi avait disparu d'Europe – et de nombreux conflits, qui ont eux-mêmes pour corollaires l'établissement de règlements et de traités complexes destinés à organiser l'ensemble des échanges ; la fin du chapitre le décrit avec minutie. La cause de ces échanges est une grande abondance de richesses inégalement réparties dans les différentes régions du monde, situation qui fait nécessairement naître le commerce. Ainsi, l'Europe tire profit de l'exploitation du Nouveau Monde, mais elle fournit aussi une denrée qui lui était tout à fait étrangère et dont le rôle est essentiel, l'alcool.

Le métissage des peuples

Les lieux d'échanges réunissent toujours les populations les plus diverses. Buenos Aires offre le visage d'une ville de petite taille multiculturelle où l'on croise « *blancs, nègres et métis* ». L'ensemble des habitants, malgré une hiérarchie sociale nettement affirmée, paraît uni par la pratique religieuse ; le spectacle des nombreuses fêtes religieuses et l'omniprésence des confréries frappent Bougainville. De fait, la religion catholique joue un rôle essentiel dans la cohésion et l'assimilation des populations. À l'extérieur des établissements européens, on observe la même diversité puisque les cultivateurs, les chasseurs et les voyageurs rencontrent les *Indios bravos*, dont le mode de vie nomade oscille entre pillage et troc – où l'alcool semble tenir la première place – et les Paulistes et brigands du Nord des Maldonades, une nouvelle « *race* » issue d'un métissage entre des Européens en marge de la société et des femmes prises « *chez les Indiens* ». L'auteur ne le précise pas, mais ce métissage concerne aussi les établissements espagnols et portugais, où cohabitent esclaves nègres et blancs. Pour le Français qu'est Bougainville, cette diversité des peuples est incontestablement un fait marquant. Les animaux eux-mêmes ne semblent pas échapper à la règle du métissage, puisque les chiens domestiques importés d'Europe se sont fondus à la faune sauvage de ces régions engendrant en quelque sorte une nouvelle espèce.

La naissance d'un monde

Avec cette évocation de l'Amérique espagnole, l'auteur nous donne à voir les premiers temps d'un monde nouveau, qui n'est plus l'Europe, ni même ce Nouveau Monde que les Européens trouvèrent en 1492. Cette description ne pouvait manquer de satisfaire la curiosité de ses contemporains. Mais, aujourd'hui encore, les observations effectuées par Bougainville trouveraient leur place dans un tableau de l'Amérique, Nord et Sud confondus. À travers ces notations et les idées essentielles qui s'en dégagent, c'est un monde très contemporain qui se profile.

III. Les jésuites

CHAPITRE V

TANDIS que nous hâtions nos dispositions pour sortir de la rivière de la Plata, le marquis de Bucarelli faisait les siennes pour passer sur l'Uruguay. Déjà les jésuites avaient été arrêtés dans toutes les autres provinces de son département, et ce gouverneur général voulait exécuter en personne dans les missions les ordres du roi catholique. Il dépendait des premières mesures qu'on y allait prendre de faire agréer[1] à ces peuples le changement qu'on leur préparait ou de les replonger dans l'état de barbarie. Mais avant que de détailler ce que j'ai vu sur la catastrophe de ce singulier gouvernement, il faut dire un mot sur son origine, ses progrès et sa forme. Je le dirai *sine ira et studio quorum causas procul habeo*[2].

C'est en 1850 que l'on voit les jésuites admis pour la première fois dans ces fertiles régions, où ils ont depuis fondé, sous le règne de Philippe III, les missions

1. **Agréer** : accepter.
2. ***Sine ira et studio quorum causas procul habeo*** : « sans colère ni faveur, sentiments dont les motifs sont éloignés de moi ». Phrase de l'historien romain Tacite qui, dans son introduction à ses *Annales* (I, 1) explique qu'il décrira les règnes des empereurs en toute impartialité.

fameuses auxquelles on donne en Europe le nom du Paraguay, et plus à propos en Amérique celui de l'Uruguay, rivière sur laquelle elles sont situées. Elles ont toujours été divisées en peuplades, faibles d'abord et en petit nombre, mais que des progrès successifs ont porté jusqu'à celui de trente-sept ; savoir, vingt-neuf sur la rive droite de l'Uruguay, et huit sur la rive gauche, régies chacune par deux jésuites en habit de l'ordre. Deux motifs qu'il est permis aux souverains d'allier, lorsque l'un ne nuit pas à l'autre, la religion et l'intérêt, avaient fait désirer aux monarques espagnols la conversion de ces Indiens ; en les rendant catholiques on civilisait des hommes sauvages, on se rendait maître d'une contrée vaste et abondante ; c'était ouvrir à la métropole une nouvelle source de richesses et acquérir des adorateurs au vrai Dieu. Les jésuites se chargèrent de remplir ces vues, mais ils représentèrent que[1], pour faciliter le succès d'une si pénible entreprise il fallait qu'ils fussent indépendants des gouverneurs de la province et que même aucun Espagnol ne pénétrât dans le pays.

Le motif qui fondait cette demande était la crainte que les vices des Européens ne diminuassent la ferveur des néophytes[2], ne les éloignassent même du christianisme, et que la hauteur espagnole ne leur rendît odieux un joug trop appesanti[3]. La cour d'Espagne, approuvant ces raisons, régla que les missionnaires seraient soustraits à l'autorité des gouverneurs, et que le trésor leur donnerait chaque année soixante mille

1. **Ils représentèrent que :** ils exposèrent, ils expliquèrent que.
2. **Des néophytes :** des nouveaux convertis.
3. **Un joug trop appesanti :** une domination trop lourde.

piastres pour les frais des défrichements, sous la condition qu'à mesure que les peuplades seraient formées et les terres mises en valeur, les Indiens paieraient annuellement au roi une piastre par homme depuis l'âge de dix-huit ans jusqu'à celui de soixante. On exigea aussi que les missionnaires apprissent aux Indiens la langue espagnole ; mais cette clause ne paraît pas avoir été exécutée.

Les jésuites entrèrent dans la carrière[1] avec le courage des martyrs et une patience vraiment angélique. Il fallait l'un et l'autre pour attirer, retenir, plier à l'obéissance et au travail des hommes féroces, inconstants, attachés autant à leur paresse et à leur indépendance. Les obstacles furent infinis, les difficultés renaissaient à chaque pas ; le zèle triompha de tout, et la douceur des missionnaires amena enfin à leurs pieds ces farouches habitants des bois. En effet, ils les réunirent dans des habitations, leur donnèrent des lois, introduisirent chez eux les arts utiles et agréables ; enfin, d'une nation barbare, sans mœurs et sans religion, ils en firent un peuple doux, policé, exact observateur des cérémonies chrétiennes. Ces Indiens, charmés par l'éloquence persuasive de leurs apôtres, obéissaient volontiers à des hommes qu'ils voyaient se sacrifier à leur bonheur ; de telle façon que, quand ils voulaient se former une idée du roi d'Espagne, ils le représentaient sous l'habit de saint Ignace.

Cependant il y eut contre son autorité un instant de révolte dans l'année 1757. Le roi catholique venait d'échanger avec le Portugal les peuplades des missions

1. **Entrèrent dans la carrière** : voir note 1, p. 40.

situées sur la rive gauche de l'Uruguay contre la colonie du Saint-Sacrement. L'envie d'anéantir la contrebande énorme, dont nous avons parlé plusieurs fois, avait engagé la cour de Madrid à cet échange. L'Uruguay devenait ainsi la limite des possessions respectives des deux couronnes ; on faisait passer sur sa rive droite les Indiens des peuplades cédées, et on les dédommageait en argent du travail de leur déplacement. Mais ces hommes, accoutumés à leurs foyers, ne purent souffrir d'être obligés de quitter des terres en pleine valeur pour en aller défricher de nouvelles. Ils prirent donc les armes : depuis longtemps on leur avait permis d'en avoir pour se défendre contre les incursions des Paulistes, brigands sortis du Brésil et qui s'étaient formés en république vers la fin du XVIe siècle. La révolte éclata sans qu'aucun jésuite parût jamais à la tête des Indiens. On dit même qu'ils furent retenus par force dans les villages pour y exercer les fonctions du sacerdoce. Le gouverneur général de la province de La Plata, dom Joseph Andonaighi, marcha contre les rebelles, suivi de dom Joachim de Viana, gouverneur de Montevideo. Il les défit dans une bataille où il périt plus de deux mille Indiens. Il s'achemina ensuite à la conquête du pays ; et dom Joachim, voyant la terreur qu'une première défaite y avait répandue, se chargea avec six cents hommes de le réduire en entier. En effet, il attaqua la première peuplade, s'en empara sans résistance et, celle-là prise, toutes les autres se soumirent.

Sur ces entrefaites la cour d'Espagne rappela dom Joseph Andonaighi et dom Pedro Cevallos arriva à Buenos Aires pour le remplacer. En même temps Viana reçut ordre d'abandonner les missions et de ramener ses troupes. Il ne fut plus question de l'échange, projeté entre les deux couronnes, et les Portugais, qui avaient marché contre les Indiens avec les Espagnols, revinrent avec eux. C'est dans le temps de cette expédition que s'est répandu en Europe le bruit de l'élection du roi Nicolas, Indien dont en effet les rebelles firent un fantôme de royauté.

Dom Joachim de Viana m'a dit que, quand il eut reçu l'ordre de quitter les missions, une grande partie des Indiens, mécontents de la vie qu'ils menaient, voulaient le suivre. Il s'y opposa, mais il ne put empêcher que sept familles ne l'accompagnassent, et il les établit aux Maldonades où elles donnent aujourd'hui l'exemple de l'industrie et du travail. Je fus surpris de ce qu'il me dit au sujet de ce mécontentement des Indiens. Comment l'accorder avec tout ce que j'avais lu sur la manière dont ils étaient gouvernés ? J'aurais cité les lois des missions, comme le modèle d'une administration faite pour donner aux humains le bonheur et la sagesse.

En effet, quand on se représente de loin et en général ce gouvernement magique fondé par les seules armes spirituelles, et qui n'était lié que par les chaînes de la persuasion, quelle institution plus honorable à l'humanité ! C'est une société qui habite une terre fertile sous un climat fortuné, dont tous les membres sont laborieux et où personne ne travaille pour soi ; les fruits de la culture commune sont rapportés fidèlement dans les magasins publics, d'où l'on distribue à chacun ce qui lui est nécessaire pour sa nourriture, son habillement et l'entretien de son ménage ; l'homme dans la vigueur de l'âge nourrit par son travail l'enfant qui vient de naître ; et lorsque le temps a usé ses forces, il reçoit de ses concitoyens les mêmes services dont il leur a fait l'avance ; les maisons particulières sont commodes, les édifices publics sont beaux ; le culte est uniforme et scrupuleusement suivi ; ce peuple heureux ne connaît ni rangs ni conditions, il est également à l'abri des richesses et de l'indigence[1]. Telles ont dû paraître et telles me paraissaient les missions dans le lointain et l'illusion de la perspective. Mais, en matière de gouvernement, un intervalle immense sépare la théorie de l'administration. J'en fus convaincu par les détails suivants que m'ont faits unanimement cent témoins oculaires.

L'étendue du terrain que renferment les missions peut être de deux cents lieues du nord au sud, de cent cinquante de l'est à l'ouest, et la population y est d'environ trois cent mille âmes, des forêts immenses y offrent des bois de toute espèce, de vastes pâturages y contiennent au moins deux millions de têtes de bestiaux ; de belles rivières vivifient l'intérieur de cette contrée et y appellent partout la circulation et le commerce. Voilà le local, comment y vivait-on ? Le pays était, comme nous l'avons dit, divisé en paroisses, et chaque paroisse régie par deux jésuites, l'un curé, l'autre son vicaire. La dépense totale pour l'entretien des peuplades entraînait peu de frais, les Indiens étant nourris, habillés, logés du travail de leurs mains ; la plus forte dépense allait à l'entretien des églises construites et ornées avec magnificence. Le reste du produit de la terre et tous les bestiaux appartenaient aux jésuites qui, de leur côté, faisaient venir d'Europe les outils des différents métiers, des vitres, des cou-

1. **L'indigence :** la pauvreté.

teaux, des aiguilles à coudre, des images, des chapelets, de la poudre et des fusils. Leur revenu annuel consistait en coton, suifs, cuirs, miel et surtout en *maté*, plante mieux connue sous le nom d'herbe du Paraguay, dont la compagnie faisait seule le commerce, et dont la consommation est immense dans toutes les Indes espagnoles où elle tient lieu de thé.

Les Indiens avaient pour leurs curés une soumission tellement servile que non seulement ils se laissaient punir du fouet à la manière du collège, hommes et femmes, pour les fautes publiques, mais qu'ils venaient eux-mêmes solliciter le châtiment des fautes mentales. Dans chaque paroisse les Pères élisaient tous les ans des corrégidors et des capitulaires chargés des détails de l'administration. La cérémonie de leur élection se faisait avec pompe[1] le premier jour de l'an dans le parvis de l'église[2], et se publiait au son des cloches et des instruments de toute espèce. Les élus venaient aux pieds du Père curé recevoir les marques de leur dignité qui ne les exemptait pas d'être fouettés comme les autres. Leur plus grande distinction était de porter des habits, tandis qu'une chemise de toile de coton composait seule le vêtement du reste des Indiens de l'un et l'autre sexe. La fête de la paroisse et celle du curé se célébraient aussi par des réjouissances publiques, même par des comédies ; elles ressemblaient sans doute à nos anciennes pièces qu'on nommait mystères[3].

Le curé habitait une maison vaste, proche de l'église

1. **Avec pompe :** avec faste et splendeur.
2. **Le parvis de l'église :** la partie située devant la façade de l'église.
3. **Mystères :** genre théâtral du Moyen Âge, où l'on mettait en scène des sujets religieux.

elle avait attenant deux corps de logis dans l'un desquels étaient les écoles pour la musique, la peinture, la sculpture, l'architecture et les ateliers de différents métiers ; l'Italie leur fournissait les maîtres pour les arts, et les Indiens apprennent, dit-on, avec facilité ; l'autre corps de logis contenait un grand nombre de jeunes filles occupées à divers ouvrages sous la garde et l'inspection des vieilles femmes : il se nommait le *Guatiguasu* ou le séminaire. L'appartement du curé communiquait intérieurement avec ces deux corps de logis.

Ce curé se levait à cinq heures du matin, prenait une heure pour l'oraison mentale[1], disait sa messe à six heures et demie, on lui baisait la main à sept heures, et l'on faisait alors la distribution publique d'une once de maté par famille. Après sa messe, le curé déjeunait, disait son bréviaire[2], travaillait avec les corrégidors dont les quatre premiers étaient ses ministres, visitait le séminaire, les écoles et les ateliers ; s'il sortait, c'était à cheval et avec un grand cortège ; il dînait à onze heures seul avec son vicaire, restait en conversation jusqu'à midi, et faisait la sieste jusqu'à deux heures ; il était renfermé dans son intérieur jusqu'au rosaire[3], après lequel il y avait conversation jusqu'à sept heures du soir ; alors le curé soupait ; à huit heures il était censé couché.

Le peuple cependant était depuis huit heures du matin distribué aux divers travaux soit de la terre, soit

1. **L'oraison mentale :** la prière pensée en silence.
2. **Son bréviaire :** son livre de prières.
3. **Jusqu'au rosaire :** jusqu'à l'heure de réciter les prières en égrenant son chapelet.

des ateliers, et les corrégidors veillaient au sévère emploi du temps ; les femmes filaient du coton ; on leur en distribuait tous les lundis une certaine quantité qu'il fallait rapporter filé à la fin de la semaine ; à cinq heures et demie du soir on se rassemblait pour réciter le rosaire et baiser encore la main du curé ; ensuite se faisait la distribution d'une once de maté et de quatre livres de bœuf pour chaque ménage qu'on supposait être composé de huit personnes ; on donnait aussi du maïs. Le dimanche on ne travaillait point, l'office divin prenait plus de temps ; ils pouvaient ensuite se livrer à quelques jeux aussi tristes que le reste de leur vie.

On voit par ce détail exact que les Indiens n'avaient en quelque sorte aucune propriété et qu'ils étaient assujettis à une uniformité de travail et de repos cruellement ennuyeuse. Cet ennui, qu'avec raison on dit mortel, suffit pour expliquer ce qu'on nous a dit : qu'ils quittaient la vie sans la regretter, et qu'ils mouraient sans avoir vécu. Quand une fois ils tombaient malades, il était rare qu'ils guérissent ; et lorsqu'on leur demandait alors si de mourir les affligeait, ils répondaient que non, et le répondaient comme des gens qui le pensent. On cessera maintenant d'être surpris de ce que, quand les Espagnols pénétrèrent dans les missions, ce grand peuple administré comme un couvent témoigna le plus grand désir de forcer la clôture. Au reste, les jésuites nous représentaient ces Indiens comme une espèce d'hommes qui ne pouvait jamais atteindre qu'à l'intelligence des enfants ; la vie qu'ils menaient empêchait ces grands enfants d'avoir la gaieté des petits.

La Compagnie s'occupait du soin d'étendre les missions lorsque le contrecoup d'événements passés en Europe vint renverser dans le Nouveau Monde l'ouvrage de tant d'années et de patience. La cour d'Espagne, ayant pris la résolution de chasser les jésuites, voulut que cette opération se fît en même temps dans toute l'étendue de ses vastes domaines. Cevallos fut rappelé de Buenos Aires et don Francisco Bucarelli nommé pour le remplacer. Il partit instruit de la besogne à laquelle on le destinait et prévenu d'en différer l'exécution jusqu'à de nouveaux ordres qu'il ne tarderait pas à recevoir. Le confesseur du roi, le comte d'Aranda et quelques ministres étaient les seuls auxquels fut confié le secret de cette affaire. Bucarelli fit son entrée à Buenos Aires au commencement de 1767.

Lorsque dom Pedro Cevallos fut arrivé en Espagne, on expédia au marquis de Bucarelli un paquebot chargé des ordres tant pour cette province que pour le Chili, où ce général devait les faire passer par terre. Ce bâtiment arriva dans la rivière de la Plata au mois de juin 1767 et le gouverneur dépêcha sur-le-champ deux officiers, l'un au vice-roi du Pérou, l'autre au président de l'audience du Chili, avec les paquets de la cour qui les concernaient. Il songea ensuite à répartir ses ordres dans les différents lieux de sa province où il y avait des jésuites, tels que Cordoue, Mendoze, Corrientes, Santa Fe, Salta, Montevideo et le Paraguay. Comme il craignit que, parmi les commandants de ces divers endroits, quelques-uns n'agissent pas avec la promptitude, le secret et l'exactitude que la cour désirait, il leur enjoignit, en leur adressant ses ordres, de ne les ouvrir que le jour qu'il fixait pour l'exécution, et de ne le faire qu'en présence de quelques personnes qu'il nommait : gens qui occupaient dans les mêmes lieux les premiers emplois ecclésiastiques et civils. Cordoue surtout l'intéressait ; c'était dans ces provinces la principale maison des jésuites et la résidence habituelle du provincial[1]. C'est là qu'ils formaient et qu'ils instruisaient dans la langue et les usages du pays les sujets destinés aux missions et à devenir chefs des peuplades ; on y devait trouver leurs papiers les plus importants. Le marquis de Bucarelli se résolut à y envoyer un officier de confiance qu'il nomma lieutenant du roi de cette place, et que, sous ce prétexte, il fit accompagner d'un détachement de troupes.

Il restait à pourvoir à l'exécution des ordres du roi dans les missions, et c'était le point critique. Faire arrêter les jésuites au milieu des peuplades, on ne savait pas si les Indiens voudraient le souffrir, et il eût fallu soutenir cette exécution violente par un corps de troupes assez nombreux pour parer à tout événement. D'ailleurs n'était-il pas indispensable, avant que de songer à en retirer les jésuites, d'avoir une autre forme de gouvernement prête à substituer au leur et d'y prévenir ainsi les désordres de l'anarchie ? Le gouvernement se détermina à temporiser[2] et se contenta pour le moment d'écrire dans les missions qu'on lui envoyât sur-le-champ le corrégidor et un cacique de chaque peuplade pour leur communiquer des lettres du roi. Il expédia cet ordre avec la plus grande célérité afin que les Indiens fussent en chemin et hors des réductions[3] avant que la nouvelle de l'expulsion de la Société pût y parvenir. Par ce moyen il remplissait deux vues, l'une de se procurer des otages qui l'assureraient de la fidélité des peuplades lorsqu'il en retirerait les jésuites ; l'autre,

1. **Provincial :** grade au sein de la Compagnie de Jésus (voir pp. 91-93).
2. **À temporiser :** à prendre du temps.
3. **Hors des réductions :** hors des territoires régis par les missions.

de gagner l'affection des principaux Indiens par les bons traitements qu'on leur prodiguerait à Buenos Aires et d'avoir le temps de les instruire du nouvel état dans lequel ils entreraient lorsque, n'étant plus tenus par la lisière[1], ils jouiraient des mêmes privilèges et de la même propriété que les autres sujets du roi.

Tout avait été concerté avec le plus profond secret et, quoiqu'on eût été surpris de voir arriver un bâtiment d'Espagne sans autres lettres que celles adressées au général, on était fort éloigné d'en soupçonner la cause.

Le moment de l'exécution générale était combiné pour le jour où tous les courriers auraient eu le temps de se rendre à leur destination et le gouverneur attendait cet instant avec impatience, lorsque l'arrivée des deux chambekins[2] du roi, l'*Andalu* et l'*Aventurero*, venant de Cadix, faillit à rompre toutes ses mesures. Il avait ordonné au gouverneur de Montevideo, au cas qu'il arrivât quelques bâtiments d'Europe, de ne pas laisser communiquer avec qui que ce fût, avant que de l'en avoir informé ; mais l'un de ces deux chambekins s'étant perdu, comme nous l'avons dit, en entrant dans la rivière, il fallait bien en sauver l'équipage et lui donner les secours que sa situation exigeait.

Les deux chambekins étaient sortis d'Espagne depuis que les jésuites y avaient été arrêtés : ainsi on ne pouvait empêcher que cette nouvelle ne se répandît. Un officier de ces bâtiments fut sur-le-champ envoyé au marquis de Bucarelli et arriva à Buenos Aires le 9 juillet

1. **N'étant plus tenus par la lisière :** la lisière était un cordon qu'on attachait aux vêtements d'un enfant pour le soutenir quand il commençait à marcher ou pour l'empêcher de s'éloigner.
2. **Chambekins :** navires espagnols.

à dix heures du soir. Le gouverneur ne balança pas : il expédia à l'instant à tous les commandants des places un ordre d'ouvrir leurs paquets et d'en exécuter le contenu avec la plus grande célérité[1]. À deux heures après minuit, tous les ouvriers étaient partis et les deux maisons des jésuites à Buenos Aires investies, au grand étonnement de ces Pères qui croyaient rêver lorsqu'on vint les tirer du sommeil pour les constituer prisonniers et se saisir de leurs papiers. Le lendemain, on publia dans la ville un ban[2] qui décernait peine de mort contre ceux qui entretiendraient commerce[3] avec les jésuites et on y arrêta cinq négociants qui voulaient, dit-on, leur faire passer des avis à Cordoue.

Les ordres du roi s'exécutèrent avec la même facilité dans toutes les villes. Partout les jésuites furent surpris sans avoir eu le moindre indice, et on mit la main sur leurs papiers. On les fit aussitôt partir de leurs différentes maisons, escortés par des détachements de troupes qui avaient ordre de tirer sur ceux qui chercheraient à s'échapper. Mais on n'eut pas besoin d'en venir à cette extrémité. Ils témoignèrent la plus parfaite résignation, s'humiliant sous la main qui les frappait et reconnaissant, disaient-ils, que leurs péchés avaient mérité le châtiment dont Dieu les punissait. Les jésuites de Cordoue, au nombre de plus de cent, arrivèrent à la fin d'août à la Encenada, où se rendirent peu après ceux de Corrientes, de Buenos Aires et de Montevideo. Ils furent aussitôt embarqués et ce premier convoi appareilla, comme nous l'avons déjà dit, à la fin de

1. **La plus grande célérité :** la plus grande rapidité.
2. **Un ban :** une proclamation officielle.
3. **Qui entretiendraient commerce :** qui entretiendraient des relations.

septembre. Les autres, pendant ce temps, étaient en chemin pour venir à Buenos Aires attendre un nouvel embarquement.

On y vit arriver le 13 septembre tous les corrégidors et un cacique de chaque peuplade, avec quelques Indiens de leur suite. Ils étaient sortis des missions avant qu'on s'y doutât de l'objet qui les faisait mander. La nouvelle qu'ils en apprirent en chemin leur fit impression, mais ne les empêcha pas de continuer leur route. La seule instruction dont les curés eussent muni au départ leurs chers néophytes avait été de ne rien croire de tout ce que leur débiterait le gouverneur général. « Préparez-vous, mes enfants, leur avaient-ils dit, à entendre beaucoup de mensonges. » À leur arrivée, on les amena en droiture[1] au gouvernement, où je fus présent à leur réception. Ils y entrèrent à cheval au nombre de cent vingt et s'y formèrent en croissant sur deux lignes : un Espagnol, instruit dans la langue des Guaranis, leur servait d'interprète. Le gouverneur parut à un balcon ; il leur fit dire qu'ils étaient les bienvenus, qu'ils allassent se reposer, et qu'il les informerait du jour auquel il aurait résolu de leur signifier les intentions du roi. Il ajouta sommairement qu'il venait les tirer d'esclavage et les mettre en possession de leurs biens dont, jusqu'à présent, ils n'avaient pas joui. Ils répondirent par un cri général, en élevant la main droite vers le ciel et souhaitant mille prospérités au roi et au gouverneur. Ils ne paraissaient pas mécontents, mais il était aisé de démêler sur leur visage plus de surprise que de joie. Au sortir du gouvernement, on les conduisit à une maison des jésuites où ils furent logés,

1. **En droiture** : directement.

nourris et entretenus aux dépens du roi. Le gouverneur, en les faisant venir, avait mandé nommément le fameux cacique Nicolas, mais en écrivit que son grand âge et ses infirmités ne lui permettaient pas de se déplacer.

À mon départ de Buenos Aires, les Indiens n'avaient pas encore été appelés à l'audience du général. Il voulait leur laisser le temps d'apprendre un peu la langue et de connaître la façon de vivre des Espagnols. J'ai plusieurs fois été les voir. Ils m'ont paru d'un naturel indolent, je leur trouvais cet air stupide d'animaux pris au piège. On m'en fit remarquer que l'on disait fort instruits ; mais, comme ils ne parlaient que la langue guarani, je ne fus pas dans le cas d'apprécier le degré de leurs connaissances ; seulement j'entendis jouer du violon un cacique que l'on nous assurait être grand musicien ; il joua une sonate et je crus entendre les sons obligés d'une serinette[1]. Au reste, peu de temps après leur arrivée à Buenos Aires, la nouvelle de l'expulsion des jésuites étant parvenue dans les missions, le marquis de Bucarelli reçut une lettre du provincial qui s'y trouvait pour lors, dans laquelle il l'assurait de sa soumission et de celle de toutes les peuplades aux ordres du roi.

Ces missions des *Guaranis* et des *Tapes* sur l'Uruguay n'étaient pas les seules que les jésuites eussent fondées dans l'Amérique méridionale. Plus au nord ils avaient rassemblé et soumis aux mêmes lois les *Moyos*, les *Chiquitos* et les *Avipones*. Ils formaient aussi de nouvelles réductions dans le sud du Chili du côté de

1. **Une serinette :** boîte à musique avec laquelle on apprend un air à un serin ou à un oiseau chanteur.

l'île du *Chiloé* ; et depuis quelques années ils s'étaient ouvert une route pour passer de cette province au Pérou, en traversant le pays des Chiquitos, route plus courte que celle que l'on suivait jusqu'à présent. Au reste, dans les pays où ils pénétraient, ils faisaient appliquer sur des poteaux la devise de la Compagnie ; et sur la carte de leurs réductions faite par eux, elles sont énoncées sous cette dénomination, *oppida christianorum*[1].

On s'était attendu, en saisissant les biens des jésuites dans cette province, de trouver dans leurs maisons des sommes d'argent considérables ; on en a néanmoins trouvé fort peu. Leurs magasins étaient à la vérité garnis de marchandises de tout genre, tant de ce pays que de l'Europe, et même il y en avait de beaucoup d'espèces qui ne se consomment point dans ces provinces. Le nombre de leurs esclaves était considérable, on en comptait trois mille cinq cents dans la seule maison de Cordoue.

Ma plume se refuse au détail de tout ce que le public de Buenos Aires prétendait avoir été trouvé dans les papiers saisis aux jésuites ; les haines sont encore trop récentes pour qu'on puisse discerner les fausses imputations des véritables. J'aime mieux rendre justice à la plus grande partie des membres de cette Société qui ne participaient point au secret de ses vues temporelles. S'il y avait dans ce corps quelques intrigants, le grand nombre, religieux de bonne foi, ne voyaient dans l'institut que la piété de son fondateur, et servaient en esprit et en vérité le Dieu auquel ils s'étaient consacrés. Au reste, j'ai su depuis mon retour en France que le mar-

1. ***Oppida christianorum* :** places fortes, citadelles des chrétiens.

quis de Bucarelli était parti de Buenos Aires pour les missions le 14 mai 1768, et qu'il n'y avait rencontré aucun obstacle, aucune résistance à l'exécution des ordres du roi catholique. On aura une idée de la manière dont s'est terminé cet événement intéressant en lisant les deux pièces suivantes qui contiennent le détail de la première scène. C'est ce qui s'est passé dans la réduction Yapegu située sur l'Uruguay et qui se trouvait la première sur le chemin du général espagnol ; toutes les autres ont suivi l'exemple donné par celle-là.

Traduction d'une lettre d'un capitaine de grenadiers du régiment de Mayorque, commandant un des détachements de l'expédition aux missions du Paraguay.

D'Yapegu, le 19 juillet 1768.

« Hier nous arrivâmes ici très heureusement ; la réception que l'on a faite à notre général a été des plus magnifiques et telle qu'on n'aurait pu l'attendre de la part d'un peuple aussi simple et aussi peu accoutumé à de semblables fêtes. Il y a ici un collège très riche en ornements d'église qui sont en grand nombre ; on y voit aussi beaucoup d'argenterie. La peuplade est un peu moins grande que Montevideo, mais bien mieux alignée et fort peuplée. Les maisons y sont tellement uniformes qu'à en voir une on les a vues toutes, comme à voir un homme et une femme, on a vu tous les habitants, attendu qu'il n'y a pas la moindre différence dans la façon dont ils sont vêtus. Il y a beaucoup de musiciens, mais tous médiocres.

Dès l'instant où nous arrivâmes dans les environs de cette mission, Son Excellence donna l'ordre d'aller se saisir du Père provincial de la Compagnie de Jésus et de six autres de ces Pères, et de les mettre aussitôt en lieu de sûreté. Ils doivent s'embarquer un de ces jours sur le fleuve Uruguay. Nous croyons cependant qu'ils resteront au Salto, où on les gardera jusqu'à ce que tous leurs confrères aient subi le même sort. Nous croyons aussi rester à Yapegu cinq ou six jours et suivre notre chemin jusqu'à la dernière des missions. Nous sommes très contents de notre général qui nous fait procurer tous les rafraîchissements possibles. Hier nous eûmes opéra, il y en aura encore aujourd'hui une représentation. Les bonnes gens font tout ce qu'ils peuvent et tout ce qu'ils savent. Nous vîmes aussi hier le fameux Nicolas, celui qu'on avait tant d'intérêt à tenir renfermé. Il était dans un état déplorable et presque nu. C'est un homme de soixante et dix ans qui paraît de bon sens. Son Excellence lui parla longtemps et parut fort satisfaite de sa conversation.

Voilà tout ce que je puis vous apprendre de nouveau. »

Relation publiée à Buenos Aires de l'entrée de S.E. don Francisco Bucarelli y Ursua dans la mission Yapegu, l'une de celles des jésuites chez les peuples guaranis dans le Paraguay, lorsqu'elle y arriva le 18 juillet 1768.

« À huit heures du matin, Son Excellence sortit de la chapelle Saint-Martin, située à une lieue d'Yapegu. Elle était accompagnée de sa garde de grenadiers et de dragons, et avait détaché deux heures auparavant les compagnies de grenadiers de Mayorque pour disposer et soutenir le passage du ruisseau Guivirade qu'on est obligé de traverser en balses et en canots. Ce ruisseau est à une demi-lieue environ de la peuplade. Aussitôt que Son Excellence eut traversé, elle trouva les caciques et corrégidors des missions qui l'attendaient avec l'alferès[1] d'Yapegu qui portait l'étendard royal. Son Excellence ayant reçu tous les honneurs et compliments usités en pareilles occasions, monta à cheval pour faire son entrée publique.

Les dragons commencèrent la marche ; ils étaient suivis de deux aides de camp qui précédaient Son Excellence, après laquelle venaient les deux compagnies de grenadiers de Mayorque suivies du cortège des caciques et corrégidors et d'un grand nombre de cavaliers de ces cantons.

On se rendit à la grande place en face de l'église. Son Excellence ayant mis pied à terre, dom Francisco Martinez, vicaire général de l'expédition, se présenta sur les degrés du portail pour la recevoir. Il l'accompagna jusqu'au presbytère et entonna le *Te Deum*, qui fut chanté et exécuté par une musique toute composée de Guaranis. Pendant cette cérémonie l'artillerie fit une triple décharge. Son Excellence se rendit ensuite au logement qu'elle s'était destiné dans le collège des Pères, autour duquel la troupe vint camper jusqu'à ce que, par son ordre, elle allât prendre ses quartiers dans le *Guatiguasu* ou la *Casa de las recogidas*, la maison des recluses. »

Reprenons le récit de notre voyage dont le spectacle de la révolution arrivée dans les missions n'a pas été une des circonstances les moins intéressantes.

1. **L'alferès :** terme espagnol désignant le personnage officiel chargé de porter l'étendard.

EXAMEN MÉTHODIQUE

REPÈRES

1. En quoi peut-on dire que ce chapitre suit le déroulement méthodique d'une enquête ?

OBSERVATION

2. Relevez toutes les indications qui tendent à marquer l'objectivité et l'impartialité de l'auteur dans la description et le récit de cet épisode concernant les jésuites.
3. Comment comprenez-vous l'expression : « *de les replonger dans l'état de barbarie* » (l. 9-10) ?
4. Quel motif commandait les relations entre les missions des jésuites et le roi d'Espagne ?
5. Quelles furent les armes des jésuites pour soumettre les Indiens ?
6. Qu'est-ce qui oppose les activités du curé et de son vicaire à celles des Indiens des missions ? Qu'ont-elles en commun ?

INTERPRÉTATIONS

7. « *On exigea aussi que les missionnaires apprissent aux Indiens la langue espagnole* » (l. 51-53) : comment peut-on expliquer que cette exigence, comme l'indique l'auteur, n'ait pas été respectée ?
8. Le texte donne deux versions d'une même réalité, celle de la vie dans les missions : quels éléments indiquent que l'auteur adopte successivement deux perspectives différentes ?
9. « *des vitres, des couteaux, des aiguilles à coudre, des images, des chapelets, de la poudre et des fusils* » (l. 172-174) : que pensez-vous de cette énumération ?
10. « *les écoles pour la musique, la peinture, la sculpture, l'architecture* » (l. 202-203) : dans quel but les jésuites veillaient-ils à l'éducation des Indiens dans ces arts ?
11. Pourquoi peut-on dire que ce sont les jésuites eux-mêmes qui rendirent leur arrestation si facile ?

DE LA LECTURE À L'ÉCRITURE

12. À partir des deux lettres données en fin de chapitre par l'auteur, écrivez le récit qu'aurait pu faire un habitant guarani des missions à propos de l'arrivée des Espagnols. Vous garderez à l'esprit que, malgré le calme dans lequel ces événements se sont déroulés, cette intrusion espagnole dans la vie uniforme des missions a constitué une véritable révolution pour les Indiens.

La Compagnie de Jésus

L'ordre des jésuites est fondé par Ignace de Loyola en 1534 et autorisé par le pape Paul III en 1540 sous le nom de Compagnie de Jésus. Ses « Constitutions » acquirent leur forme définitive en 1558, après la mort de saint Ignace (1556). Clercs réguliers, les jésuites, loin de vivre dans des monastères, furent mobiles et perpétuellement disponibles. La règle par excellence est celle de l'obéissance. Le préposé général et les assistants nationaux sont élus par la congrégation générale des députés des provinces. Celle-ci est le pouvoir législatif de l'ordre et peut déposer le général.
Missionnaires de par leur vocation première, les jésuites le restèrent. Mais, à partir de 1548, ils fondèrent des collèges qui connurent un très grand succès. Plus instruits que la plupart des prêtres et religieux de leur temps, théologiens écoutés, astronomes appréciés de l'empereur de Chine, éducateurs remarquables, les jésuites ne furent pas seulement à la pointe du combat contre le protestantisme, ils ont occupé dans la civilisation de l'époque moderne une place exceptionnelle.
En 1556, l'ordre comptait un millier de membres, en 1615, treize mille. Ils continuent à jouer un rôle capital, tout au long des XVIIe et XVIIIe siècles, dans la formation des classes dirigeantes, en favorisant la rénovation de l'enseignement et dans la querelle de la grâce qui les oppose aux jansénistes. Au XVIIIe siècle, ils défendent le christianisme contre le courant philosophique. La Compagnie de Jésus fait preuve aussi d'une extrême activité en Amérique et en Chine.
Mais le modernisme de l'ordre, jugé suspect par une part de l'Église et les parlements, inquiète également le parti philosophique en France, soutenu par Madame de Pompadour. Face à cette coalition disparate, les jésuites succombent peu à peu dans toute l'Europe. En France, Choiseul ferme leurs établissements en 1763 et les expulse du territoire en 1767. Un sort identique leur est réservé en Espagne la même année.
Le chapitre V du *Voyage autour du monde*, relatant la fin des missions du Paraguay, constitue une interruption, pour ne pas dire une digression, au sein du récit du voyage. Elle n'en est pas moins, comme l'indique l'auteur lui-même, « *une des circonstances les plus intéressantes* », où Bougainville, spectateur et témoin, fait la lumière sur une réalité tenue cachée.

Un tableau idyllique

L'auteur offre une première description, très élogieuse, de l'œuvre des jésuites en Amérique. Pour ce qu'on en sait (« *tout ce que j'avais lu* ») et ce que l'« *on se représente de loin et en général* », les missions du Paraguay sont à l'honneur de cette confrérie que l'on proscrit. Les jésuites semblent n'avoir apporté que les bienfaits de la civilisation à une nation qui, sans eux, serait restée barbare, et l'humanité dont ils font preuve à l'égard de leurs néophytes est opposée « *à la hauteur espagnole* » ; en somme, les enclaves chrétiennes que sont leurs missions apparaissent comme autant de forteresses destinées à protéger les Indiens contre « *les vices des Européens* » (ainsi peut-on comprendre l'expression *oppida christianorum*). Le voyageur dresse en premier lieu le tableau d'une société harmonieuse, où règnent à égalité l'industrie et les arts, installée sur « *une terre fertile sous un climat fortuné* », une sorte d'utopie, le meilleur des mondes auquel les philosophes des Lumières aspirent. Cependant, comme pour tous les idéaux, « *un immense intervalle sépare la théorie* » de la réalité, « *l'illusion de la perspective* » doit être levée.

L'envers du décor

Ce tableau des missions est en deux volets, un diptyque présentant une situation et son envers. La réalité de l'œuvre des jésuites est suggérée par le doute qu'introduisit dans l'esprit de l'auteur la mention du mécontentement de certains Indiens. L'enquête à laquelle Bougainville se livre alors auprès de témoins oculaires lui révèle « *les détails* » de l'affaire. La vie des Guaranis au sein des missions est caractérisée par sa tristesse et son ennui ; ce qui paraissait harmonie n'était en fait que l'effet d'une uniformité appauvrissante. Face à l'oisiveté patente des curés et des vicaires, le labeur constant des Indiens peut passer pour un asservissement, l'auteur n'hésite pas à désigner du terme d'« *esclaves* » les Indiens présents à Cordoue. Quant à l'instruction que les jésuites passaient pour donner à leurs néophytes, l'expérience que Bougainville en fait ne se révèle pas concluante. Que les jésuites ne semblent pas avoir jugé nécessaire d'enseigner aux Guaranis une autre langue (l'auteur le mentionne à deux reprises) est à lui seul un constat propre à mettre le doute dans son esprit.

Un esprit de justice et de justesse

Dans cette entreprise de dévoilement de la vérité, Bougainville se montre un observateur honnête et juste. Il a rédigé tout d'abord son récit selon une méthode méticuleuse, annoncée par un plan rigoureux : « *Mais avant que de détailler ce que j'ai vu sur la catastrophe de ce singulier gouvernement, il faut dire un mot sur son origine, ses progrès et sa forme.* » Suit une explication circonstanciée de la présence des jésuites en Amérique. On découvre ensuite une première version des faits, la version positive, qui pourrait être invoquée pour la défense des missionnaires – les lectures mentionnées par Bougainville sont sans doute des écrits issus de la confrérie de saint Ignace elle-même –, puis une seconde version, plus crédible car accréditée par des témoins, qui vient contredire la précédente. Dans cette condamnation de la Compagnie de Jésus, l'auteur reconnaît sa difficulté à discerner « *les fausses imputations des véritables* », tant l'affaire est encore soumise à des haines « *trop récentes* ». Il va jusqu'à disculper une partie des membres de l'Ordre en rendant justice à leur bonne foi et à leur sincérité de missionnaires. Enfin, les deux lettres par lesquelles il achève sa relation jouent le rôle de preuves, de pièces à conviction, qui viennent étayer son propos et en confirmer la véracité.

La méthode dont Bougainville fait preuve ici est une démonstration convaincante de la fiabilité de son propos. Il est intéressant de rappeler qu'il s'opposait, dans son discours préliminaire, aux théoriciens et à l'esprit de système en faveur de l'expérience et de l'observation. Dans ce chapitre, Bougainville fait plus que relater un événement notable de son voyage : il donne une leçon de méthode et se montre un véritable esprit scientifique en quête de la seule vérité. C'est cet esprit de justice et de justesse qui l'anime tout au long de son récit.

IV. En Patagonie

CHAPITRE VI

NIMBORUM IN PATRIAM,
LOCA FŒTA FURENTIBUS AUSTRIS.
VIRG. ÆNEID. LIB. I.[1]

L'expédition s'apprête à quitter Montevideo pour gagner le détroit de Magellan.

LE RADOUB[2] et le chargement de *L'Étoile* nous avaient coûté tout le mois d'octobre et des frais considérables ; ce ne fut qu'à la fin de ce mois que nous pûmes solder[3] avec le munitionnaire général et les autres fournisseurs espagnols. Je pris le parti de les payer de l'argent qui m'avait été remboursé pour la cession des îles Malouines, plutôt que de tirer des lettres de change sur le Trésor royal. J'ai continué de même pour toutes les dépenses de nos différentes relâches en pays étranger.

1. Citation du premier livre de l'*Énéide* (v. 51), où le poète décrit la patrie du roi des vents Éole, « patrie des nuages, terre qui enfante les Austers furieux », les Austers étant des vents du sud porteurs de pluies.
2. **Le radoub :** voir note 1, p. 63.
3. **Solder :** régler les dépenses.

Les achats s'y sont faits par ce moyen à meilleur compte et avec plus d'expédition.

Le 31 octobre, au point du jour, je rejoignis à quelques lieues de la Encenada, *L'Étoile* qui en avait appareillé la veille pour Montevideo. Nous y mouillâmes le 3 novembre à sept heures du soir.

Cette traversée nous coûta trois hommes qui furent noyés ; la chaloupe, s'étant engagée sous le navire qui virait de bord, coula bas : tous nos efforts ne purent sauver que deux hommes et la chaloupe dont le cablot[1] n'avait pas rompu. J'eus aussi le chagrin de voir que, malgré son radoub, *L'Étoile* faisait encore de l'eau ; ce qui donnait lieu de craindre que le défaut ne fût général dans tout le calfatage de sa flottaison : le navire avait été franc d'eau[2] jusqu'à ce qu'il eût été calé à treize pieds.

Nous employâmes quelques jours à embarquer à bord de *La Boudeuse* tous les vivres qu'elle pouvait contenir, à recalfater ses hauts[3], opération que l'absence de ses calfats nécessaires à *L'Étoile* n'avait pas permis de faire plus tôt, à raccommoder la chaloupe de *L'Étoile*, à faire couper l'herbe pour nos bestiaux et à déblayer tout ce que nous avions à terre. La journée du 10 se passa à guinder nos mâts de hune, hisser les basses vergues et tenir nos agrès ; nous pouvions appareiller le même jour si nous n'eussions pas été échoués. Le 11, la mer ayant monté, les bâtiments flottèrent, et nous allâmes mouiller à la tête de la rade où on est toujours à flot. Les deux jours suivants, le gros temps

1. **Le cablot :** le câble par lequel elle était amarrée au navire.
2. **Franc d'eau :** vide d'eau.
3. **Ses hauts :** les parties hautes de la coque du navire.

ne nous permit pas de faire voile, mais ce délai ne fut pas en pure perte. Il arriva de Buenos Aires une goélette chargée de farine, et nous y en prîmes soixante quintaux qu'on trouva moyen de loger encore dans les navires. Nous y avions, toute compensation faite, des vivres pour dix mois : il est vrai que la plus grande partie des boissons était en eau-de-vie. Les équipages jouissaient de la meilleure santé ; le long séjour qu'ils venaient de faire dans la rivière de la Plata, pendant lequel un tiers des matelots couchait alternativement à terre, et la viande fraîche dont ils y furent toujours nourris les avaient préparés aux fatigues et aux misères de toute espèce, dont la longue carrière allait s'ouvrir. Je fus obligé de laisser à Montevideo le maître pilote, le maître charpentier, le maître armurier et un officier marinier de ma frégate, auxquels l'âge et des infirmités incurables ne permettaient pas d'entreprendre le voyage. Il y déserta aussi, malgré tous nos soins, douze soldats ou matelots des deux navires. J'avais pris à la vérité aux îles Malouines quelques-uns des matelots qui y étaient engagés pour la pêche, ainsi qu'un ingénieur, un officier de navire marchand et un chirurgien, en sorte que les vaisseaux avaient autant de monde qu'à notre départ d'Europe, et il y avait déjà un an que nous étions sortis de la rivière de Nantes.

Le 14 novembre, à quatre heures et demie du matin, les vents étant au nord, joli frais, nous appareillâmes de Montevideo. À huit heures et demie, nous étions nord et sud de l'île de Flores, les courants nous ayant portés avec rapidité dans l'est-sud-est. À midi nous étions à douze lieues dans l'est et l'est-quart-sud-est de Montevideo, et c'est de là que je pris mon point de départ par trente-quatre degrés cinquante-quatre

Un matelot présentant à une Patagone un morceau de biscuit pour son enfant.
Frontispice d'une édition du Voyage autour du monde.

minutes quarante secondes de latitude australe, et cinquante-huit degrés cinquante-sept minutes trente secondes de longitude occidentale du méridien de Paris. [...]

Au cours de leur traversée du détroit de Magellan, les équipages de L'Étoile *et de* La Boudeuse *font connaissance avec les Indiens habitant la Terre de Feu.*

Ce matin, les Patagons, qui toute la nuit avaient entretenu des feux au fond de la baie de Possession élevèrent un pavillon blanc sur une hauteur et nous répondîmes en hissant celui des vaisseaux. Ces Patagons étaient sans doute ceux que *L'Étoile* vit au mois de juin 1766 dans la baie Boucault, et le pavillon qu'ils élevaient était celui qui leur fut donné par M. Denys de Saint-Simon en signe d'alliance. Le soin qu'ils ont pris de le conserver annonce des hommes doux, fidèles à leur parole ou du moins reconnaissants des présents qu'on leur a faits.

Nous aperçûmes aussi fort distinctement, lorsque nous fûmes dans le goulet[1], une vingtaine d'hommes sur la Terre de Feu. Ils étaient couverts de peaux et couraient à toutes jambes le long de la côte en suivant notre route. Ils paraissaient même de temps en temps nous faire des signes avec la main, comme s'ils eussent désiré que nous allassions à eux. Selon le rapport des Espagnols, la nation qui habite cette partie des Terres de Feu n'a rien des mœurs cruelles de la plupart des sauvages. Ils accueillirent avec beaucoup d'humanité

1. **Le goulet** : un couloir étroit formé par les côtes.

l'équipage du vaisseau la *Conception* qui se perdit sur leurs côtes en 1765. Ils lui aidèrent même à sauver une partie des marchandises de la cargaison et à élever des hangars pour les mettre à l'abri. Les Espagnols y construisirent des débris de leurs navires une barque dans laquelle ils se sont rendus à Buenos Aires. C'est à ces Indiens que le chambekin[1] l'*Andalous* se disposait à mener des missionnaires lorsque nous sommes sortis de la rivière de la Plata. Au reste, des pains de cire provenant de la cargaison de ce navire ont été portés par les courants jusque sur la côte des Malouines, où on les trouva en 1766.

On a vu qu'à midi nous étions sortis du premier goulet : pour lors nous fîmes de la voile. Le vent s'était rangé au sud, et la marée continuait à nous élever dans l'ouest. À trois heures l'un et l'autre nous manquèrent, et nous mouillâmes dans la baie Boucault sur dix-huit brasses fond de vase.

Dès que nous fûmes mouillés, je fis mettre à la mer un de mes canots et un de *L'Étoile*. Nous nous y embarquâmes au nombre de dix officiers armés chacun de nos fusils, et nous allâmes descendre au fond de la baie, avec la précaution de faire tenir nos canots à flot et les équipages dedans. À peine avions-nous pied à terre que nous vîmes venir à nous six Américains à cheval et au grand galop. Ils descendirent de cheval à cinquante pas et sur-le-champ accoururent au-devant de nous en criant *chaoua*. En nous joignant, ils tendaient les mains et les appuyaient contre les nôtres. Ils nous serraient ensuite entre leurs bras, répétant à tue-

1. **Le chambekin :** voir note 2, p. 82.

tête *chaoua, chaoua*, que nous répétions comme eux. Ces bonnes gens parurent très joyeux de notre arrivée. Deux des leurs, qui tremblaient en venant à nous ne furent pas longtemps sans se rassurer. Après beaucoup de caresses réciproques[1], nous fîmes apporter de nos canots des galettes et un peu de pain frais que nous leur distribuâmes et qu'ils mangèrent avec avidité. À chaque instant leur nombre augmentait ; bientôt il s'en ramassa une trentaine parmi lesquels il y avait quelques jeunes gens et un enfant de huit à dix ans. Tous vinrent à nous avec confiance et nous firent les mêmes caresses que les premiers. Ils ne paraissaient point étonnés de nous voir et, en imitant avec la voix le bruit de nos fusils, ils nous faisaient entendre que ces armes leur étaient connues. Ils paraissaient attentifs à faire ce qui pouvait nous plaire. M. de Commerçon et quelques-uns de nos messieurs s'occupaient à ramasser des plantes ; plusieurs Patagons se mirent aussi à en chercher, et ils apportaient les espèces qu'ils nous voyaient prendre. L'un d'eux, apercevant le chevalier du Bouchage dans cette occupation, lui vint montrer un œil auquel il avait un mal fort apparent et lui demander par signes de lui indiquer une plante qui le pût guérir. Ils ont donc une idée et un usage de cette médecine qui connaît les simples[2] et les applique à la guérison des hommes. C'était celle de Macaon, le médecin des dieux, et on trouverait plusieurs Macaon chez les sauvages du Canada.

1. **Caresses réciproques :** démonstrations d'amitié et de bienveillance.
2. **Les simples :** les plantes médicinales.

Nous échangeâmes quelques bagatelles précieuses à leurs yeux contre des peaux de guanaques et de vigognes[1]. Ils nous demandèrent par signes du tabac à fumer, et le rouge semblait les charmer : aussitôt qu'ils apercevaient sur nous quelque chose de cette couleur, ils venaient passer la main dessus et témoignaient en avoir grande envie. Au reste, à chaque chose qu'on leur donnait, à chaque caresse qu'on leur faisait, le *chaoua* recommençait, c'étaient des cris à étourdir. On s'avisa de leur faire boire de l'eau-de-vie, en ne leur laissant prendre qu'une gorgée à chacun. Dès qu'ils l'avaient avalée, ils se frappaient avec la main sur la gorge et poussaient en soufflant un son tremblant et inarticulé qu'ils terminaient par un roulement avec les lèvres. Tous firent la même cérémonie qui nous donna un spectacle assez bizarre.

Cependant le soleil s'approchait de son couchant, et il était temps de songer à retourner à bord. Dès qu'ils virent que nous nous y disposions, ils en parurent fâchés ; ils nous faisaient signe d'attendre et qu'il allait encore venir des leurs. Nous leur fîmes entendre que nous reviendrions le lendemain et nous leur apporterions ce qu'ils désirent : il nous sembla qu'ils eussent mieux aimé que nous couchassions à terre. Lorsqu'ils virent que nous partions, ils nous accompagnèrent au bord de la mer ; un Patagon chantait pendant cette marche. Quelques-uns se mirent dans l'eau jusqu'aux genoux pour nous suivre plus longtemps. Arrivés à nos canots, il fallait avoir l'œil à tout. Ils saisissaient tout ce qui leur tombait sous la main. Un d'eux s'était

1. **Des peaux de guanaques et de vigognes** : deux espèces de mammifères peuplant l'Amérique du Sud, également appelés lamas.

emparé d'une faucille ; on s'en aperçut et il la rendit sans résistance. Avant que de nous éloigner, nous vîmes encore grossir leur troupe par d'autres qui arrivaient incessamment à toute bride. Nous ne manquâmes pas en nous séparant d'entonner un *chaoua* dont toute la côte retentit.

Ces Américains sont les mêmes que ceux vus par *L'Étoile* en 1766. Un de nos matelots, qui était alors sur cette flûte, en a reconnu un qu'il avait vu dans le premier voyage. Ces hommes sont d'une belle taille ; parmi ceux que nous avons vus, aucun n'était au-dessous de cinq pieds cinq à six pouces, ni au-dessus de cinq pieds neuf à dix pouces ; les gens de *L'Étoile* en avaient vu dans le précédent voyage plusieurs de six pieds. Ce qui m'a paru être gigantesque en eux, c'est leur énorme carrure, la grosseur de leur tête et l'épaisseur de leurs membres. Ils sont robustes et bien nourris, leurs nerfs sont tendus, leur chair est ferme et soutenue ; c'est l'homme qui, livré à la nature et à un aliment plein de sucs, a pris tout l'accroissement dont il est susceptible ; leur figure n'est ni dure ni désagréable, plusieurs l'ont jolie ; leur visage est rond et un peu plat ; leurs yeux sont vifs, leurs dents extrêmement blanches n'auraient pour Paris que le défaut d'être larges ; ils portent de longs cheveux noirs attachés sur le sommet de la tête. J'en ai vu qui avaient sous le nez des moustaches plus longues que fournies. Leur couleur est bronzée comme l'est sans exception celle de tous les Américains, tant de ceux qui habitent la zone torride, que de ceux qui y naissent dans les zones tempérées et glaciales. Quelques-uns ont les joues peintes en rouge ; il nous a paru que leur langue était douce, et rien n'annonce en eux un caractère féroce. Nous n'avons point vu leurs femmes, peut-être allaient-elles venir ; car ils voulaient toujours que nous attendissions, et ils avaient fait partir un des leurs du côté d'un grand feu, auprès duquel paraissait être leur camp à une lieue de l'endroit où nous étions, nous montrant qu'il en allait arriver quelqu'un.

L'habillement de ces Patagons est le même à peu près que celui des Indiens de la rivière de la Plata ; c'est un simple braqué[1] de cuir qui leur couvre les parties naturelles, et un grand manteau de peaux de guanaques, attaché autour du corps avec une ceinture ; il descend jusqu'aux talons, et ils laissent communément retomber en arrière la partie faite pour couvrir les épaules ; de sorte que, malgré la rigueur du climat, ils sont presque toujours nus de la ceinture en haut. L'habitude les a sans doute rendus insensibles au froid ; car, quoique nous fussions ici en été, le thermomètre de Réaumur n'y avait encore monté qu'un seul jour à dix degrés au-dessus de la congélation. Ils ont des espèces de bottines de cuir de cheval ouvertes par-derrière, et deux ou trois avaient autour du jarret un cercle de cuivre d'environ deux pouces de largeur. Quelques-uns de nos messieurs ont aussi remarqué que deux des plus jeunes avaient de ces grains de rassade[2] dont on fait des colliers.

Les seules armes que nous leur ayons vues sont deux cailloux ronds attachés aux deux bouts d'un boyau cordonné, semblables à ceux dont on se sert dans toute

1. **Braqué :** pagne.
2. **Ces grains de rassade :** le terme « rassade », apparu dans la langue française au XVIe siècle et dont l'origine est incertaine, désignait tout type de perle de peu de valeur.

cette partie de l'Amérique et que nous avons décrits plus haut. Ils avaient aussi des petits couteaux de fer dont la lame était épaisse d'un pouce et demi à deux pouces. Ces couteaux de fabrique anglaise leur avaient vraisemblablement été donnés par M. Byron[1]. Leurs chevaux, petits et fort maigres, étaient sellés et bridés à la manière des habitants de la rivière de la Plata. Un Patagon avait à sa selle des clous dorés, des étriers de bois recouverts d'une lame de cuivre, une bride en cuir tressé, enfin tout un harnais espagnol. Leur nourriture principale paraît être la moelle et la chair de guanaques et de vigognes. Plusieurs en avaient des quartiers attachés sur leurs chevaux, et nous leur en avons vu manger des morceaux crus. Ils avaient aussi avec eux des chiens petits et vilains, lesquels, ainsi que leurs chevaux, boivent de l'eau de mer, l'eau douce étant fort rare sur cette côte et même sur le terrain.

Aucun d'eux ne paraissait avoir de supériorité sur les autres ; ils ne témoignaient même aucune espèce de déférence pour deux ou trois vieillards qui étaient dans cette bande. Il est très remarquable que plusieurs nous ont dit les mots espagnols suivants : *mañana, muchacho, bueno, chico, capitán.* Je crois que cette nation mène la même vie que les Tartares. Errant dans les plaines immenses de l'Amérique méridionale, sans cesse à cheval, hommes, femmes et enfants, suivant le gibier ou les bestiaux dont ces plaines sont couvertes, se vêtant et se cabanant avec des peaux, ils ont encore vraisemblablement avec les Tartares cette ressemblance qu'ils vont piller les caravanes des voyageurs. Je ter-

1. **M. Byron :** explorateur anglais qui venait d'effectuer un tour du monde en passant par le détroit de Magellan.

minerai cet article en disant que nous avons depuis trouvé dans la mer Pacifique une nation d'une taille plus élevée que ne l'est celle des Patagons.

*Chez les Patagons. Planche extraite de l'*Histoire d'un voyage aux îles Malouines, *par Dom Pernetty.*

REPÈRES

1. Quels éléments indiquent que les Patagons ont déjà eu des contacts avec les Européens ?

OBSERVATION

2. « *Ils saisissaient tout ce qui leur tombait sous la main…* » (l. 183-184) : comment peut-on expliquer ce comportement des Patagons ?
3. Quelle caractéristique physique des Patagons semble frapper le plus l'observateur ?
4. Que peut-on dire de ces hommes à la vue de leur corps et de leur physique ?
5. Quelle caractéristique permet de les associer aux autres peuples américains ?
6. Quelle utilisation les Patagons font-ils des guanaques et des vigognes qu'ils chassent ?
7. Quel mode de vie caractérise la nation des Patagons ?
8. Les Patagons paraissent un peuple doux et paisible ; quelle remarque de l'auteur remet néanmoins en cause ce caractère ?

INTERPRÉTATIONS

9. « *… ils ne témoignaient même aucune espèce de déférence pour deux ou trois vieillards qui étaient dans cette bande.* » (l. 264-266) : en quoi cette observation est-elle importante ? Pourquoi l'auteur la relève-t-il ?

V. Terre de Feu

CHAPITRE VII

La traversée délicate du détroit de Magellan est l'occasion de nombreuses découvertes et observations.

NOUS ALLIONS entrer dans la partie boisée du détroit de Magellan, et les premiers pas difficiles étaient franchis. Ce ne fut que le 13 après midi que, le vent étant venu au nord-ouest, nous appareillâmes malgré sa violence et fîmes route dans le canal qui sépare l'île Sainte-Élisabeth des îles Saint-Barthélemy et aux Lions. Il fallait soutenir de la voile, quoiqu'il nous vînt presque continuellement de cruelles rafales par-dessus les hautes terres de Sainte-Élisabeth que nous étions contraints de ranger[1] pour éviter les battures[2] qui se prolongent autour de deux autres îles. La marée en canal portait au sud et nous parut très forte. Nous vînmes attaquer la terre du continent au-dessous du cap Noir ; c'est où la côte commence à être couverte de bois, et le coup d'œil en est ici assez agréable. Elle court vers le sud et les marées n'y sont plus aussi sensibles.

Nous eûmes du vent très frais et par rafales jusqu'à six heures du soir, il calma ensuite et devint maniable. Nous prolongeâmes la côte environ à une lieue de dis-

1. **Ranger :** longer la côte.
2. **Les battures :** les portions du rivage que la marée basse laisse à découvert.

tance, par un temps clair et serein, nous flattant de doubler pendant la nuit le cap Rond et d'avoir alors, en cas de mauvais temps, le port Famine sous le vent à nous. Vains projets ; à minuit et demi les vents sautèrent tout d'un coup au sud-ouest, la côte s'embruma, les grains violents et continuels amenèrent avec eux la pluie et la grêle ; enfin le temps devint aussi mauvais qu'il paraissait beau l'instant d'auparavant. Telle est la nature de ce climat ; les variations dans le temps s'y succèdent avec une telle promptitude[1] qu'il est impossible de prévoir leurs rapides et dangereuses révolutions. Notre grande voile ayant été déchirée sur ses cargues, nous fûmes obligés de louvoyer sous la misaine, la grande voile d'étai et les huniers tous les ris pris, pour tâcher de doubler la pointe Sainte Anne et de nous mettre à l'abri dans la baie Famine. C'était une lieue à gagner dans le vent, et jamais nous ne pûmes en venir à bout. Comme les bordées étaient courtes, que nous étions de virer vent arrière, et qu'un fort courant nous entraînait dans un grand enfoncement de la Terre de Feu, nous perdîmes trois lieues en neuf heures de cette allure funeste, et il fallut se résoudre à aller chercher le long de la côte un mouillage qui fût sous le vent. Nous la rangeâmes la sonde à la main : et, vers onze heures du matin, nous mouillâmes à un mille de terre, par huit brasses et demie de sable vaseux, dans une baie que je nommai la baie Duclos, du nom de M. Duclos-Guyot, capitaine de brûlot, mon second dans ce voyage, et dont les lumières et l'expérience m'ont été du plus grand secours.

Cette baie, ouverte à l'est, a très peu d'enfoncement.

1. **Avec une telle promptitude :** avec une telle rapidité.

Sa pointe du nord avance un peu plus au large que celle du sud, et de l'une à l'autre il peut y avoir une lieue de distance. Il y a bon fond dans toute la baie, on trouve six et huit brasses d'eau jusqu'à un câble de terre. C'est un excellent mouillage, puisque les vents d'ouest, qui sont ici les vents régnants et qui soufflent avec impétuosité, viennent par-dessus la côte, laquelle y est fort élevée. Deux petites rivières se déchargent dans la baie ; l'eau est saumâtre[1] à leur embouchure, mais à cinq cents pas au-dessus elle est très bonne. Une espèce de prairie règne le long du débarquement, lequel est de sable ; les bois s'élèvent ensuite en amphithéâtre, mais le pays est presque dénué d'animaux. Nous y avons parcouru une grande étendue de terrain sans voir d'autre gibier que deux ou trois bécassines, quelques sarcelles, canards et outardes en fort petite quantité ; nous y avons aussi aperçu quelques perruches ; nous n'aurions pas cru qu'on en pût trouver dans un climat aussi froid.

Nous trouvâmes à l'embouchure de la rivière la plus méridionale sept cabanes faites avec des branches d'arbres entrelacées et de la forme d'un four ; elles paraissaient récemment construites et étaient remplies de coquilles calcinées, et de moules et de lépas[2]. Nous remontâmes cette rivière assez loin, et nous vîmes quelques traces d'hommes. Pendant le temps que nous passâmes à terre, la mer y monta d'un pied, et le courant alors venait de la mer orientale ; observation contraire à celles faites depuis le cap des Vierges, puisque nous avions vu jusque-là les eaux augmenter

1. **Saumâtre :** constituée d'un mélange d'eau douce et d'eau de mer.
2. **Lépas :** coquillage univalve.

lorsque le courant sortait du détroit. Mais il me semble, d'après diverses observations, que lorsqu'on a passé les goulets, les marées cessent d'être réglées dans toute la partie du détroit qui court nord et sud. La quantité de canaux dont y est coupée la Terre de Feu paraît devoir produire dans le mouvement des eaux une grande irrégularité.

À l'entrée de la nuit les nuages parurent prendre leur cours vers l'occident et nous annoncer un vent favorable. Nous virâmes à pic, et effectivement le 16, à quatre heures du matin, la brise était venue d'où nous l'avions espérée, nous appareillâmes. Le ciel, à la vérité, était couvert, et, suivant l'ordinaire de ces parages, le vent d'est et de nord-est était accompagné de brume et de pluie. Nous passâmes la pointe Sainte-Anne et le cap Rond. La première est unie, d'une médiocre hauteur et couvre une baie profonde où l'ancrage est sûr et commode. C'est cette baie à laquelle le malheureux fort de la colonie de Philippeville, établie vers l'an 1581 par Sarmiento, a fait donner le nom de port Famine. Le cap Rond est une terre élevée et remarquable par la forme que désigne son nom. Les côtes dans tout cet espace sont boisées et escarpées ; celles de la Terre de Feu paraissent hachées par plusieurs détroits. Leur aspect est horrible ; les montagnes y sont couvertes d'une neige bleue aussi ancienne que le monde. Entre le cap Rond et le cap Forward il y a quatre baies, dans lesquelles on peut mouiller.

Deux de ces baies sont séparées par un cap dont la singularité fixa notre attention et mérite une description particulière. Ce cap élevé de plus de cent cinquante pieds au-dessus du niveau de la mer est tout entier composé de couches horizontales de coquilles pétri-

Bougainville au cap Forward.
Planche illustrant le Voyage autour du monde *(édition de 1855).*

fiées. J'ai sondé en canot au pied de ce monument qui atteste les grands changements arrivés à notre globe, et je n'y ai pas trouvé de fond avec une ligne de cent brasses.

Le vent nous conduisit jusqu'à une lieue et demie du cap Forward ; alors le calme survint et dura deux heures. J'en profitai pour aller dans le petit canot visiter les environs du cap Forward, y prendre des sondes et des relèvements. Ce cap est la pointe la plus méridionale de l'Amérique et de tous les continents connus. D'après de bonnes observations, nous avons conclu sa latitude australe de cinquante-quatre degrés cinq minutes quarante-cinq secondes. Il présente une surface à deux têtes d'environ trois quarts de lieue, dont la tête orientale est plus élevée que celle de l'ouest. La mer est presque sans fond sous le cap ; toutefois, entre les deux têtes, dans une espèce de petite baie embellie par un ruisseau assez considérable, on pourrait mouiller par quinze brasses, fond de sable et de gravier ; mais ce mouillage, dangereux si le vent était au sud, ne doit servir que dans un cas forcé. Tout le cap est un rocher vif et taillé à pic, sa cime élevée est couverte de neige. Il y croît cependant quelques arbres dont les racines s'étendent dans les crevasses et s'y nourrissent d'une éternelle humidité. Nous avons abordé au-dessous du cap à une petite pointe de roches, sur laquelle nous eûmes peine à trouver place pour quatre personnes. Sur ce point qui termine ou commence un vaste continent, nous arborâmes le pavillon de notre bateau, et ces antres sauvages retentirent pour la première fois de plusieurs cris de *vive le Roi !* Nous relevâmes de là le cap Holland à ouest quatre degrés nord ; ainsi la côte commençait à reprendre du nord. [...]

REPÈRES

1. Pourquoi l'auteur accumule-t-il, à ce stade du voyage, les noms de cap, de pointe, de baie, etc. ?

OBSERVATION

2. Relevez l'ensemble des termes et des expressions spécifiques au vocabulaire de la navigation.
3. Quelles sont les difficultés rencontrées lors de la traversée du détroit de Magellan ? Pourquoi cet endroit est–il si particulier et dangereux ?
4. Quelles indications marquent que la progression à l'intérieur du détroit est laborieuse ?
5. « *Deux petites rivières se déchargent dans la baie ; l'eau est saumâtre à leur embouchure, mais à cinq cents pas au-dessus elle est très bonne* » (l. 58-60) : en quoi cette observation est–elle importante ? Pourquoi la baie Duclos constitue-t-elle un excellent mouillage ? Quels indices confirment qu'il s'agit d'un lieu propice ?
6. Pourquoi Bougainville parle-t-il de « *monument* » (l. 114) ?
7. Pourquoi les voyageurs arborent-ils le pavillon de leur bateau en criant « *vive le Roi !* » quand ils se rendent sur la « *petite pointe de roches* » (l. 139) ? Quel est le sens de cet acte ?

INTERPRÉTATIONS

8. Lorsqu'un point géographique (île, cap, baie...) est découvert, les marins lui donnent un nom. Plusieurs sont cités dans ce passage. Que suggèrent leurs noms ? Que pouvez-vous dire sur la manière de les nommer ? Quels rapports peut-on établir entre le lieu et le nom qu'il reçoit ?

DE LA LECTURE À L'ÉCRITURE

9. À l'aide de cartes, on pourra relever des baies, des îles ou des caps et s'intéresser à leurs noms : que suggèrent-ils ? Quels rapports existe-t-il entre la nature du lieu, son histoire et le nom qu'il porte ?

Sonder et mesurer

Les grands voyages effectués pour découvrir le monde ne sauraient se réduire à l'exploration de nouveaux espaces ni à la rencontre de civilisations merveilleuses. Si ces éléments constituent souvent le centre d'intérêt des récits d'explorateurs, ils n'en forment pas nécessairement le tout. L'expédition entreprise par Bougainville a un but scientifique et l'auteur s'excuse lui-même, dans son discours préliminaire, d'une certaine sécheresse de style et du manque de « *scènes intéressantes pour les gens du monde* ». Il faut en effet savoir apprécier la précision et le caractère méticuleux de sa relation.

Ce qui ne manque pas de frapper le lecteur de Bougainville est sans aucun doute l'accumulation de chiffres et de calculs tout au long des chapitres constituant ce récit de voyage. Cette caractéristique était plus manifeste encore dans les journaux de bord qui furent le support de sa relation, cette entreprise littéraire devant épargner aux lecteurs la sécheresse du compte rendu de marin. L'auteur devait aussi faire la preuve de l'importance de son voyage et du sérieux avec lequel il fut mené à bien. Bougainville devait en effet s'imposer comme marin et fournir à ses successeurs des données sûres et exactes. C'est pourquoi, dès qu'il le peut, il précise une coordonnée géographique, une indication sur les courants ou encore un relevé de sonde. Ces relevés en particulier rythment tout le récit ; ils consistent à donner des indications sur la profondeur et la nature des fonds à proximité des terres, afin de mieux connaître les côtes et points de mouillage. Ils s'effectuaient au moyen d'un long filin au bout duquel on accrochait un poids conformé de manière à prélever un échantillon du sol constituant le fond. Toutes ces indications essentielles permettront de mieux cartographier les côtes, afin de remédier à l'inexactitude des cartes existantes dont l'auteur se plaint à plusieurs reprises.

Décrire

Mais les données chiffrées ne peuvent suffire ; outre leur sécheresse, elles ne permettent pas au lecteur, qui n'a jamais vu les lieux mentionnés, de se représenter les espaces et les régions traversés. Sans description, il est impossible à celui qui entreprendra à son tour le périple de reconnaître les côtes, les caps et les baies aperçus. C'est pourquoi le voyageur s'attache à fournir des indications sur l'apparence des côtes et des terres, ainsi que sur les paysages. Mais il ne faut pas s'attendre à des descriptions riches et variées : la forme d'une montagne, l'existence d'estuaires, la présence d'arbres... des éléments significatifs et visibles pour qui observe depuis le large intéressent avant tout le navigateur. D'autre part, les navigateurs, lorsqu'ils mettent pied à terre, ne s'éloignent jamais des côtes et ne prennent pas le temps de visiter l'intérieur des terres. Ainsi les descriptions de Bougainville peuvent paraître assez sommaires au lecteur habitué à des récits de voyages plus terrestres. En dépit des différences de latitude, l'aspect de la mer et celui des côtes ne recèlent pas une extrême variété de visages.

Nommer

La découverte consiste enfin à enrichir la somme des connaissances acquises. Les noms que le voyageur attribue aux lieux rencontrés contribuent à les fixer sur les cartes et par là même dans la mémoire des hommes. Tout au long de son voyage, Bougainville suit les traces de ses prédécesseurs à travers les noms qu'ils ont déjà donnés à leurs découvertes et marque le trajet de son propre périple en conférant en quelque sorte, par le nom, une existence à des lieux qui, inconnus de tous, n'en avaient pas.

Nommer, c'est aussi prendre possession : c'est bien ce que les équipages de *La Boudeuse* et de *L'Étoile* ne manquent pas de faire en semant, au son de « *Vive le roi !* », des plaques partout où on n'est pas passé avant eux. Par le nom qu'il reçoit, le lieu devient familier. Tous ces noms associent ainsi l'espace à des événements heureux ou malheureux vécus par les marins (une famine par exemple), aux marins eux-mêmes (tel cap ou telle baie recevra le nom d'un membre d'équipage exemplaire), à leur découvreur ou plus simplement à une particularité géographique (souvent assimilée à un danger ou une commodité pour le navigateur qui souhaiterait mouiller dans les parages). C'est en chargeant de cette manière les lieux de sens et de mémoire que les hommes s'approprient le monde, avant de le cartographier et de le mesurer.

Cette répétition d'actes toujours identiques et de repérages méticuleux peut présenter pour le lecteur un caractère fastidieux, conférer au récit une certaine monotonie. Cependant, elle en détermine aussi la particularité ; cette monotonie est celle de la vie des marins embarqués pendant des mois et l'accumulation de données fait du récit un ouvrage avant tout didactique.

Bougainville explore une partie méconnue du détroit et des Terres de Feu pour établir des relevés précis.

Nous fîmes aussi plusieurs voyages pour reconnaître les côtes voisines du continent et de la Terre de Feu ; la première tentative fut infructueuse. J'étais parti le 22 à trois heures du matin avec MM. de Bournand et du Bouchage dans l'intention d'aller jusqu'au cap Holland et de visiter les mouillages qui pourraient se trouver dans cette étendue. À notre départ il faisait calme et le plus beau temps du monde. Une heure après il se leva une petite brise du nord-ouest, et sur-le-champ le vent sauta au sud-ouest, grand frais. Nous luttâmes contre ce vent contraire pendant trois heures, nageant à l'abri de la côte, et nous gagnâmes avec peine l'embouchure d'une petite rivière qui se décharge dans une anse de sable protégée par la tête orientale du cap Forward. Nous y relâchâmes, comptant que le mauvais temps ne serait pas de longue durée. L'espérance que nous en eûmes ne servit qu'à nous faire percer de pluie et transir de froid. Nous avions construit dans le bois une cabane de branches d'arbres pour y passer la nuit moins à découvert. Ce sont les palais des naturels de ce pays ; mais il nous manquait leur habitude d'y loger. Le froid et l'humidité nous chassèrent de notre gîte, et nous fûmes contraints de nous réfugier auprès d'un grand feu que nous nous appliquâmes à entretenir, tâchant de nous défendre de la pluie avec la voile du petit canot. La nuit fut affreuse, le vent et la pluie redoublèrent et ne nous laissèrent d'autre parti à prendre que de rebrousser chemin au point du jour. Nous arrivâmes à la frégate à huit heures du matin, trop heureux d'avoir gagné cet asile ; car bientôt le temps devint si mauvais qu'il eût été impossible de nous mettre en route pour revenir. Il y eut pendant deux jours une tempête décidée, et la neige recouvrit toutes les montagnes. Cependant nous étions dans le cœur de l'été et le soleil était près de dix-huit heures sur l'horizon.

Quelques jours après, j'entrepris avec plus de succès une nouvelle course pour visiter une partie des Terres de Feu et pour y chercher un port vis-à-vis le cap Forward ; je me proposais de repasser ensuite au cap Holland et de reconnaître la côte depuis ce cap jusqu'à la baie Française, ce que nous n'avions pu faire dans la première tentative. Je fis armer d'espingoles[1] et de fusils la chaloupe de *La Boudeuse* et le grand canot de *L'Étoile* ; et le 27, à quatre heures du matin, je partis du bord avec MM. de Bournand, d'Oraison et le prince de Nassau. Nous mîmes à la voile à la pointe occidentale de la baie Française pour traverser aux Terres de Feu, où nous atterrâmes sur les dix heures à l'embouchure d'une petite rivière, dans une anse de sable, mauvaise même pour les bateaux. Toutefois, dans un temps critique, ils auraient la ressource d'entrer à mer haute dans la rivière où ils trouveraient un abri. Nous dînâmes sur ses bords avec un assez joli bosquet qui couvrait de son ombre plusieurs cabanes sauvages.

Après midi nous reprîmes notre route en longeant à la rame la Terre de Feu ; il ventait peu de la partie à l'ouest, mais la mer était très houleuse. Nous traversâmes un grand enfoncement dont nous n'apercevions pas la fin. Son ouverture d'environ deux lieues est cou-

1. **Espingoles :** fusils courts à canon évasé.

pée dans son milieu par une île fort élevée. La grande quantité de baleines que nous vîmes dans cette partie et les grosses houles[1] nous firent penser que ce pourrait bien être un détroit, lequel doit conduire à la mer assez proche du cap de Horn. Étant presque passés de l'autre bord, nous vîmes plusieurs feux paraître et s'éteindre ; ensuite ils restèrent allumés, et nous distinguâmes des sauvages sur la pointe basse d'une baie où j'étais déterminé de m'arrêter. Nous allâmes aussitôt à leurs feux et je reconnus la même horde de sauvages que j'avais déjà vue à mon premier voyage dans le détroit. Nous les avions alors nommés *Pécherais*, parce que ce fut le premier mot qu'ils prononcèrent en nous abordant et que sans cesse ils nous le répétaient, comme les Patagons répètent le mot *chaoua*. La même cause nous leur a fait laisser cette fois le même nom. J'aurai dans la suite occasion de décrire ces habitants de la partie boisée du détroit ; le jour prêt à finir ne nous permit pas cette fois de rester longtemps avec eux. Ils étaient au nombre d'environ quarante, hommes, femmes et enfants, et ils avaient dix ou douze canots dans une anse voisine. Nous les quittâmes pour traverser la baie et entrer dans un enfoncement que la nuit déjà faite nous empêcha de visiter. Nous la passâmes sur le bord d'une rivière assez considérable, où nous fîmes grand feu et où les voiles de nos bateaux, qui étaient grandes, nous servirent de tentes ; d'ailleurs, au froid près, le temps était fort beau.

Le lendemain au matin nous vîmes que cet enfoncement était un vrai port, et nous en prîmes les sondes,

1. **Les grosses houles** : l'agitation de la mer.

ainsi que celles de la baie. Le mouillage est très bon dans la baie depuis quarante brasses jusqu'à douze, fond de sable, petit gravier et coquillages. On y est à l'abri de tous les vents dangereux. La beauté de ce mouillage nous a engagés à le nommer baie et port de Beaubassin. Lorsqu'on n'aura qu'à attendre un vent favorable, il suffira de mouiller dans la baie. Si on veut faire du bois et de l'eau, caréner[1] même, on ne peut désirer un endroit plus propre à ces opérations que le port de Beaubassin.

Je laissai ici le chevalier de Bournand, qui commandait la chaloupe, pour prendre dans le plus grand détail toutes les connaissances relatives à cet endroit important, avec ordre de retourner ensuite aux vaisseaux. Pour moi, je m'embarquai dans le canot de *L'Étoile* avec M. Landais, l'un des officiers de cette flûte qui le commandait, et je continuai mes recherches. Nous fîmes route à l'ouest et visitâmes d'abord une île que nous tournâmes et tout autour de laquelle on peut mouiller. Sur cette île il y avait des sauvages occupés à la pêche. En suivant la côte, nous gagnâmes avant le coucher du soleil une baie qui offre un excellent mouillage pour trois ou quatre navires. Je l'ai nommée baie de la Cormorandière ; nous y passâmes la nuit.

Le 29, à la pointe du jour, nous sortîmes de la baie de la Cormorandière, et nous naviguâmes à l'ouest, aidés d'une marée très forte. Nous passâmes entre deux îles d'une grandeur inégale que je nommai les Deux Sœurs. Un peu plus loin nous nommâmes Pain de sucre une montagne de cette forme très aisée à reconnaître

1. **Caréner** : réparer la coque d'un navire.

et, à cinq lieues environ de la Cormorandière, nous découvrîmes une belle baie avec un port superbe dans le fond ; une chute d'eau remarquable, qui tombe dans l'intérieur du port, me les fit nommer baie et port de la Cascade. La sûreté, la commodité de l'ancrage, la facilité de faire l'eau et le bois, se réunissent ici pour en faire un asile qui ne laisse rien à désirer aux navigateurs.

La cascade est formée par les eaux d'une petite rivière qui serpente dans la coupée de plusieurs montagnes fort élevées, et sa chute peut avoir cinquante à soixante lieues. J'ai monté au-dessus ; le terrain y est entremêlé de bosquets et de petites plaines d'une mousse courte et spongieuse ; j'y ai cherché et n'y ai point trouvé de traces du passage d'aucun homme ; les sauvages de cette partie ne quittent guère les bords de la mer qui fournissent à leur subsistance. Au reste, toute la portion de la Terre de Feu, comprise depuis l'île Sainte-Élisabeth, ne me paraît être qu'un amas informe de grosses îles inégales, élevées, montueuses et dont les sommets sont couverts d'une neige éternelle. Je ne doute pas qu'il n'y ait entre elles un grand nombre de débouquements[1] à la mer. Les arbres et les plantes sont les mêmes ici qu'à la côte des Patagons ; et, aux arbres près, le terrain y ressemble assez à celui des îles Malouines.

Je joins ici la carte particulière que j'ai faite de cette intéressante partie de la côte des Terres de Feu. Jusqu'à présent, on n'y connaissait aucun mouillage, et les navires évitaient de l'approcher. La découverte des trois

1. **Débouquements :** débouchés.

ports que je viens d'y décrire facilitera la navigation de cette partie du détroit de Magellan. Le cap Forward en a toujours été un des points les plus redoutés des navigateurs. Il n'est que trop ordinaire qu'un vent contraire et impétueux empêche de le doubler : il en a forcé plusieurs de rétrograder jusqu'à la baie Famine. On peut aujourd'hui mettre à profit même les vents régnants. Il ne s'agit que de hanter la Terre de Feu, et d'y gagner un des trois mouillages ci-dessus, ce que l'on pourra presque toujours faire en louvoyant dans un canal où il n'y a jamais de mer pour des vaisseaux. De là toutes les bordées seront avantageuses et, pour peu que l'on s'aide des marées qui recommencent ici à être sensibles, il ne sera plus difficile de gagner le port Galant. [...]

Description du peuple des Pécherais.

Le 6 après midi, il y avait eu quelques instants de relâche, le vent même parut venir du sud-est, et déjà nous avions désaffourché[1] ; mais, au moment d'appareiller, le vent revint à ouest-nord-ouest avec des rafales qui nous forcèrent de réaffourcher aussitôt. Ce jour-là nous eûmes à bord la visite de quelques sauvages. Quatre pirogues avaient paru le matin à la pointe du cap Galant et, après s'y être tenues quelque temps arrêtées, trois s'avancèrent dans le fond de la baie, tandis qu'une voguait vers la frégate. Après avoir hésité pendant une demi-heure, enfin elle aborda avec des cris redoublés de Pécherais. Il y avait dedans un homme, une femme et deux enfants. La femme demeura dans la pirogue pour la garder, l'homme monta seul à bord avec assez de confiance et d'un air fort gai. Deux autres pirogues suivirent l'exemple de la première, et les hommes entrèrent dans la frégate avec les enfants. Bientôt ils y furent fort à leur aise. On les fit chanter, danser, entendre des instruments et surtout manger, ce dont ils s'acquittèrent avec grand appétit. Tout leur était bon : pain, viande salée, suif[2], ils dévoraient ce qu'on leur présentait. Nous eûmes même assez de peine à nous débarrasser de ces hôtes dégoûtants et incommodes, et nous ne pûmes les déterminer à rentrer dans leurs pirogues qu'en y faisant porter à leurs yeux des morceaux de viande salée. Ils ne témoignèrent aucune surprise ni à la vue des navires, ni à celle des objets divers qu'on y offrit à leurs regards ; c'est sans

1. **Nous avions désaffourché :** nous avions levé l'ancre.
2. **Suif :** substance composée de graisses animales.

doute que, pour être surpris de l'ouvrage des arts, il en faut avoir quelques idées élémentaires. Ces hommes bruts traitaient les chefs-d'œuvre de l'industrie humaine comme ils traitaient les lois de la nature et ses phénomènes. Pendant plusieurs jours que cette bande passa dans le port Galant, nous la revîmes souvent à bord et à terre. Ces sauvages sont petits, vilains, maigres et d'une puanteur insupportable. Ils sont presque nus, n'ayant pour vêtement que de mauvaises peaux de loups marins trop petites pour les envelopper, peaux qui servent également et de toits à leurs cabanes, et de voiles à leurs pirogues. Ils ont aussi quelques peaux de guanaques, mais en fort petite quantité. Leurs femmes sont hideuses et les hommes semblent avoir pour elles peu d'égards. Ce sont elles qui voguent dans les pirogues et qui prennent soin de les entretenir, au point d'aller à la nage, malgré le froid, vider l'eau qui peut y entrer dans les goémons qui servent de port à ces pirogues, assez loin du rivage ; à terre, elles ramassent le bois et les coquillages, sans que les hommes prennent aucune part au travail. Les femmes même qui ont des enfants à la mamelle ne sont pas exemptes de ces corvées. Elles portent sur le dos les enfants pliés dans la peau qui leur sert de vêtement.

Leurs pirogues sont d'écorces mal liées avec des joncs et de la mousse dans les coutures. Il y a au milieu un petit foyer de sable où ils entretiennent toujours un peu de feu. Leurs armes sont des arcs faits, ainsi que les flèches, avec le bois d'une épine-vinette[1] à feuille de houx qui est commune dans le détroit, le corde est de

1. **Une épine-vinette :** arbrisseau épineux à fleurs jaunes et baies rouges.

boyau et les flèches sont armées de pointes de pierre, taillées avec assez d'art ; mais ces armes sont plutôt contre le gibier que contre des ennemis : elles sont aussi faibles que les bras destinés à s'en servir. Nous leur avons vu de plus des os de poisson longs d'un pied, aiguisés par le bout et dentelés sur un des côtés. Est-ce un poignard ? Je crois plutôt que c'est un instrument de pêche. Ils l'adaptent à une longue perche et s'en servent en manière de harpon. Ces sauvages habitent pêle-mêle, hommes, femmes et enfants, dans les cabanes au milieu desquelles est allumé le feu. Ils se nourrissent principalement de coquillages ; cependant ils ont des chiens et des lacs[1] faits de barbe de baleine. J'ai observé qu'ils avaient tous les dents gâtées, et je crois qu'on en doit attribuer la cause à ce qu'ils mangent les coquillages brûlants, quoique à moitié crus.

Au reste, ils paraissent assez bonnes gens ; mais ils sont si faibles qu'on est tenté de ne pas leur en savoir gré. Nous avons cru remarquer qu'ils sont superstitieux et croient à des génies malfaisants : aussi chez eux les mêmes hommes qui en conjurent l'influence sont en même temps médecins et prêtres. De tous les sauvages que j'ai vus dans ma vie, les Pécherais sont les plus dénués de tout : ils sont exactement dans ce qu'on peut appeler l'état de nature ; et, en vérité, si l'on devait plaindre le sort d'un homme libre et maître de lui-même, sans devoir et sans affaires, content de ce qu'il a parce qu'il ne connaît pas mieux, je plaindrais ces hommes qui, avec la privation de ce qui rend la vie

1. **Lacs** : nœuds coulants pour capturer les animaux, sous la forme de lassos ou celle de pièges.

commode, ont encore à souffrir la dureté du plus affreux climat de l'univers. Ces Pécherais forment aussi la société d'hommes la moins nombreuse que j'aie rencontrée dans toutes les parties du monde ; cependant, comme on en verra la preuve un peu plus bas, on trouve parmi eux des charlatans. C'est que, dès qu'il y a ensemble plus d'une famille, et j'entends par famille père, mère et enfants, les intérêts deviennent compliqués, les individus veulent dominer ou par la force ou par l'imposture. Le nom de famille se change alors en celui de société, et fût-elle établie au milieu des bois, ne fût-elle composée que de cousins germains, un esprit attentif y découvrira le germe de tous les vices auxquels les hommes rassemblés en nations ont, en se poliçant[1], donné des noms, vices qui font naître, mouvoir et tomber les plus grands empires. Il s'ensuit du même principe que dans les sociétés, dites policées, naissent des vertus dont les hommes, voisins encore de l'état de nature, ne sont pas susceptibles.

Le 7 et 8 furent si mauvais qu'il n'y eut pas moyen de sortir du bord ; nous chassâmes même dans la nuit, et fûmes obligés de mouiller une ancre du bossoir. Il y eut, dans des instants, jusqu'à quatre pouces de neige sur notre pont, et le jour naissant nous montra que toutes les terres en étaient couvertes, excepté le plat pays dont l'humidité empêche la neige de s'y conserver. Le thermomètre fut à cinq degrés, quatre degrés, baissa même jusqu'à deux degrés au-dessus de la congélation. Le temps fut moins mauvais le 9 après midi. Les Pécherais s'étaient mis en chemin pour venir à bord. Ils

1. **En se poliçant :** en se donnant des lois et des institutions, en se civilisant.

avaient même fait une grande toilette, c'est-à-dire qu'ils s'étaient peint tout le corps de taches rouges et blanches ; mais, voyant nos canots partir du bord et voguer vers leurs cabanes, ils les suivirent. Une seule pirogue fut à bord de *L'Étoile*. Elle y resta peu de temps et vint rejoindre aussitôt les autres avec lesquels nos messieurs étaient en grande amitié. Les femmes cependant étaient toutes retirées dans une même cabane, et les sauvages paraissaient mécontents lorsqu'on y voulait entrer. Ils invitaient au contraire à venir dans les autres, où ils offrirent à ces messieurs des moules qu'ils suçaient avant que de les présenter. On leur fit de petits présents qui furent acceptés de bon cœur. Ils chantèrent, dansèrent et témoignèrent plus de gaieté que l'on n'aurait cru en trouver chez des hommes sauvages, dont l'extérieur est ordinairement sérieux.

Leur joie ne fut pas de longue durée. Un de leurs enfants, âgé d'environ douze ans, le seul de toute la bande dont la figure fût intéressante à nos yeux, fut saisi tout d'un coup d'un crachement de sang accompagné de violentes convulsions. Le malheureux avait été à bord de *L'Étoile* où on lui avait donné des morceaux de verre et de glace, ne prévoyant pas le funeste effet qui devait suivre ce présent. Ces sauvages ont l'habitude de s'enfoncer dans la gorge et dans les narines de petits morceaux de talc[1]. Peut-être la superstition attache-t-elle chez eux quelque vertu à cette espèce de talisman, peut-être le regardent-ils

1. **De petits morceaux de talc** : substance minérale (silicate de magnésium) qui se présente à l'état naturel sous la forme de fines paillettes nacrées.

comme un préservatif[1] à quelque incommodité à laquelle ils sont sujets. L'enfant avait vraisemblablement fait le même usage du verre. Il avait les lèvres, les gencives et le palais coupés en plusieurs endroits, et rendait le sang presque continuellement.

Cet accident répandit la consternation et la méfiance. Ils nous soupçonnèrent sans doute de quelque maléfice ; car la première action du jongleur[2] qui s'empara aussitôt de l'enfant fut de le dépouiller précipitamment d'une caque[3] de toile qu'on lui avait donnée. Il voulut la rendre aux Français ; et sur le refus qu'on fit de la reprendre, il la jeta à leurs pieds. Il est vrai qu'un autre sauvage, qui sans doute aimait plus les vêtements qu'il ne craignait les enchantements, la ramassa aussitôt.

Le jongleur étendit d'abord l'enfant sur le dos dans une des cabanes et, s'étant mis à genoux entre ses jambes, il se courbait sur lui et, avec la tête et les deux mains, il lui pressait le ventre de toute sa force, criant continuellement sans qu'on pût distinguer rien d'articulé dans ses cris. De temps en temps, il se levait et, paraissant tenir le mal dans ses mains jointes, il les ouvrait tout d'un coup en l'air en soufflant comme s'il eût voulu chasser quelque mauvais esprit. Pendant cette cérémonie, une vieille femme en pleurs hurlait dans l'oreille du malade à le rendre sourd. Ce malheureux cependant paraissait souffrir autant du remède que de son mal. Le jongleur lui donna quelque trêve pour aller

1. **Un préservatif :** une protection.
2. **Jongleur :** terme médiéval qui désignait à l'origine un poète ambulant. Par suite il désigne un amuseur public mais aussi un charlatan.
3. **Une caque :** une tunique.

prendre sa parure de cérémonie ; ensuite, les cheveux poudrés et la tête ornée de deux ailes blanches assez semblables au bonnet de Mercure[1], il recommença ses fonctions avec plus de confiance et tout aussi peu de succès. L'enfant alors paraissant plus mal, notre aumônier lui administra furtivement le baptême.

Les officiers étaient revenus à bord et m'avaient raconté ce qui se passait à terre. Je m'y transportai aussitôt avec M. de la Porte, notre chirurgien-major, qui fit apporter un peu de lait et de la tisane émolliente[2]. Lorsque nous arrivâmes, le malade était hors de la cabane ; le jongleur, auquel il s'en était joint un autre paré des mêmes ornements, avait recommencé son opération sur le ventre, les cuisses et le dos de l'enfant. C'était pitié de les voir martyriser cette infortunée créature qui souffrait sans se plaindre. Son corps était déjà tout meurtri, et les médecins continuaient encore ce barbare remède avec force conjurations. La douleur du père et de la mère, leurs larmes, l'intérêt vif de toute la bande, intérêt manifesté par des signes non équivoques, la patience de l'enfant nous donnèrent le spectacle le plus attendrissant. Les sauvages s'aperçurent sans doute que nous partagions leur peine, du moins leur méfiance sembla-t-elle diminuée. Ils nous laissèrent approcher du malade, et le major examina la bouche ensanglantée que son père et un autre Pécherais suçaient alternativement. On eut beaucoup de peine à les persuader de faire usage du lait ; il fallut en goûter plusieurs fois, et, malgré l'invincible opposition des

1. **Semblables au bonnet de Mercure :** le dieu romain Mercure, messager des dieux, était représenté portant un bonnet ailé.
2. **Émolliente :** relaxante.

jongleurs, le père enfin se détermina à en faire boire à son fils, il accepta même le don de la cafetière pleine de tisane émolliente. Les jongleurs témoignaient de la jalousie contre notre chirurgien qu'ils parurent cependant à la fin reconnaître pour un habile jongleur. Ils ouvrirent même pour lui un sac de cuir qu'ils portent toujours pendu à leur côté et qui contient leur bonnet de plume, de la poudre blanche, du talc et les autres instruments de leur art ; mais à peine y eut-il jeté les yeux qu'ils le refermèrent aussitôt. Nous remarquâmes aussi que, tandis qu'un des jongleurs travaillait à conjurer le mal du patient, l'autre ne semblait occupé qu'à prévenir par les enchantements l'effet du mauvais sort qu'ils nous soupçonnaient d'avoir jeté sur eux.

Nous retournâmes à bord à l'entrée de la nuit, l'enfant souffrait moins ; toutefois un vomissement presque continuel qui le tourmentait nous fit appréhender qu'il ne fût passé du verre dans son estomac. Nous eûmes ensuite lieu de croire que nos conjectures n'avaient été que trop justes. Vers les deux heures après midi, on entendit du bord des hurlements répétés ; et dès le point du jour, quoiqu'il fît un temps affreux, les sauvages appareillèrent. Ils fuyaient sans doute un lieu souillé par la mort et des étrangers funestes qu'ils croyaient n'être venus que pour les détruire. Jamais ils ne purent doubler la pointe occidentale de la baie ; dans un instant plus calme, ils remirent à la voile, un grain violent les jeta au large et dispersa leurs faibles embarcations. Combien ils étaient empressés à s'éloigner de nous ! Ils abandonnèrent sur le rivage une de leurs pirogues qui avait besoin d'être réparée : *Satis est gentem effugisse nefandam*[1]. Ils ont emporté de nous l'idée d'êtres malfaisants ; mais qui ne leur pardonnerait le ressentiment de cette conjoncture[2] ? Quelle perte en effet pour une société aussi peu nombreuse qu'un adolescent échappé à tous les hasards de l'enfance ! [...]

1. ***Satis est gentem effugisse nefandam :*** Virgile, *Énéide*, III, 653. Lorsque Énée et ses compagnons abordent au rivage des Cyclopes, un des compagnons d'Ulysse, abandonné sur l'île et misérable, se précipite immédiatement vers eux tout en reconnaissant ses ennemis troyens. Il déclare alors en se livrant à leur merci : « Il me suffit d'avoir échappé à ce peuple infâme. »
2. **Le ressentiment de cette conjoncture :** l'amertume et la colère liées aux événements.

REPÈRES

1. Relevez les indications données par l'auteur sur le climat régnant dans cette région.

OBSERVATION

2. Qu'est-ce qui, dans le comportement des Pécherais, marque leur confiance ?
3. « *Ces hôtes dégoûtants et incommodes* » (l. 332-333) : pourquoi l'auteur parle-t-il ainsi des Pécherais ?
4. « *Pour être surpris de l'ouvrage des arts, il en faut avoir quelques idées élémentaires* » (l. 338-339) : que signifie cette remarque ? Quel jugement Bougainville porte-t-il sur les sauvages dont il parle ?
5. Relevez l'ensemble des termes et des expressions qui marquent le dénuement des Pécherais. Étudiez le champ lexical de la petitesse et de la faiblesse.
6. Pourquoi peut-on dire que la société des Pécherais repose sur une organisation très primitive ?
7. « *Notre aumônier lui adressa furtivement le baptême* » (l. 488-489) : pourquoi l'aumônier doit-il se dissimuler ainsi ?
8. « *Quelle perte en effet pour une société aussi peu nombreuse qu'un adolescent échappé à tous les hasards de l'enfance !* » (l. 546-549) : comment expliquez-vous cette remarque de l'auteur ?

INTERPRÉTATIONS

9. Pourquoi peut-on dire des Pécherais qu'ils fournissent au voyageur un exemple remarquable pour l'étude et la compréhension des sociétés humaines ?
10. « *Des moules qu'ils suçaient avant que de les présenter* » (l. 439) : quel peut être le sens de cet acte ?

DE LA LECTURE À L'ÉCRITURE

11. En vous inspirant de la narration de Bougainville, vous pourrez imaginer une issue différente à cet épisode, en racontant la guérison de l'enfant et les réactions des sauvages. Vous vous attacherez en particulier aux réactions des jongleurs.

Le peuple le plus dénué de tout

« *De tous les sauvages que j'ai vus dans ma vie, les Pécherais sont les plus dénués de tout* », dit Bougainville, auquel cet épisode, marqué du sceau de la malédiction, laisse un souvenir pénible.
Dans sa description des Pécherais, Bougainville insiste sur la pauvreté et l'extrême simplicité de leur mode de vie. Il use de nombreux adjectifs et adverbes suggérant la petitesse, la faiblesse et l'insuffisance. L'habillement, l'outillage, les pirogues, les habitations, tout paraît rudimentaire et réduit au strict minimum chez les Pécherais. Mais cette faiblesse et cette petitesse sont aussi celles des hommes eux-mêmes. Leur corps est faible et de leur société, l'auteur affirme : ils « *forment aussi la société d'hommes la moins nombreuse que j'aie rencontrée dans toutes les parties du monde* ». Ainsi, pour parler de la misère des Pécherais, il semble que seuls conviennent les superlatifs. Les termes de « nation » ou « peuple » ne peuvent être appropriés puisque leur société se compose de quelques familles ; on comprend ainsi le drame que constitue la perte d'un enfant.

Un peuple maudit

La nature seule paraît responsable de cette misère. La situation géographique des Pécherais fait d'eux un peuple situé à l'extrémité du monde, comme s'ils avaient été condamnés à un exil qui les séparerait du reste de l'humanité. Leur connaissance des techniques est presque nulle et pour eux, « *les chefs-d'œuvre de l'industrie humaine* » sont assimilés aux phénomènes naturels. Cette ignorance, ainsi que la confiance absolue qu'ils manifestent à l'arrivée des deux navires français, fait des Pécherais une sorte de peuple d'enfants naïfs et dénués de toute conscience du reste du monde. À cet isolement s'ajoute « *le plus affreux climat de l'univers* ». Cette malédiction qui pèse sur eux est confirmée par l'issue de l'épisode. La rencontre des Pécherais avec les Européens aboutit à la perte irréparable d'un enfant et, qui plus est, de celui que la nature semblait avoir chéri, « *le seul de toute la bande dont la figure fût intéressante à nos yeux* ». Pour couronner ce drame familial, la fuite des Pécherais doit affronter des éléments déchaînés venant renforcer les dommages déjà subis.

Des hommes à l'état de nature

Cet épisode pathétique qui ne manque pas de toucher les équipages français conduit Bougainville à une réflexion sur le sort véritable de l'homme à l'état de nature. Les philosophes des Lumières, Rousseau en tête, ont repris ce mythe du bon sauvage, instauré en grande partie par Montaigne, pour en faire un idéal, celui de l'homme que les vices de la société n'ont pas encore affecté. Bougainville est amené à remettre en cause cette idée et à en donner une version très différente. Les Pécherais, qui représentent par excellence l'état de nature, sont de « bons » sauvages, mais ils sont aussi les hommes les plus à plaindre. Enfin, bien qu'ils forment la plus élémentaire des sociétés, ils sont déjà soumis aux vices propres aux nations sans bénéficier pour autant des vertus de la civilisation ; les *« jongleurs »* qui s'acharnent en vain à soigner un enfant mourant incarnent l'image même de cette société peu enviable.

VI. Sur des mers inconnues

CHAPITRE VIII

DEPUIS notre entrée dans la mer Occidentale, après quelques jours de vents variables du sud-ouest au nord-ouest par l'ouest, nous eûmes promptement les vents de sud et de sud-est. Je ne m'étais pas attendu à les trouver si tôt ; les vents d'ouest conduisent ordinairement jusque par les trente degrés, et j'avais résolu d'aller à l'île Juan Fernandez pour tâcher d'y faire de bonnes observations astronomiques. Je voulais ainsi établir un point de départ assuré pour traverser cet océan immense, dont l'étendue est marquée différemment par les différents navigateurs. La rencontre accélérée des vents de sud et de sud-est me fit renoncer à cette relâche, laquelle eût allongé mon chemin.

Pendant les premiers jours, je fis prendre de l'ouest à la route autant qu'il fut possible, tant pour m'élever dans le vent que pour m'éloigner de la côte dont le gisement[1] n'est point tracé sur les cartes d'une façon certaine. Toutefois, comme les vents furent toujours alors de la partie de l'ouest, nous eussions rencontré la

1. **Le gisement** : l'angle que forme la direction de la côte par rapport à la direction du nord.

terre si la carte de don Georges Juan et don Antonio de Ulloa eût été juste.

Lorsque nous fûmes dans la mer Pacifique, je convins avec le commandant de *L'Étoile* qu'afin de découvrir un plus grand espace de mers il s'éloignerait de moi dans le sud tous les matins, à la distance que le temps permettrait sans nous perdre de vue ; que le soir nous nous rallierions, et qu'alors il se tiendrait dans nos eaux environ à une demi-lieue. Par ce moyen, si *La Boudeuse* eût rencontré la nuit quelque danger subit, *L'Étoile* était dans le cas de manœuvrer pour nous donner les secours que les circonstances auraient comportés. Cet ordre de marche a été suivi pendant tout le voyage.

Le 30 janvier, un matelot tomba à la mer ; nos efforts lui furent inutiles et jamais nous ne pûmes le sauver : il ventait grand frais et la mer était grosse.

Je dirigeai ma route pour reconnaître la terre que Davis, flibustier anglais, vit en 1686, sur le parallèle de vingt-sept à vingt-huit degrés sud, et qu'en 1722 Roggewin, hollandais, chercha vainement. J'en continuai la recherche jusqu'au 17 février. J'avais passé le 14 sur cette terre, suivant la carte de M. Bellin. Je ne voulus point poursuivre la recherche de l'île de Pâques, sa latitude n'étant point marquée d'une façon positive.

Depuis le 23 février jusqu'au 3 mars, nous eûmes avec des calmes et de la pluie des vents d'ouest constamment variables du sud-ouest au nord-ouest ; chaque jour, un peu avant ou après midi, nous avions à essuyer des grains accompagnés de tonnerre. D'où nous venait cette étrange nuaison[1] sous le tropique et

1. **Nuaison :** rassemblement de nuages.

dans cet océan renommé, plus que toutes les autres mers, par l'uniformité et la fraîcheur des vents alisés de l'est au sud-est que l'on dit y régner toute l'année ? Nous serons plus d'une fois dans le cas de faire la même question.

Il y eut sur la frégate, dès que nous fûmes sortis du détroit, des maux de gorge presque épidémiques. Comme on les attribuait aux eaux neigeuses du détroit, je fis mettre tous les jours dans le charnier une pinte de vinaigre et des boulets rouges. Heureusement ces maux de gorge cédèrent aux plus simples remèdes et, à la fin de février, aucun homme n'était encore sur les cadres[1]. Nous avions seulement quatre matelots tachés du scorbut. On eut dans ce temps une pêche abondante de bonites et de grandes oreilles[2], pendant huit ou dix jours on en prit assez pour en donner un repas aux deux équipages.

Nous courûmes pendant le mois de mars le parallèle des premières terres et îles qui sont marquées sur la carte de M. Bellin sous le nom d'îles de Quiros. Le 21 nous prîmes un thon, dans l'estomac duquel on trouva, non encore digérés, quelques petits poissons dont les espèces ne s'éloignent jamais des côtes. C'était un indice du voisinage de quelques terres. Effectivement le 22, à six heures du matin, on eut en même temps connaissance et de quatre îlots dans le sud-sud-est-5°-est et d'une petite île qui nous restait à quatre lieues dans l'ouest. Je nommai les quatre îlots les quatre

1. **Sur les cadres :** sur les couchettes ; terme qui désigne la couchette de toile montée sur un chassis en bois.
2. **De bonites et de grandes oreilles :** les bonites sont une variété de thon des mers chaudes ; les grandes oreilles sont une autre variété de poissons non identifiée.

Facardins ; et comme ils étaient trop au vent, je fis courir sur la petite île qui était devant nous. À mesure que nous l'approchâmes, nous découvrîmes qu'elle est bordée d'une plage de sable très unie et que tout l'intérieur est couvert de bois touffus, au-dessus desquels s'élèvent les tiges fécondes des cocotiers. La mer brisait assez au large au nord et au sud, et une grosse lame qui battait toute la côte de l'est nous défendait l'accès de l'île dans cette partie. Cependant la verdure charmait nos yeux et les cocotiers nous offraient partout leurs fruits et leur ombre sur un gazon émaillé de fleurs ; des milliers d'oiseaux voltigeaient autour du rivage et semblaient annoncer une côte poissonneuse ; on soupirait après la descente. Nous crûmes qu'elle serait plus facile dans la partie occidentale, et nous suivîmes la côte à distance d'environ deux milles. Partout nous vîmes la mer briser avec la même force, sans une seule anse, sans la moindre crique qui pût servir d'abri et rompre la lame. Perdant ainsi toute espérance de pouvoir y débarquer, à moins d'un risque évident de briser les bateaux, nous remettions le cap en route lorsqu'on cria qu'on voyait deux ou trois hommes accourir au bord de la mer. Nous n'eussions jamais pensé qu'une île aussi petite pût être habitée, et ma première idée fut que sans doute quelques Européens y avaient fait naufrage. J'ordonnai aussitôt de mettre en panne, déterminé à tenter tout pour les sauver. Ces hommes étaient rentrés dans le bois ; bientôt après ils en sortirent au nombre de quinze ou vingt et s'avancèrent à grands pas ; ils étaient nus et portaient de fort longues piques qu'ils vinrent agiter vis-à-vis les vaisseaux avec des démonstrations de menaces ; après cette parade, ils se retirèrent sous les arbres où on distingua des cabanes avec les longuesvues. Ces hommes nous parurent fort grands et d'une couleur bronzée. J'ai nommé l'île qu'ils habitent l'île des Lanciers. Étant à moins d'une lieue dans le nord-est de cette île, je fis signal à *L'Étoile* de sonder ; elle fila deux cents brasses de ligne sans trouver de fond.

Depuis ce jour, nous diminuâmes de voiles dans la nuit, craignant de rencontrer tout d'un coup quelques-unes de ces terres basses dont les approches sont si dangereuses. Nous fûmes obligés de rester en travers une partie de la nuit du 22 au 23, le temps s'étant mis à l'orage avec grand vent, de la pluie et du tonnerre. Au point du jour, nous vîmes une terre qui s'étendait par rapport à nous depuis le nord-est-quart-nord jusqu'au nord-nord-ouest. Nous courûmes dessus, et, à huit heures, nous étions environ à trois lieues de sa pointe orientale. Alors, quoiqu'il régnât une espèce de brume, nous aperçûmes des brisants le long de cette côte qui paraissait très basse et couverte d'arbres. Nous revirâmes donc au large en attendant qu'un ciel plus clair nous permît de nous rapprocher de la terre avec moins de risque ; c'est ce que nous pûmes faire vers les dix heures. Parvenus à une lieue de l'île, nous la prolongeâmes, cherchant à découvrir un endroit propre au débarquement ; nous n'avions pas de fond avec une ligne de cent vingt brasses. Une barre[1], sur laquelle la mer brisait avec furie, bordait toute la côte, et bientôt nous reconnûmes que cette île n'était formée que par deux langues de terre fort étroites qui se rejoignent dans la partie du nord-ouest et qui laissent une ouverture au sud-est entre leur pointe. Le milieu de cette île

1. **Une barre :** une barre de rochers.

est ainsi occupé par la mer dans toute sa longueur qui est de dix à douze lieues sud-est et nord-ouest ; en sorte que la terre présente une espèce de fer à cheval très allongé, dont l'ouverture est au sud-est.

Les deux langues de terre ont si peu de largeur que nous apercevions la mer au-delà de celle du nord. Elles ne paraissent être composées que par des dunes de sable entrecoupées de terrains bas dénués d'arbres et de verdure. Les dunes plus élevées sont couvertes de cocotiers et d'autres arbres plus petits et très touffus. Nous aperçûmes après midi les pirogues qui naviguaient dans l'espèce de lac que cette île embrasse, les unes à la voile, les autres avec des pagaies. Les sauvages qui les conduisaient étaient nus. Le soir nous vîmes un assez grand nombre d'insulaires dispersés le long de la côte. Ils nous parurent avoir aussi à la main de ces longues lances dont nous menaçaient les habitants de la première île. Nous n'avions encore trouvé aucun lieu où nos canots pussent aborder. Partout la mer écumait avec une égale force. La nuit suspendit nos recherches ; nous la passâmes à louvoyer sous les huniers ; et, n'ayant découvert le 24 au matin aucun lieu d'abordage, nous poursuivîmes notre route et renonçâmes à cette île inaccessible, que je nommai, à cause de sa forme, l'île de la Harpe. Au reste cette terre si extraordinaire est-elle naissante ? Est-elle en ruine[1] ? Comment est-elle peuplée ? Ses habitants nous ont semblé être grands et bien proportionnés. J'admire leur courage, s'ils vivent sans inquiétude sur ces bandes de sable qu'un ouragan peut d'un moment à l'autre ense-

1. **En ruine :** sur le point de disparaître.

velir dans les eaux. Il est vrai qu'ils ont des pirogues avec lesquelles ils peuvent se transplanter dans les îles voisines et que leur bagage est peu considérable.

Le même jour, à cinq heures du soir, on aperçut une nouvelle terre à distance de sept ou huit lieues : l'incertitude de sa position, le temps inconstant par grains et orages, et l'obscurité nous forcèrent de passer encore cette nuit à louvoyer. Le 25 au matin nous pûmes accoster la terre que nous reconnûmes être une île très basse, laquelle s'étendait du sud-est au nord-ouest, dans une étendue d'environ vingt-quatre milles. Jusqu'au 27 nous continuâmes à naviguer au milieu d'îles basses et en partie noyées, dont nous examinâmes encore quatre, toutes de la même nature, toutes inabordables, et qui ne méritaient pas que nous perdissions notre temps à les visiter. J'ai nommé l'Archipel dangereux[1] cet amas d'îles dont nous avons vu onze, et qui sont probablement en plus grand nombre. La navigation est extrêmement périlleuse au milieu de ces terres basses, hérissées de brisants[2] et semées d'écueils, où il convient d'user, la nuit surtout, des plus grandes précautions.

Je me déterminai à faire reprendre du sud à la route, afin de sortir de ces parages dangereux. Effectivement, dès le 28, nous cessâmes de voir des terres. Quiros a le premier découvert en 1606 la partie méridionale de cette chaîne d'îles qui s'étend sur l'ouest-nord-ouest, et dans laquelle l'amiral Roggewin s'est trouvé engagé, en 1722, vers le quinzième parallèle ; il la nomma le Labyrinthe. Je ne sais au reste sur quel fondement s'appuient

1. **L'Archipel dangereux :** il s'agit en fait de l'archipel de Tuamotou.
2. **Brisants :** barres rocheuses sur lesquelles la mer vient se briser.

nos géographes lorsqu'ils tracent à la suite de ces îles un commencement de côte vue, disent-ils, par Quiros, et auquel ils donnent soixante-dix lieues de continuité. Tout ce qu'on peut inférer du journal de ce navigateur, c'est que la première terre à laquelle il aborda, après son départ du Pérou, avait plus de huit lieues d'étendue. Mais, loin de la représenter comme une côte considérable, il dit que les sauvages qui l'habitaient lui firent entendre qu'il trouverait de grandes terres sur sa route. S'il en existait ici une considérable, nous ne pouvions manquer de la rencontrer, puisque la plus petite latitude à laquelle nous soyons jusqu'à présent parvenus a été dix-sept degrés quarante minutes, latitude que Quiros observa sur cette côte dont il a plu aux géographes de faire un grand pays.

Je tombe d'accord que l'on conçoit difficilement un si grand nombre d'îles basses et de terres presque noyées, sans supposer un continent qui en soit voisin. Mais la géographie est une science de faits ; on n'y peut rien donner dans son cabinet à l'esprit de système[1], sans risquer les plus grandes erreurs qui, souvent ensuite, ne se corrigent qu'aux dépens des navigateurs.

Le thermomètre, dans ce mois, a été constamment de dix-neuf à vingt degrés, même entre les terres. À la fin du mois nous avons eu cinq jours de vent d'ouest avec des grains et des orages qui se succédaient presque sans interruption. La pluie fut continuelle ; aussi le scorbut se déclara-t-il sur huit ou dix matelots. L'humidité est un des principes les plus actifs de cette mala-

1. **On n'y peut rien donner dans son cabinet à l'esprit de système :** en géographie, on ne peut pas bâtir de systèmes ou d'hypothèses en restant enfermé dans sa salle de travail.

die. On leur donnait tous les jours à chacun une pinte de limonade faite avec la poudre de Faciot, et nous avons eu dans ce voyage les plus grandes obligations à cette poudre. J'avais aussi commencé le 3 mars à me servir de la cucurbite de M. Poissonnier, et nous avons continué jusqu'à la Nouvelle-Bretagne à employer l'eau ainsi dessalée pour la soupe, la cuisson de la viande et celle des légumes. Le supplément d'eau qu'elle nous procurait nous a été de la plus grande ressource dans cette longue traversée. On allumait le feu à cinq heures du soir et on l'éteignait à cinq ou six heures du matin, et chaque nuit nous faisons plus d'une barrique d'eau. Au reste, pour ménager l'eau douce, nous avons toujours pétri le pain avec de l'eau salée.

Le 2 avril, à dix heures du matin, nous aperçûmes dans le nord-nord-est une montagne haute et fort escarpée qui nous parut isolée ; je la nommai le Boudoir ou le pic de la Boudeuse. Nous courions au nord pour la reconnaître, lorsque nous eûmes la vue d'une autre terre dans l'ouest-quart-nord-ouest, dont la côte non moins élevée offrait à nos yeux une étendue indéterminée. Nous avions le plus urgent besoin d'une relâche qui nous procurât du bois et des rafraîchissements, et on se flattait de les trouver sur cette terre. Il fit presque calme tout le jour. La brise se leva le soir, et nous courûmes sur la terre jusqu'à deux heures du matin que nous remîmes pendant trois heures le bord au large. Le soleil se leva, enveloppé de nuages et de brume, et ce ne fut qu'à neuf heures du matin que nous revîmes la terre dont la pointe méridionale nous restait à ouest-quart-nord-ouest, on n'apercevait plus le pic de la Boudeuse que du haut des mâts. Les vents soufflaient du nord au nord-nord-est, et nous tînmes le plus près pour atterrer au vent de l'île. En approchant, nous aperçûmes au-delà de sa pointe du nord une autre terre éloignée plus septentrionale encore, sans que nous pussions alors distinguer si elle tenait à la première île, ou si elle en formait une seconde.

Pendant la nuit du 3 au 4, nous louvoyâmes pour nous élever dans le nord. Des feux que nous vîmes avec joie briller de toutes parts sur la côte nous apprirent qu'elle était habitée. Le 4, au lever de l'aurore, nous reconnûmes que les deux terres qui, la veille, nous avaient paru séparées, étaient unies ensemble par une terre plus basse qui se courbait en arc et formait une baie ouverte au nord-est. Nous courions à pleines voiles vers la terre, présentant au vent de cette baie, lorsque nous aperçûmes une pirogue qui venait du large et voguait vers la côte, se servant de sa voile et de ses pagaies. Elle nous passa de l'avant, et se joignit à une infinité d'autres qui, de toutes les parties de l'île, accouraient au-devant de nous. L'une d'elles précédait les autres ; elle était conduite par douze hommes nus qui nous présentèrent des branches de bananiers, et leurs démonstrations attestaient que c'était là le rameau d'olivier. Nous leur répondîmes par tous les signes d'amitié dont nous pûmes nous aviser ; alors ils accostèrent le navire, et l'un d'eux, remarquable par son énorme chevelure hérissée en rayons, nous offrit avec son rameau de paix un petit cochon et un régime de bananes. Nous acceptâmes son présent, qu'il attacha à une corde qu'on lui jeta ; nous lui donnâmes des bonnets et des mouchoirs, et ces premiers présents furent le gage de notre alliance avec ce peuple.

Bientôt plus de cent pirogues de grandeurs différentes, et toutes à balancier, environnèrent les deux vaisseaux. Elles étaient chargées de cocos, de bananes et d'autres fruits du pays. L'échange de ces fruits délicieux pour nous contre toutes sortes de bagatelles se fit avec bonne foi, mais sans qu'aucun des insulaires voulût monter à bord. Il fallait entrer dans leurs pirogues ou montrer de loin les objets d'échange ; lorsqu'on était d'accord, on leur envoyait au bout d'une corde un panier ou un filet ; ils y mettaient indifféremment avant que d'avoir donné ou reçu, avec une bonne foi qui nous fit bien augurer de leur caractère. D'ailleurs nous ne vîmes aucune espèce d'armes dans leurs pirogues, où il n'y avait point de femmes à cette première entrevue. Les pirogues restèrent le long des navires jusqu'à ce que les approches de la nuit nous firent revirer au large ; toutes alors se retirèrent.

Nous tâchâmes dans la nuit de nous élever au nord, n'écartant jamais la terre de plus de trois lieues. Tout le rivage fut jusqu'à près de minuit, ainsi qu'il l'avait été la nuit précédente, garni de petits feux à peu de distance les uns des autres : on eût dit que c'était une illumination faite à dessein, et nous l'accompagnâmes de plusieurs fusées tirées des deux vaisseaux.

La journée du 5 se passa à louvoyer, afin de gagner au vent de l'île, et à faire sonder par les bateaux pour trouver un mouillage. L'aspect de cette côte, élevée en amphithéâtre, nous offrait le plus riant spectacle. Quoique les montagnes y soient d'une grande hauteur, le rocher n'y montre nulle part son aride nudité ; tout y est couvert de bois. À peine en crûmes-nous nos yeux, lorsque nous découvrîmes un pic chargé d'arbres jusqu'à sa cime isolée qui s'élevait au niveau des montagnes, dans l'intérieur de la partie méridionale de l'île.

Il ne paraissait pas avoir plus de trente toises[1] de diamètre et diminuait de grosseur en montant ; on l'eût pris de loin pour une pyramide d'une hauteur immense que la main d'un décorateur habile aurait parée de guirlandes de feuillages. Les terrains moins élevés sont entrecoupés de prairies et de bosquets, et dans toute l'étendue de la côte il règne, sur les bords de la mer, au pied du pays haut, une lisière de terre basse et unie, couverte de plantations. C'est là qu'au milieu des bananiers, des cocotiers et d'autres arbres chargés de fruits, nous apercevions les maisons des insulaires.

Comme nous prolongions la côte, nos yeux furent frapés de la vue d'une belle cascade qui s'élançait du haut des montagnes, et précipitait à la mer ses eaux écumantes. Un village était bâti au pied, et la côte y paraissait sans brisants. Nous désirions tous de pouvoir mouiller à portée de ce beau lieu ; sans cesse on sondait des navires, et nos bateaux sondaient jusqu'à terre : on ne trouva dans cette partie qu'un platier de roches[2], et il fallut se résoudre à chercher ailleurs un mouillage.

Les pirogues étaient revenues au navire dès le lever du soleil, et toute la journée on fit des échanges. Il s'ouvrit même de nouvelles branches de commerce ; outre les fruits de l'espèce de ceux apportés la veille et quelques autres rafraîchissements, tels que poules et pigeons, les insulaires apportèrent avec eux toutes sortes d'instruments pour la pêche, des herminettes de pierre, des étoffes singulières, des coquilles, etc. Ils demandaient en échange du fer et des pendants d'oreilles. Les trocs se firent, comme la veille, avec

1. **Trente toises :** soixante mètres environ.
2. **Un platier de roches :** un haut-fond de rochers qui possède une plage.

loyauté ; cette fois aussi, il vint dans les pirogues quelques femmes jolies et presque nues. À bord de *L'Étoile*, il monta un insulaire qui y passa la nuit sans témoigner aucune inquiétude.

Nous l'employâmes encore à louvoyer ; et, le 6 au matin, nous étions parvenus à l'extrémité septentrionale de l'île. Une seconde baie s'offrit à nous ; mais la vue de plusieurs brisants, qui paraissaient détendre le passage entre les deux îles, me détermina à revenir sur mes pas chercher un mouillage dans la première baie que nous avions vue le jour de notre atterrage. Nos canots qui sondaient en avant et en terre de nous trouvèrent la côte du nord de la baie bordée partout, à un quart de lieue du rivage, d'un récif qui découvre à basse mer. Cependant, à une lieue de la pointe du nord, ils reconnurent dans le récif une coupure large de deux encablures au plus, dans laquelle il y avait trente à trente-cinq brasses d'eau, et en dedans une rade assez vaste, où le fond variait depuis neuf jusqu'à trente brasses. Cette rade était bornée au sud par un récif qui, partant de terre, allait se joindre à celui qui bordait la côte. Nos canots avaient sondé partout sur un fond de sable, et ils avaient reconnu plusieurs petites rivières commodes pour faire l'eau. Sur le récif, du côté du nord, il y a trois îlots.

Ce rapport me décida à mouiller dans cette rade, et sur-le-champ nous fîmes route pour y entrer. Nous rangeâmes la pointe du récif de tribord en entrant, et dès que nous fûmes en dedans, nous mouillâmes notre première ancre sur trente-quatre brasses, fond de sable gris, coquillages et gravier, et nous étendîmes aussitôt une ancre à jet dans le nord-ouest pour y mouiller notre ancre d'affourche. *L'Étoile* passa au vent à nous, et mouilla dans le nord à une encablure. Dès que nous fûmes affourchés, nous amenâmes basses vergues et mâts de hune.

À mesure que nous avions approché la terre, les insulaires avaient environné les navires. L'affluence des pirogues fut si grande autour des vaisseaux, que nous eûmes beaucoup de peine à nous amarrer au milieu de la foule et du bruit. Tous venaient en criant *tayo*, qui veut dire *ami*, et en nous donnant mille témoignages d'amitié ; tous demandaient des clous et des pendants d'oreilles. Les pirogues étaient remplies de femmes qui ne le cèdent pas, pour l'agrément de la figure, au plus grand nombre des Européennes et qui, pour la beauté du corps, pourraient le disputer à toutes avec avantage. La plupart de ces nymphes étaient nues, car les hommes et les vieilles qui les accompagnaient leur avaient ôté le pagne dont ordinairement elles s'enveloppent. Elles nous firent d'abord, de leurs pirogues, des agaceries où, malgré leur naïveté, on découvrit quelque embarras ; soit que la nature ait partout embelli le sexe d'une timidité ingénue, soit que, même dans les pays où règne encore la franchise de l'âge d'or[1], les femmes paraissent ne pas vouloir ce qu'elles désirent le plus. Les hommes, plus simples ou plus libres, s'énoncèrent bientôt clairement : ils nous pressaient de choisir une femme, de la suivre à terre, et leurs gestes non équivoques démontraient la manière dont il fallait faire connaissance avec elle. Je le demande : comment retenir au travail, au milieu d'un spectacle pareil, quatre cents Français, jeunes, marins, et qui

1. **L'âge d'or :** dans la mythologie, le premier âge de l'humanité, où le vice n'existait pas encore, une forme d'enfance des peuples.

depuis six mois n'avaient point vu de femmes ? Malgré toutes les précautions que nous pûmes prendre, il entra à bord une jeune fille, qui vint sur le gaillard d'arrière se placer à une des écoutilles qui sont au-dessus du cabestan ; cette écoutille était ouverte pour donner de l'air à ceux qui viraient. La jeune fille laissa tomber négligemment un pagne qui la couvrait, et parut aux yeux de tous telle que Vénus se fit voir au berger phrygien[1] : elle en avait la forme céleste. Matelots et soldats s'empressaient pour parvenir à l'écoutille, et jamais cabestan ne fut viré avec une pareille activité.

Nos soins réussirent cependant à contenir ces hommes ensorcelés ; le moins difficile n'avait pas été de parvenir à se contenir soi-même. Un seul Français, mon cuisinier, qui, malgré les défenses, avait trouvé le moyen de s'échapper, nous revint bientôt plus mort que vif. À peine eut-il mis pied à terre avec la belle qu'il avait choisie qu'il se vit entouré par une foule d'Indiens qui le déshabillèrent dans un instant, et le mirent nu de la tête aux pieds. Il se crut perdu mille fois, ne sachant où aboutiraient les exclamations de ce peuple qui examinait en tumulte toutes les parties de son corps. Après l'avoir bien considéré, ils lui rendirent ses habits, remirent dans ses poches tout ce qu'ils en avaient tiré, et firent approcher la fille, en le pressant de contenter les désirs qui l'avaient amené à terre avec elle. Ce fut en vain. Il fallut que les insulaires ramenassent à bord le pauvre cuisinier, qui me dit que j'aurais beau le réprimander, que je ne lui ferais jamais autant de peur qu'il venait d'en avoir à terre.

1. **Telle que Vénus se fit voir au berger phrygien** : Vénus, déesse de l'amour et de la beauté, fut choisie par le berger Pâris, comme la plus belle des déesses.

REPÈRES

1. Qu'est-ce que « *la mer Occidentale* » (l. 1) ?

OBSERVATION

2. Quelles caractéristiques font de l'île des Lanciers une terre accueillante et propice à la vie ? Quels inconvénients présente-t-elle ? En quoi ces derniers pourraient-ils expliquer l'hostilité de ses habitants ?
3. Que symbolise traditionnellement « *le rameau d'olivier* » (l. 284-285) ?
4. « *Les insulaires apportèrent avec eux toutes sortes d'instruments pour la pêche, des herminettes de pierre, des étoffes singulières, des coquilles, etc.* » (l. 353-355) : quels renseignements cette énumération nous donne-t-elle à propos du peuple de Tahiti ?
5. Que pouvez-vous dire de la tonalité des deux derniers paragraphes ?

INTERPRÉTATIONS

6. « *Mais la géographie est une science de faits ; on n'y peut rien donner dans son cabinet à l'esprit de système...* » (l. 219-220) : comparez cette affirmation au « Discours préliminaire » (p. 42). Quelles observations pouvez-vous formuler ?
7. Quelles conclusions peut-on tirer de la manière dont les habitants de Tahiti établissent le premier contact avec les équipages français ? Vous pourrez comparer leur comportement avec celui des Pécherais dans le chapitre précédent.
8. « *Même dans les pays où règne encore la franchise de l'âge d'or, les femmes paraissent ne pas vouloir ce qu'elles désirent le plus* » (l. 411-414) : quelle interprétation pouvez-vous donner à cette remarque ? Pourquoi peut-on dire qu'elle est ironique ?

DE LA LECTURE À L'ÉCRITURE

9. Les habitants de l'île des Lanciers et de l'île de la Harpe n'ont peut-être jamais eu de contacts avec des voyageurs étrangers. Dans un récit, vous rendrez compte de leurs sentiments à la vue des deux bateaux français et vous imaginerez les histoires ou explications merveilleuses qu'ils ont pu tirer d'une telle rencontre.

VII. Tahiti

Chapitre IX

Lorsque nous fûmes amarrés, je descendis à terre avec plusieurs officiers, afin de reconnaître un lieu propre à faire de l'eau. Nous fûmes reçus par une foule d'hommes et de femmes qui ne se lassaient point de nous considérer ; les plus hardis venaient nous toucher, ils écartaient même nos vêtements, comme pour vérifier si nous étions absolument faits comme eux : aucun ne portait d'armes, pas même de bâtons. Ils ne savaient comment exprimer leur joie de nous recevoir. Le chef de ce canton nous conduisit dans sa maison et nous y introduisit. Il y avait dedans cinq ou six femmes et un vieillard vénérable. Les femmes nous saluèrent en portant la main sur la poitrine, et criant plusieurs fois *tayo*. Le vieillard était père de notre hôte. Il n'avait du grand âge que ce caractère respectable qu'impriment les ans sur une belle figure : sa tête ornée de cheveux blancs et d'une longue barbe, tout son corps nerveux et rempli, ne montraient aucune ride, aucun signe de décrépitude. Cet homme vénérable parut s'apercevoir à peine de notre arrivée ; il se retira même sans répondre à nos caresses, sans témoigner ni frayeur, ni étonnement, ni curiosité : fort éloigné de prendre part à l'espèce d'extase que notre vue causait à tout ce peuple, son air rêveur et soucieux semblait annoncer qu'il craignait que ces jours heureux, écoulés pour lui dans le sein du repos, ne fussent troublés par l'arrivée d'une nouvelle race.

On nous laissa la liberté de considérer l'intérieur de la maison. Elle n'avait aucun meuble, aucun ornement qui la distinguât des cases ordinaires, que sa grandeur. Elle pouvait avoir quatre-vingts pieds de long sur vingt pieds de large. Nous y remarquâmes un cylindre d'osier, long de trois ou quatre pieds et garni de plumes noires, lequel était suspendu au toit, et deux figures de bois que nous prîmes pour des idoles. L'une, c'était le dieu, était debout contre un des piliers ; la déesse était vis-à-vis, inclinée le long du mur qu'elle surpassait en hauteur, et attachée aux roseaux qui le forment. Ces figures mal faites et sans proportions avaient environ trois pieds de haut, mais elles tenaient à un piédestal cylindrique, vidé dans l'intérieur et sculpté à jour. Il était fait en forme de tour et pouvait avoir six à sept pieds de hauteur, sur environ un pied de diamètre ; le tout était d'un bois noir fort dur.

Le chef nous proposa ensuite de nous asseoir sur l'herbe au-dehors de sa maison, où il fit apporter des fruits, du poisson grillé et de l'eau ; pendant le repas, il envoya chercher quelques pièces d'étoffes et deux grands colliers faits d'osier et recouverts de plumes noires et de dents de requins. Leur forme ne ressemble pas mal à celle de ces fraises immenses[1] qu'on portait

1. **Ces fraises immenses** : collerettes blanches, plissées sur plusieurs rangs, que portaient les hommes et les femmes au XVIe siècle et jusqu'au début du XVIIe siècle.

du temps de François Ier. Il en passa un au col du chevalier d'Oraison, l'autre au mien, et distribua les étoffes. Nous étions prêts à retourner à bord, lorsque le chevalier de Suzannet s'aperçut qu'il lui manquait un pistolet qu'on avait adroitement volé dans sa poche. Nous le fîmes entendre au chef qui, sur-le-champ, voulut fouiller tous les gens qui nous environnaient ; il en maltraita même quelques-uns. Nous arrêtâmes ses recherches, en tâchant seulement de lui faire comprendre que l'auteur du vol pourrait être la victime de sa friponnerie, et que son larcin lui donnerait la mort.

Le chef et tout le peuple nous accompagnèrent jusqu'à nos bateaux. Prêts à y arriver, nous fûmes arrêtés par un insulaire d'une belle figure qui, couché sous un arbre, nous offrit de partager le gazon qui lui servait de siège. Nous l'acceptâmes ; cet homme alors se pencha vers nous et, d'un air tendre, aux accords d'une flûte dans laquelle un autre Indien soufflait avec le nez, il nous chanta lentement une chanson, sans doute anacréontique[1] : scène charmante et digne du pinceau de Boucher[2]. Quatre insulaires vinrent avec confiance souper et coucher à bord. Nous leur fîmes entendre flûte, basse, violon, et nous leur donnâmes un feu d'artifice composé de fusées et de serpentaux. Ce spectacle leur causa une surprise mêlée d'effroi.

1. **Anacréontique** : inspirée d'Anacréon, poète lyrique grec des VIe et Ve siècles avant J.-C., célèbre pour avoir chanté les liens entre la musique, l'amour et l'ivresse.

2. **Boucher** : peintre français, contemporain de Bougainville et, comme lui, protégé de Mme de Pompadour, François Boucher est l'auteur de scènes galantes travesties en scènes champêtres ou mythologiques qui firent de lui le peintre à la mode de la société frivole de son siècle.

Le 7 au matin, le chef, dont le nom est Ereti, vint à bord. Il nous apporta un cochon, des poules et le pistolet qui avait été pris la veille chez lui. Cet acte de justice nous en donna bonne idée. Cependant nous fîmes dans la matinée toutes nos dispositions pour descendre à terre nos malades et nos pièces à l'eau, et les y laisser en établissant une garde pour leur sûreté. Je descendis l'après-midi avec armes et bagages, et nous commençâmes à dresser le camp sur les bords d'une petite rivière où nous devions faire notre eau. Ereti vit la troupe sous les armes et les préparatifs du campement sans paraître d'abord surpris ni mécontent. Toutefois, quelques heures après, il vint à moi, accompagné de son père et des principaux du canton qui lui avaient fait des représentations à cet égard, et me fit entendre que notre séjour à terre leur déplaisait, que nous étions les maîtres d'y venir le jour tant que nous voulions, mais qu'il fallait coucher la nuit à bord de nos vaisseaux. J'insistai sur l'établissement du camp, lui faisant comprendre qu'il nous était nécessaire pour faire de l'eau, du bois, et rendre plus faciles les échanges entre les deux nations. Ils tinrent alors un second conseil, à l'issue duquel Ereti vint me demander si nous resterions ici toujours, ou si nous comptions repartir, et dans quel temps. Je lui répondis que nous mettrions à la voile dans dix-huit jours, en signe duquel nombre je lui donnai dix-huit petites pierres ; sur cela, nouvelle conférence à laquelle on me fit appeler. Un homme grave, et qui paraissait avoir du poids dans le conseil, voulait réduire à neuf les jours de notre campement ; j'insistais pour le nombre que j'avais demandé, et enfin ils y consentirent.

De ce moment la joie se rétablit ; Ereti même nous

offrit un hangar immense tout près de la rivière, sous lequel étaient quelques pirogues qu'il en fit enlever sur-le-champ. Nous dressâmes dans ce hangar les tentes pour nos scorbutiques, au nombre de trente-quatre, douze de *La Boudeuse*, et vingt-deux de *L'Étoile*, et quelques autres nécessaires au service. La garde fut composée de trente soldats, et je fis aussi descendre des fusils pour armer les travailleurs et les malades. Je restai à terre la première nuit, qu'Ereti voulut aussi passer dans nos tentes. Il fit apporter son souper qu'il joignit au nôtre, chassa la foule qui entourait le camp, et ne retint avec lui que cinq ou six de ses amis. Après souper, il demanda des fusées, et elles lui firent au moins autant de peur que de plaisir. Sur la fin de la nuit, il envoya chercher une de ses femmes qu'il fit coucher dans la tente de M. de Nassau. Elle était vieille et laide.

La journée suivante se passa à perfectionner notre camp. Le hangar était bien fait et parfaitement couvert d'une espèce de natte. Nous n'y laissâmes qu'une issue à laquelle nous mîmes une barrière et un corps de garde. Ereti, ses femmes et ses amis avaient seuls la permission d'entrer ; la foule se tenait en dehors du hangar : un de nos gens, une baguette à la main, suffisait pour la faire écarter. C'était là que les insulaires apportaient de toutes parts des fruits, des poules, des cochons, du poisson et des pièces de toile qu'ils échangeaient contre des clous, des outils, des perles fausses, des boutons et mille autres bagatelles qui étaient des trésors pour eux. Au reste, ils examinaient attentivement ce qui pouvait nous plaire ; ils virent que nous cueillions des plantes antiscorbutiques et qu'on s'occupait aussi à chercher des coquilles. Les femmes et les enfants ne tardèrent pas à nous apporter à l'envi des paquets des mêmes plantes qu'ils nous avaient vu ramasser, et des paniers remplis de coquilles de toutes les espèces. On payait leurs peines à peu de frais.

Ce même jour je demandai au chef de m'indiquer du bois que je pusse couper. Le pays bas où nous étions n'est couvert que d'arbres fruitiers et d'une espèce de bois plein de gomme et de peu de consistance ; le bois dur vient sur les montagnes. Ereti me marqua les arbres que je pouvais couper et m'indiqua même de quel côté il les fallait faire tomber en les abattant. Au reste, les insulaires nous aidaient beaucoup dans nos travaux ; nos ouvriers abattaient les arbres et les mettaient en bûches que les gens du pays transportaient aux bateaux ; ils aidaient de même à faire de l'eau, emplissant les pièces et les conduisant aux chaloupes. On leur donnait pour salaires des clous dont le nombre se proportionnait au travail qu'ils avaient fait. La seule gêne qu'on eut, c'est qu'il fallait sans cesse avoir l'œil à tout ce qu'on apportait à terre, à ses poches même ; car il n'y a point en Europe de plus adroits filous que les gens de ce pays.

Cependant, il ne semble pas que le vol soit ordinaire entre eux. Rien ne ferme dans leurs maisons, tout y est à terre ou suspendu, sans serrure ni gardiens. Sans doute la curiosité pour des objets nouveaux excitait en eux de violents désirs, et d'ailleurs il y a partout de la canaille. On avait volé les deux premières nuits, malgré les sentinelles et les patrouilles auxquelles on avait même jeté quelques pierres. Les voleurs se cachaient dans un marais couvert d'herbes et de roseaux, qui s'étendait derrière notre camp. On le nettoya en partie, et j'ordonnai à l'officier de garde de faire tirer sur les voleurs qui viendraient dorénavant. Ereti lui-même me dit de le faire, mais il eut grand soin de montrer plusieurs fois où était sa maison, en recommandant bien de tirer du côté opposé. J'envoyais aussi tous les soirs trois de nos bateaux armés de pierriers et d'espingoles[1] se mouiller devant le camp.

Au vol près, tout se passait de la manière la plus aimable. Chaque jour nos gens se promenaient dans le pays sans armes, seuls ou par petites bandes. On les invitait à entrer dans les maisons, on leur y donnait à manger ; mais ce n'est pas à une collation légère que se borne ici la civilité des maîtres de maisons ; ils leur offraient des jeunes filles ; la case se remplissait à l'instant d'une foule curieuse d'hommes et de femmes qui faisaient un cercle autour de l'hôte et de la jeune victime du devoir hospitalier ; la terre se jonchait de feuillage et de fleurs, et des musiciens chantaient aux accords de la flûte un hymne de jouissance. Vénus est ici la déesse de l'hospitalité, son culte n'y admet point de mystères, et chaque jouissance est une fête pour la nation. Ils étaient surpris de l'embarras qu'on témoignait ; nos mœurs ont proscrit cette publicité[2]. Toutefois je ne garantirais pas qu'aucun n'ait vaincu sa répugnance et ne se soit conformé aux usages du pays.

J'ai plusieurs fois été, moi second ou troisième, me promener dans l'intérieur. Je me croyais transporté dans le jardin d'Éden : nous parcourions une plaine de gazon, couverte de beaux arbres fruitiers et coupée de petites rivières qui entretiennent une fraîcheur déli-

1. **De pierriers et d'espingoles :** le pierrier est un petit canon, capable de lancer des pierres ou de petits boulets ; l'espingole est un fusil court.
2. **Cette publicité :** cette manière de se comporter en public.

Bougainville à Tahiti.
Planche illustrant le Voyage autour du monde *(édition de 1855).*

cieuse, sans aucun des inconvénients qu'entraîne l'humidité. Un peuple nombreux y jouit des trésors que la nature verse à pleines mains sur lui. Nous trouvions des troupes d'hommes et de femmes assises à l'ombre des vergers ; tous nous saluaient avec amitié ; ceux que nous rencontrions dans les chemins se rangeaient à côté pour nous laisser passer ; partout nous voyions régner l'hospitalité, le repos, une joie douce et toutes les apparences du bonheur.

Je fis présent au chef du canton où nous étions d'un couple de dindes et de canards mâles et femelles ; c'était le denier de la veuve[1]. Je lui proposai aussi de faire un jardin à notre manière et d'y semer différentes graines, proposition qui fut reçue avec joie. En peu de temps Ereti fit préparer et entourer de palissades le terrain qu'avaient choisi nos jardiniers. Je le fis bêcher ; ils admiraient nos outils de jardinage. Ils ont bien aussi autour de leurs maisons des espèces de potagers garnis de giraumons, de patates, d'ignames et d'autres racines[2]. Nous leur avons semé du blé, de l'orge, de l'avoine, du riz, du maïs, des oignons et des graines potagères de toute espèce. Nous avons lieu de croire que ces plantations seront bien soignées, car ce peuple nous a paru aimer l'agriculture, et je crois qu'on l'accoutumerait facilement à tirer parti du sol le plus fertile de l'univers.

1. **Le denier de la veuve :** expression désignant l'aumône modeste que fait un pauvre.
2. **De giraumons, de patates, d'ignames et d'autres racines :** le giraumon est une courge originaire d'Amérique, la patate une liane tropicale cultivée pour ses gros tubercules à chair rosée et sucrée, l'igname une plante tropicale grimpante à gros tubercules farineux.

Les premiers jours de notre arrivée, j'eus la visite du chef d'un canton voisin, qui vint à bord avec un présent de fruits, de cochons, de poules et d'étoffes. Ce seigneur, nommé Toutaa, est d'une belle figure et d'une taille extraordinaire. Il était accompagné de quelques-uns de ses parents, presque tous hommes de six pieds. Je leur fis présent de clous, d'outils, de perles fausses et d'étoffes de soie. Il fallut lui rendre sa visite chez lui ; nous fûmes bien accueillis, et l'honnête Toutaa m'offrit une de ses femmes fort jeune et assez jolie. L'assemblée était nombreuse, et les musiciens avaient déjà entonné les chants de l'hyménée. Telle est la manière de recevoir les visites de cérémonie.

Le 10, il y eut un insulaire tué, et les gens du pays vinrent se plaindre de ce meurtre. J'envoyai à la maison où avait été porté le cadavre ; on vit effectivement que l'homme avait été tué d'un coup de feu. Cependant on ne laissait sortir aucun de nos gens avec des armes à feu, ni des vaisseaux, ni de l'enceinte du camp. Je fis sans succès les plus exactes perquisitions pour connaître l'auteur de cet infâme assassinat. Les insulaires crurent, sans doute, que leur compatriote avait eu tort ; car ils continuèrent à venir à notre quartier avec leur confiance accoutumée. On me rapporta cependant qu'on avait vu beaucoup de gens emporter leurs effets à la montagne, et que même la maison d'Ereti était toute démeublée. Je lui fis de nouveaux présents, et ce bon chef continua à nous témoigner la plus sincère amitié.

Cependant, je pressais nos travaux de tous les genres ; car, encore que cette relâche fût excellente pour nos besoins, je savais que nous étions mal mouillés. En effet, quoique nos câbles, paumoyés presque tous les jours, n'eussent pas encore paru ragués[1], nous avions découvert que le fond était semé de gros corail, et d'ailleurs, en cas d'un grand vent du large, nous n'avions pas de chasse. La nécessité avait forcé de prendre ce mouillage sans nous laisser la liberté du choix, et bientôt nous eûmes la preuve que nos inquiétudes n'étaient que trop fondées.

Le 12, à cinq heures du matin, les vents étant venus au sud, notre câble du sud-est et le grelin[2] d'une ancre à jet, que nous avions par précaution allongée dans l'est-sud-est, furent coupés sur le fond. Nous mouillâmes aussitôt notre grande ancre ; mais, avant qu'elle eût pris fond, la frégate vint à l'appel de l'ancre du nord-ouest, et nous tombâmes sur *L'Étoile* que nous abordâmes à bâbord. Nous virâmes sur notre ancre, et *L'Étoile* fila rapidement, de manière que nous fûmes séparés avant que d'avoir souffert aucune avarie. La flûte nous envoya alors le bout d'un grelin qu'elle avait allongé dans l'est, sur lequel nous virâmes pour nous écarter d'elle davantage. Nous relevâmes ensuite notre grande ancre et rembarquâmes le grelin et le câble coupés sur le fond. Celui-ci l'avait été à trente brasses de l'entalingure[3] ; nous le changeâmes bout pour bout et l'entalinguâmes sur une ancre de rechange de deux mille sept cents que *L'Étoile* avait dans sa cale et que nous envoyâmes chercher. Notre ancre du sud-est mouillée sans orin[4] à cause du grand fond était perdue, et nous tâchâmes inutilement de sauver l'ancre à jet

1. **Paumoyés [...] ragués :** hâlés, tirés à la main... usés, déchirés.
2. **Le grelin :** un cordage plus mince que le câble.
3. **L'entalingure :** la boucle de l'ancre.
4. **Sans orin :** sans bouée signalant son emplacement.

dont la bouée avait coulé et qu'il fut impossible de draguer. Nous guindâmes aussitôt notre petit mât de hune et la vergue de misaine, afin de pouvoir appareiller dès que le vent permettrait.

L'après-midi il calma et passa à l'est. Nous allongeâmes alors dans le sud-est une ancre à jet et l'ancre reçue de *L'Étoile*, et j'envoyai un bateau sonder dans le nord, afin de savoir s'il n'y aurait pas un passage ; ce qui nous eût mis à portée de sortir presque de tout vent. Un malheur n'arrive jamais seul : comme nous étions tous occupés d'un travail auquel était attaché notre salut, on vint m'avertir qu'il y avait eu trois insulaires tués ou blessés dans leurs cases à coups de baïonnette, que l'alarme était répandue dans le pays, que les vieillards, les femmes et les enfants fuyaient vers les montagnes emportant leurs bagages et jusqu'aux cadavres des morts, et que peut-être allions-nous avoir sur les bras une armée de ces hommes furieux. Telle était donc notre position de craindre la guerre à terre au même instant où les deux navires étaient dans le cas d'y être jetés. Je descendis au camp, et en présence du chef je fis mettre aux fers quatre soldats soupçonnés d'être les auteurs du forfait ; ce procédé parut les contenter.

Je passai une partie de la nuit à terre, où je renforçai les gardes, dans la crainte que les insulaires ne voulussent venger leurs compatriotes. Nous occupions un poste excellent entre deux rivières distantes l'une de l'autre d'un quart de lieue au plus ; le front du camp était couvert par un marais, le reste était la mer dont assurément nous étions les maîtres. Nous avions beau jeu pour défendre ce poste contre toutes les forces de l'île réunies ; mais heureusement, à quelques alertes près occasionnées par des filous, la nuit fut tranquille au camp.

Ce n'était pas de ce côté où mes inquiétudes étaient les plus vives. La crainte de perdre les vaisseaux à la côte nous donnait des alarmes infiniment plus cruelles. Dès dix heures du soir les vents avaient beaucoup fraîchi de la partie de l'est avec une grosse houle, de la pluie, des orages et toutes les apparences funestes qui augmentent l'horreur de ces lugubres situations. Vers deux heures du matin il passa un grain qui chassait les vaisseaux en côte : je me rendis à bord, le grain heureusement ne dura pas ; et dès qu'il fut passé, le vent vint de terre. L'aurore nous amena de nouveaux malheurs ; notre câble du nord-ouest fut coupé ; le grelin, que nous avait cédé *L'Étoile* et qui nous tenait sur son ancre à jet, eut le même sort peu d'instants après ; la frégate alors venant à l'appel de l'ancre et du grelin du sud-est, ne se trouvait pas à une encablure de la côte où la mer brisait avec fureur. Plus le péril devenait instant, plus les ressources diminuaient, les deux ancres, dont les câbles venaient d'être coupés, étaient perdues pour nous ; leurs bouées avaient disparu, soit qu'elles eussent coulé, soit que les Indiens les eussent enlevées dans la nuit. C'étaient déjà quatre ancres de moins depuis vingt-quatre heures, et cependant il nous restait encore des pertes à essuyer.

À dix heures du matin, le câble neuf, que nous avions entalingué sur l'ancre de deux mille sept cents de *L'Étoile*, laquelle nous tenait dans le sud-est, fut coupé ; et la frégate, défendue par un seul grelin, commença à chasser en côte. Nous mouillâmes sous barbe[1] notre grande ancre, la seule qui nous restât en mouillage ; mais de quel secours nous pouvait-elle être ? Nous étions si près des brisants que nous aurions été dessus avant que d'avoir assez filé de câble pour que l'ancre pût bien prendre fond. Nous attendions à chaque instant le triste dénouement de cette aventure, lorsqu'une brise de sud-ouest nous donna l'espérance de pouvoir appareiller. Nos focs furent bientôt hissés ; le vaisseau commençait à prendre de l'erre, et nous travaillions à faire de la voile pour filer câble et grelin et mettre dehors, mais les vents revinrent presque aussitôt à l'est. Cet intervalle nous avait toujours donné le temps de recevoir à bord le bout du grelin de la seconde ancre à jet de *L'Étoile* qu'elle venait d'allonger dans l'est et qui nous sauva pour le moment. Nous virâmes sur les deux grelins et nous nous relevâmes un peu de la côte. Nous envoyâmes alors notre chaloupe à *L'Étoile* pour l'aider à s'amarrer solidement ; ses ancres étaient heureusement mouillées sur un fond moins perdu de corail que celui sur lequel étaient tombées les nôtres. Lorsque cette opération fut faite, notre chaloupe alla lever par son orin[2] l'ancre de deux mille sept cents ; nous entalinguâmes dessus un autre câble et nous l'allongeâmes dans le nord-est ; nous relevâmes ensuite l'ancre à jet de *L'Étoile* que nous lui rendîmes. Dans ces deux jours M. de la Giraudais, commandant de cette flûte, a eu la plus grande part au salut de la frégate par les secours qu'il m'a donnés ; c'est avec plaisir que je paie ce tribut de reconnaissance à cet officier,

1. **Nous mouillâmes sous barbe :** nous levâmes l'ancre.
2. **Par son orin :** voir note 4, p. 160.

déjà mon compagnon dans mes autres voyages, et dont le zèle égale les talents.

Cependant, lorsque le jour était venu, aucun Indien ne s'était approché du camp, on n'avait vu aucune pirogue, on avait trouvé les maisons abandonnées, tout le pays paraissait un désert. Le prince de Nassau, lequel avec quatre ou cinq hommes seulement s'était éloigné davantage, dans le dessein de rencontrer quelques insulaires et de les rassurer, en trouva un grand nombre avec Ereti environ à une lieue du camp. Dès que ce chef eut reconnu M. de Nassau, il vint à lui d'un air consterné. Les femmes éplorées se jetèrent à ses genoux, elles lui baisaient les mains en pleurant et en répétant plusieurs fois : *Tayo, maté, vous êtes nos amis et vous nous tuez.* À force de caresses et d'amitié il parvint à les ramener. Je vis du bord une foule de peuple accourir au quartier : des poules, des cocos, des régimes de bananes embellissaient la marche et promettaient la paix. Je descendis aussitôt avec un assortiment d'étoffes de soie et des outils de toute espèce ; je les distribuai aux chefs, en leur témoignant ma douleur du désastre arrivé la veille et en les assurant qu'il serait puni. Les bons insulaires me comblèrent de caresses, le peuple applaudit à la réunion, et en peu de temps la foule ordinaire et les filous revinrent à notre quartier qui ne ressemblait pas mal à une foire. Ils apportèrent ce jour et le suivant plus de rafraîchissements que jamais. Ils demandèrent aussi qu'on tirât devant eux quelques coups de fusil ; ce qui leur fit grand peur, tous les animaux tirés ayant été tués raides.

Le canot que j'avais envoyé pour reconnaître le côté du nord était revenu avec la bonne nouvelle qu'il y avait trouvé un très beau passage. Il était alors trop tard pour en profiter ce même jour ; la nuit s'avançait. Heureusement elle fut tranquille à terre et à la mer. Le 14 au matin, les vents étant à l'est, j'ordonnai à *L'Étoile*, qui avait son eau faite et tout son monde à bord, d'appareiller et de sortir par la nouvelle passe du nord. Nous ne pouvions mettre à la voile par cette passe qu'après la flûte mouillée au nord de nous. À onze heures elle appareilla sur une haussière[1] portée sur nous, je gardai sa chaloupe et ses deux petites ancres ; je pris aussi à bord, dès qu'elle fut sous voiles, le bout du câble de son ancre du sud-est mouillée en bon fond. Nous levâmes alors notre grande ancre, allongeâmes les deux ancres à jet, et par ce moyen nous restâmes sur deux grosses ancres et trois petites. À deux heures après midi nous eûmes la satisfaction de découvrir *L'Étoile* en dehors de tous les reliefs. Notre situation dès ce moment devenait moins terrible ; nous venions au moins de nous assurer le retour dans notre patrie, en mettant un de nos navires à l'abri des accidents. Lorsque M. de la Giraudais fut au large, il me renvoya son canot avec M. Lavari Leroi qui avait été chargé de reconnaître la passe.

Nous travaillâmes tout le jour et une partie de la nuit à finir notre eau, à déblayer l'hôpital et le camp. J'enfouis près du hangar un acte de prise de possession inscrit sur une planche de chêne avec une bouteille bien fermée et lutée[2] contenant les noms des officiers des deux navires. J'ai suivi cette même méthode pour toutes les terres découvertes dans le cours de ce voyage.

1. **Une haussière :** un cordage servant à amarrer.
2. **Lutée :** bouchée avec du lut, enduit très résistant utilisé pour les bouteilles ou les vases.

Il était deux heures du matin avant que tout fût à bord ; la nuit fut assez orageuse pour nous causer encore de l'inquiétude, malgré la quantité d'ancres que nous avions à la mer.

Le 15 à six heures du matin, les vents étant de terre et le ciel à l'orage, nous levâmes notre ancre, filâmes le câble de celle de *L'Étoile*, coupâmes un des grelins et filâmes les deux autres, appareillant sous la misaine et les deux huniers pour sortir de la passe de l'est. Nous laissâmes les deux chaloupes pour lever les ancres ; et dès que nous fûmes dehors, j'envoyai les deux canots armés aux ordres du chevalier de Suzannet, enseigne de vaisseau, pour protéger le travail des chaloupes. Nous étions à un quart de lieue au large et nous commencions à nous féliciter d'être heureusement sortis d'un mouillage qui nous avait causé de si vives inquiétudes, lorsque, le vent ayant cessé tout d'un coup, la marée et une grosse lame de l'est commencèrent à nous entraîner sur les récifs sous le vent de la passe. Le pis-aller des naufrages qui nous avaient menacés jusqu'ici avait été de passer nos jours dans une île embellie de tous les dons de la nature, et de changer les douceurs de notre patrie contre une vie paisible et exempte de soins. Mais ici le naufrage se présentait sous un aspect plus cruel ; le vaisseau porté rapidement sur les récifs n'y eût pas résisté deux minutes à la violence de la mer, et quelques-uns des meilleurs nageurs eussent à peine sauvé leur vie. J'avais dès le premier instant du danger rappelé canots et chaloupes pour nous remorquer. Ils arrivèrent au moment où, n'étant pas à plus de cinquante toises du récif, notre situation paraissait désespérée, d'autant qu'il n'y avait pas à mouiller. Une brise de l'ouest, qui s'éleva dans le même instant, nous rendit l'espérance : en effet elle fraîchit peu à peu, et à neuf heures du matin nous étions absolument hors de danger.

Je renvoyai sur-le-champ les bateaux à la recherche des ancres, et je restai à louvoyer pour les attendre. L'après-midi nous rejoignîmes *L'Étoile*. À cinq heures du soir notre chaloupe arriva ayant à bord la grosse ancre et le câble de *L'Étoile* qu'elle lui porta : notre canot, celui de *L'Étoile* et sa chaloupe revinrent peu de temps après ; celle-ci nous rapportait notre ancre à jet et un grelin. Quant aux deux autres ancres à jet, l'approche de la nuit et la fatigue extrême des matelots ne permirent pas de les lever ce même jour. J'avais d'abord compté m'entretenir toute la nuit à portée du mouillage et les envoyer chercher le lendemain ; mais à minuit il se leva un grand frais de l'est-nord-est, qui me contraignit à embarquer les bateaux et à faire de la voile pour me tirer de dessus la côte. Ainsi un mouillage de neuf jours nous a coûté six ancres, perte que nous n'aurions pas essuyée, si nous eussions été munis de quelques chaînes de fer. C'est une précaution que ne doivent jamais oublier tous les navigateurs destinés à de pareils voyages.

Maintenant que les navires sont en sûreté, arrêtons-nous un instant pour recevoir les adieux des insulaires. Dès l'aube du jour, lorsqu'ils s'aperçurent que nous mettions à la voile, Ereti avait sauté seul dans la première pirogue qu'il avait trouvée sur le rivage, et s'était rendu à bord. En y arrivant il nous embrassa tous ; il nous tenait quelques instants entre ses bras, versant des larmes, et paraissant très affecté de notre départ. Peu de temps après sa grande pirogue vint à bord chargée de rafraîchissements de toute espèce ; ses femmes étaient dedans, et avec elles ce même insulaire qui le premier jour de notre atterrage était venu s'établir à bord de *L'Étoile*. Ereti fut le prendre par la main, et il me le présenta, en me faisant entendre que cet homme, dont le nom est Aotourou, voulait nous suivre, et me priant d'y consentir. Il le présenta ensuite à tous les officiers, chacun en particulier, disant que c'était son ami qu'il confiait à ses amis, et il nous le recommanda avec les plus grandes marques d'intérêt. On fit encore à Ereti des présents de toute espèce, après quoi il prit congé de nous et fut rejoindre ses femmes, lesquelles ne cessèrent de pleurer tout le temps que la pirogue fut le long du bord. Il y avait aussi dedans une jeune et jolie fille que l'insulaire qui venait avec nous fut embrasser. Il lui donna trois perles qu'il avait à ses oreilles, la baisa encore une fois ; et malgré les larmes de cette jeune fille, son épouse ou son amante, il s'arracha de ses bras et remonta dans le vaisseau. Nous quittâmes ainsi ce bon peuple, et je ne fus pas moins surpris du chagrin que leur causait notre départ, que je l'avais été de leur confiance affectueuse à notre arrivée.

REPÈRES

1. Pourquoi l'escale de Tahiti est-elle si importante aux yeux de Bougainville ? Pour quelles raisons décide-t-il de s'y attarder ?

OBSERVATION

2. Les voyageurs sont accueillis par le chef du canton. Que suggère ce titre donné à l'insulaire qui les reçoit ? À ce stade de l'ouvrage, que savons-nous de l'organisation de la société tahitienne ?
3. Quel caractère le père du chef de canton représente-t-il (l. 14-27) ?
4. Que symbolisent *les « clous »* (l. 159) ?
5. Pourquoi les Tahitiens volent-ils les biens des Français ?
6. Quelles sont les marques de l'hospitalité tahitienne ?
7. Pourquoi Bougainville craint-il particulièrement le naufrage qui menace *La Boudeuse* ?

INTERPRÉTATIONS

8. « *Ils écartaient même nos vêtements, comme pour vérifier si nous étions absolument faits comme eux* » (l. 6-7) : que révèle cette curiosité des Tahitiens ?
9. Pourquoi l'installation par les Français d'un campement déplaît-elle d'abord aux Tahitiens ?
10. Quelles raisons les soldats français auraient-ils pu avoir de tuer ou de blesser des Tahitiens ? Bougainville apporte-t-il des précisions ?
11. « *Ils demandèrent aussi qu'on tirât devant eux quelques coups de fusil* » (l. 412-413) : comment pouvez-vous expliquer cette demande ?

DE LA LECTURE À L'ÉCRITURE

12. Quel aurait été le sort des équipages français si les deux navires s'étaient brisés sur les récifs ? Vous imaginerez l'issue de ce drame et rédigerez un récit sur le naufrage lui-même mais aussi sur les survivants et leur vie à Tahiti.

VIII. Description et géographie de l'île

CHAPITRE X

LUCIS HABITAMUS OPACIS, RIPARUMQUE TOROS ET PRATA RECENTIA RIVIS INCOLIMUS.
VIRGIL. LIV. VI.[1]

L'ÎLE, à laquelle on avait d'abord donné le nom de Nouvelle-Cythère, reçoit de ses habitants celui de Tahiti. Sa latitude de dix-sept degrés trente-cinq minutes trois secondes à notre camp a été conclue de plusieurs hauteurs méridiennes du soleil observées à terre avec un quart de cercle. Sa longitude de cent cinquante degrés quarante minutes dix-sept secondes à l'ouest de Paris a été déterminée par onze observations de la lune, selon la méthode des angles horaires. M. Verron en avait fait beaucoup d'autres à terre pendant quatre jours et quatre nuits, pour déterminer cette même longitude ; mais le cahier où elles étaient écrites

1. Citation de l'*Énéide* de Virgile (livre VI, v. 673-675), où Énée descend aux Enfers et parvient aux Champs Élysées, séjour des âmes valeureuses, qui lui décrivent les lieux en ces termes : « Nous habitons des bois ombragés, nous vivons sur le gazon de ces rives et dans de fraîches prairies arrosées par les ruisseaux. »

lui ayant été enlevé, il ne lui est resté que les dernières observations faites la veille de notre départ. Il croit leur résultat moyen assez exact, quoique leurs extrêmes diffèrent entre eux de sept à huit degrés. La perte de nos ancres et tous les accidents que j'ai détaillés ci-dessus nous ont fait abandonner cette relâche beaucoup plus tôt que nous ne nous y étions attendus, et nous ont mis dans l'impossibilité d'en visiter les côtes. La partie du sud nous est absolument inconnue ; celle que nous avons parcourue depuis la pointe du sud-est jusqu'à celle du nord-ouest me paraît avoir quinze à vingt lieues d'étendue, et le gisement[1] de ses principales pointes est entre le nord-ouest et l'ouest-nord-ouest.

Entre la pointe du sud-est et un autre gros cap qui s'avance dans le nord, à sept ou huit lieues de celle-ci, on voit une baie ouverte au nord-est, laquelle a trois ou quatre lieues de profondeur. Ses côtes s'abaissent insensiblement jusqu'au fond de la baie où elles ont peu d'élévation, et paraissent former le canton le plus beau de l'île et le plus habité. Il semble qu'on trouverait aisément plusieurs bons mouillages dans cette baie : le hasard nous servit mal dans la rencontre du nôtre. En entrant ici par la passe par laquelle est sortie *L'Étoile*, M. de la Giraudais m'a assuré qu'entre les deux îles les plus septentrionales il y avait un mouillage fort sûr pour trente vaisseaux au moins, depuis vingt-trois jusqu'à douze et dix brasses, fond de sable gris vaseux, qu'il y avait une lieue d'évitage[2] et jamais de mer. Le reste de la côte est élevé, et elle semble en général être

1. **Le gisement :** voir note 1, p. 134.
2. **Une lieue d'évitage :** une lieue (environ 4 km) pour permettre au navire d'éviter, c'est-à-dire de changer de direction, cap pour cap.

toute bordée par un récif inégalement couvert d'eau, et qui forme en quelques endroits de petits îlots sur lesquels les insulaires entretiennent des feux pendant la nuit pour la pêche et la sûreté de leur navigation : quelques coupures donnent de distance en distance l'entrée en dedans du récif, mais il faut se méfier du fond. Le plomb n'amène jamais que du sable gris ; ce sable recouvre de grosses masses d'un corail dur et tranchant, capable de couper un câble dans une nuit, ainsi que nous l'a appris une funeste expérience.

Au-delà de la pointe septentrionale de cette baie, la côte ne forme aucune anse, aucun cap remarquable. La pointe la plus occidentale est terminée par une terre basse, dans le nord-ouest de laquelle, environ à une lieue de distance, on voit une île peu élevée qui s'étend deux ou trois lieues sur le nord-ouest.

La hauteur des montagnes qui occupent tout l'intérieur de Tahiti est surprenante, eu égard à l'étendue de l'île. Loin d'en rendre l'aspect triste et sauvage, elles servent à l'embellir en variant à chaque pas les points de vue, et présentant de riches paysages couverts des plus riches productions de la nature, avec ce désordre dont l'art ne sut jamais imiter l'agrément. De là sortent une infinité de petites rivières qui fertilisent le pays et ne servent pas moins à la commodité des habitants qu'à l'ornement des campagnes. Tout le plat pays, depuis les bords de la mer jusqu'aux montagnes, est consacré aux arbres fruitiers, sous lesquels, comme je l'ai déjà dit, sont bâties les maisons des Tahitiens, dispersées sans aucun ordre, et sans former jamais de village ; on croit être dans les Champs Élysées. Des sentiers publics, pratiqués avec intelligence et soigneusement entretenus, rendent partout les communications faciles.

Les principales productions de l'île sont le coco, la banane, le fruit à pain, l'igname, le curassol, le giraumon[1] et plusieurs autres racines et fruits particuliers au pays, beaucoup de cannes à sucre qu'on ne cultive point, une espèce d'indigo sauvage, une très belle teinture rouge et une jaune ; j'ignore d'où on les tire. En général M. de Commerçon y a trouvé la botanique des Indes. Aotourou, pendant qu'il a été avec nous, a reconnu et nommé plusieurs de nos fruits et de nos légumes, ainsi qu'un assez grand nombre de plantes que les curieux cultivent dans les serres chaudes. Le bois propre à travailler croît dans les montagnes, et les insulaires en font peu d'usage ; ils ne l'emploient que pour leurs grandes pirogues, qu'ils construisent de bois de cèdre. Nous leur avons aussi vu des piques d'un bois noir, dur et pesant, qui ressemble au bois de fer. Ils se servent, pour bâtir les pirogues ordinaires, de l'arbre qui porte le fruit à pain : c'est un bois qui ne se fend point ; mais il est si mol et si plein de gomme qu'il ne fait que se mâcher sous l'outil.

Au reste, quoique cette île soit remplie de très hautes montagnes, la quantité d'arbres et de plantes dont elles sont partout couvertes ne semble pas annoncer que leur sein renferme des mines. Il est du moins certain que les insulaires ne connaissent point les métaux. Ils donnent à tous ceux que nous leur avons montrés le même nom d'*aouri*, dont ils se servaient pour nous demander du fer. Mais cette connaissance du fer, d'où leur vient-

1. **Le fruit à pain, l'igname, le curassol, le giraumon** : l'arbre à pain, ou artocarpe, pousse en Asie tropicale et en Océanie dont le fruit comestible a une chair blanche féculente ; pour l'igname et le giraumon, voir note 2, p. 158. Le curassol est une plante difficile à identifier ; l'auteur désigne peut-être une sorte d'orange amère similaire à celle de Curaçao.

elle ? Je dirai bientôt ce que je pense à cet égard. Je ne connais ici qu'un seul article de commerce riche ; ce sont de très belles perles. Les principaux en font porter aux oreilles à leurs femmes et à leurs enfants ; mais ils les ont tenues cachées pendant notre séjour chez eux. Ils font, avec les écailles de ces huîtres perlières, des espèces de castagnettes qui sont un de leurs instruments de danse.

Nous n'avons vu d'autres quadrupèdes que des cochons, des chiens d'une espèce petite, mais jolie, et des rats en grande quantité. Les habitants ont des poules domestiques absolument semblables aux nôtres. Nous avons aussi vu des tourterelles vertes charmantes, de gros pigeons d'un beau plumage bleu de roi et d'un très bon goût, et des perruches fort petites, mais fort singulières par le mélange de bleu et de rouge qui colorie leurs plumes. Ils ne nourrissent leurs cochons et leurs volailles qu'avec des bananes. Entre ce qui en a été consommé dans le séjour à terre et ce qui a été embarqué dans les deux navires, on a troqué plus de huit cents têtes de volailles et près de cent cinquante cochons ; encore, sans les travaux inquiétants des dernières journées, en aurait-on eu beaucoup davantage, car les habitants en apportaient de jour en jour un plus grand nombre.

Nous n'avons pas éprouvé de grandes chaleurs dans cette île. Pendant notre séjour le thermomètre de Réaumur n'a jamais monté à plus de vingt-deux degrés et il a été quelquefois à dix-huit degrés. Le soleil, il est vrai, était déjà à huit ou neuf degrés de l'autre côté de l'équateur. Mais un avantage inestimable de cette île, c'est de n'y pas être infesté par cette légion odieuse d'insectes qui font le supplice des pays situés entre les tropiques ; nous n'y avons vu non plus aucun animal venimeux. D'ailleurs le climat est si sain que, malgré les travaux forcés que nous y avons faits, quoique nos gens fussent continuellement dans l'eau et au grand soleil, qu'ils couchassent sur le sol nu et à la belle étoile, personne n'y est tombé malade. Les scorbutiques que nous avions débarqués, et qui n'y ont pas eu une seule nuit tranquille, y ont repris des forces et s'y sont rétablis en aussi peu de temps, au point que quelques-uns ont été parfaitement guéris à bord. Au reste, la santé et la force des insulaires qui habitent des maisons ouvertes à tous les vents et couvrent à peine de quelques feuillages la terre qui leur sert de lit, l'heureuse vieillesse à laquelle ils parviennent sans aucune incommodité, la finesse de tous leurs sens et la beauté singulière de leurs dents qu'ils conservent dans le plus grand âge, quelles meilleures preuves et de la salubrité de l'air et de la bonté du régime que suivent les habitants ?

Les végétaux et le poisson sont leur principale nourriture ; ils mangent rarement de la viande, les enfants et les jeunes filles n'en mangent jamais, et ce régime sans doute contribue beaucoup à les tenir exempts de presque toutes nos maladies. J'en dirais autant de leurs boissons ; ils n'en connaissent d'autre que l'eau : l'odeur seule du vin et de l'eau-de-vie leur donnait de la répugnance ; ils en témoignaient aussi pour le tabac, les épiceries, et en général pour toutes les choses fortes. Le peuple de Tahiti est composé de deux races d'hommes très différentes, qui cependant ont la même langue, les mêmes mœurs et qui paraissent se mêler ensemble sans distinction. La première, et c'est la plus nombreuse, produit des hommes de la plus grande taille : il est d'ordinaire d'en voir de six pieds et plus. Je n'ai jamais rencontré d'hommes mieux faits ni mieux proportionnés ; pour peindre Hercule et Mars, on ne trouverait nulle part d'aussi beaux modèles. Rien ne distingue leurs traits de ceux des Européens ; et, s'ils étaient vêtus, s'ils vivaient moins à l'air et au grand soleil, ils seraient aussi blancs que nous. En général, leurs cheveux sont noirs. La seconde race est d'une taille médiocre, a les cheveux crépus et durs comme du crin ; sa couleur et ses traits diffèrent peu de ceux des mulâtres[1]. Le Tahitien qui s'est embarqué avec nous est de cette seconde race, quoique son père soit chef d'un canton ; mais il possède en intelligence ce qui lui manque du côté de la beauté.

Les uns et les autres se laissent croître la partie inférieure de la barbe ; mais ils ont tous les moustaches et le haut des joues rasés. Ils laissent aussi toute leur longueur aux ongles, excepté à celui du doigt du milieu de la main droite. Quelques-uns se coupent les cheveux très court ; d'autres les laissent croître et les portent attachés sur le sommet de la tête. Tous ont l'habitude de se les oindre, ainsi que la barbe, avec de l'huile de coco. Je n'ai rencontré qu'un seul homme estropié et qui paraissait l'avoir été par une chute. Notre chirurgien major m'a assuré qu'il avait vu sur plusieurs les traces de la petite vérole[2], et j'avais pris toutes les mesures possibles pour que nous ne leur communiquassions pas l'autre, ne pouvant supposer qu'ils en fussent attaqués.

1. **Des mulâtres :** des métis.
2. **La petite vérole :** la variole, à distinguer de la vérole, ou syphilis, maladie vénérienne.

On voit souvent les Tahitiens nus, sans autre vêtement qu'une ceinture qui leur couvre les parties naturelles. Cependant les principaux[1] s'enveloppent ordinairement dans une grande pièce d'étoffe qu'ils laissent tomber jusqu'aux genoux. C'est aussi là le seul habillement des femmes, et elles savent l'arranger avec assez d'art pour rendre ce simple ajustement susceptible de coquetterie. Comme les Tahitiennes ne vont jamais au soleil sans être couvertes, et qu'un petit chapeau de cannes, garni de fleurs, défend leur visage de ses rayons, elles sont beaucoup plus blanches que les hommes. Elles ont les traits assez délicats ; mais ce qui les distingue, c'est la beauté de leurs corps dont les contours n'ont point été défigurés par quinze ans de torture[2].

Au reste, tandis qu'en Europe les femmes se peignent en rouge les joues, celles de Tahiti se peignent d'un bleu foncé les reins et les fesses ; c'est une parure et en même temps une marque de distinction. Les hommes sont soumis à la même mode. Je ne sais comment ils s'impriment ces traits ineffaçables ; je pense que c'est en piquant la peau et y versant le suc de certaines herbes, ainsi que je l'ai vu pratiquer aux indigènes du Canada. Il est à remarquer que de tout temps on a trouvé cette peinture à la mode chez les peuples voisins encore de l'état de nature. Quand César fit sa première descente en Angleterre, il y trouva établi cet usage de se peindre ; *omnes vero Britanni se vitro inficiunt, quod coerulem*

1. **Les principaux :** les personnages importants, les dignitaires.
2. **Quinze ans de torture :** allusion aux tortures que les Européennes de l'époque faisaient subir à leur corps, en le corsetant par exemple, pour lui faire prendre la forme voulue.

efficit colorem[1]. Le savant et ingénieux auteur des recherches philosophiques sur les Américains[2] donne pour cause à cet usage général le besoin où on est, dans les pays incultes, de se garantir ainsi de la piqûre des insectes caustiques[3] qui s'y multiplient au-delà de l'imagination. Cette cause n'existe point à Tahiti, puisque, comme nous l'avons dit plus haut, on y est exempt de ces insectes insupportables. L'usage de se peindre y est donc une mode comme à Paris. Un autre usage de Tahiti, commun aux hommes et aux femmes, c'est de se percer les oreilles et d'y porter des perles ou des fleurs de toute espèce. La plus grande propreté embellit encore ce peuple aimable. Ils se baignent sans cesse et jamais ils ne mangent ni ne boivent sans se laver avant et après.

Le caractère de la nation nous a paru être doux et bienfaisant. Il ne semble pas qu'il y ait dans l'île aucune guerre civile, aucune haine particulière, quoique le pays soit divisé en petits cantons qui ont chacun leur seigneur indépendant. Il est probable que les Tahitiens pratiquent entre eux une bonne foi dont ils ne doutent point. Qu'ils soient chez eux ou non, jour ou nuit, les maisons sont ouvertes. Chacun cueille les fruits sur le premier arbre qu'il rencontre, en prend dans la maison où il entre. Il paraîtrait que, pour les choses absolument nécessaires à la vie, il n'y a point de propriété et que

1. ***Omnes vero Britanni se vitro inficiunt, quod coerulem efficit colorem*** : « Tous les Bretons se teignent de pastel, qui donne une couleur bleue » (César, *Guerre des Gaules*, V, 14, 2).

2. **Le savant et ingénieux auteur des recherches philosophiques sur les Américains** : il s'agit de l'Allemand Pauw, auteur des *Recherches philosophiques sur les Américains*, parues à Berlin en 1768 et que Bougainville venait de lire au moment où il rédigeait la relation de son voyage.

3. **Caustiques** : qui attaquent, qui blessent.

tout est à tous. Avec nous, ils étaient filous habiles, mais d'une timidité qui les faisait fuir à la moindre menace. Au reste, on a vu que les chefs n'approuvaient point ces vols, qu'ils nous pressaient au contraire de tuer ceux qui les commettaient. Ereti, cependant, n'usait point de cette sévérité qu'il nous recommandait. Lui dénoncions-nous quelque voleur, il le poursuivait lui-même à toutes jambes ; l'homme fuyait et, s'il était joint, ce qui arrivait ordinairement, car Ereti était infatigable à la course, quelques coups de bâton et une restitution forcée étaient le seul châtiment du coupable. Je ne croyais pas même qu'ils connussent de punition plus forte, attendu que, quand ils voyaient mettre quelqu'un de nos gens aux fers, ils en témoignaient une peine sensible ; mais j'ai su depuis, à n'en pas douter, qu'ils ont l'usage de pendre les voleurs à des arbres, ainsi qu'on le pratique dans nos armées.

Ils sont presque toujours en guerre avec les habitants des îles voisines. Nous avons vu les grandes pirogues qui leur servent pour les descentes et même pour des combats de mer. Ils ont pour armes l'arc, la fronde et une espèce de pique d'un bois fort dur. La guerre se fait chez eux d'une manière cruelle. Suivant ce que nous a appris Aotourou, ils tuent les hommes et les enfants mâles pris dans les combats ; ils leur lèvent la peau du menton avec la barbe, qu'ils portent comme un trophée de victoire ; ils conservent seulement les femmes et les filles, que les vainqueurs ne dédaignent pas d'admettre dans leur lit ; Aotourou lui-même est le fils d'un chef tahitien et d'une captive de l'île d'Oopoa, île voisine et souvent ennemie de Tahiti. J'attribue à ce mélange la différence que nous avons remarquée dans l'espèce des hommes. J'ignore, au reste, comme ils pansent leurs blessures : nos chirurgiens en ont admiré les cicatrices.

J'exposerai à la fin de ce chapitre ce que j'ai pu entrevoir sur la forme de leur gouvernement, sur l'étendue du pouvoir qu'ont leurs petits souverains, sur l'espèce de distinction qui existe entre les principaux et le peuple, sur le lien enfin qui réunit ensemble, et sous la même autorité, cette multitude d'hommes robustes qui ont si peu de besoins. Je remarquerai seulement ici que, dans les circonstances délicates, le seigneur du canton ne décide point sans l'avis d'un conseil. On a vu qu'il avait fallu une délibération des principaux de la nation lorsqu'il s'était agi de l'établissement de notre camp à terre. J'ajouterai que le chef paraît être obéi sans réplique par tout le monde, et que les notables ont aussi des gens qui les servent, et sur lesquels ils ont de l'autorité.

Il est fort difficile de donner des éclaircissements sur leur religion. Nous avons vu chez eux des statues de bois que nous avons prises pour des idoles ; mais quel culte leur rendent-ils ? La seule cérémonie religieuse dont nous avons été témoins regarde les morts. Ils en conservent longtemps les cadavres étendus sur une espèce d'échafaud que couvre un hangar. L'infection qu'ils répandent n'empêche pas les femmes d'aller pleurer auprès du corps une partie du jour, et d'oindre d'huile de coco les froides reliques de leur affection[1]. Celles dont nous étions connus nous ont laissés quelquefois approcher de ce lieu consacré aux mânes : *Emoé, il dort*, nous disaient-elles. Lorsqu'il ne reste

1. **Les froides reliques de leur affection :** ce qui reste de l'être cher, c'est-à-dire son cadavre froid.

plus que les squelettes, on les transporte dans la maison, et j'ignore combien de temps on les y conserve. Je sais seulement, parce que je l'ai vu, qu'alors un homme considéré dans la nation vient y exercer son ministère sacré[1], et que, dans ces lugubres cérémonies, il porte des ornements assez recherchés.

Nous avons fait sur sa religion beaucoup de questions à Aotourou et nous avons cru comprendre qu'en général ses compatriotes sont fort superstitieux, que les prêtres ont chez eux la plus redoutable autorité, qu'indépendamment d'un être supérieur, nommé Eri-t-Era, le Roi du Soleil ou de la Lumière, être qu'ils ne représentent par aucune image matérielle, ils admettent plusieurs divinités, les unes bienfaisantes, les autres malfaisantes ; que le nom de ces divinités ou génies est Eatoua, qu'ils attachent à chaque action importante de la vie un bon et un mauvais génie, lesquels y président et décident du succès ou du malheur. Ce que nous avons compris avec certitude, c'est que, quand la lune présente un certain aspect, qu'ils nomment Malama Tamal, Lune en état de guerre, aspect qui ne nous a pas montré de caractère distinctif qui puisse nous servir à le définir, ils sacrifient des victimes humaines. De tous leurs usages, un de ceux qui me surprend le plus, c'est l'habitude qu'ils ont de saluer ceux qui éternuent, en leur disant : Evaroua-teatoua, que le bon eatoua te réveille, ou bien que le mauvais eatoua ne t'endorme pas. Voilà des traces d'une origine commune avec les nations de l'ancien continent. Au reste, c'est surtout en traitant de la religion des peuples que le scepticisme est

1. **Son ministère sacré** : sa charge sacrée, se dit de la charge d'un prêtre.

raisonnable, puisqu'il n'y a point de matière dans laquelle il soit plus facile de prendre la lueur pour l'évidence.

La polygamie paraît générale chez eux, du moins parmi les principaux. Comme leur seule passion est l'amour, le grand nombre de femmes est le seul luxe des riches. Les enfants partagent également les soins du père et de la mère. Ce n'est pas l'usage à Tahiti que les hommes, uniquement occupés de la pêche et de la guerre, laissent au sexe le plus faible les travaux pénibles du ménage et de la culture. Ici une douce oisiveté est le partage des femmes[1], et le soin de plaire leur plus sérieuse occupation. Je ne saurais assurer si le mariage est un engagement civil ou consacré par la religion, s'il est indissoluble ou sujet au divorce. Quoi qu'il en soit, les femmes doivent à leurs maris une soumission entière : elles laveraient dans leur sang une infidélité commise sans l'aveu de l'époux. Son consentement, il est vrai, n'est pas difficile à obtenir, et la jalousie est ici un sentiment si étranger que le mari est ordinairement le premier à presser sa femme de se livrer. Une fille n'éprouve à cet égard aucune gêne ; tout l'invite à suivre le penchant de son cœur ou la loi de ses sens, et les applaudissements publics honorent sa défaite. Il ne semble pas que le grand nombre d'amants passagers qu'elle peut avoir eu l'empêche de trouver ensuite un mari. Pourquoi donc résisterait-elle à l'influence du climat, à la séduction de l'exemple ? L'air qu'on respire, les chants, la danse presque toujours accompagnée de postures lascives, tout rappelle à

1. **Le partage des femmes :** le lot des femmes.

chaque instant les douceurs de l'amour, tout crie de s'y livrer. Ils dansent au son d'une espèce de tambour, et, lorsqu'ils chantent, ils accompagnent la voix avec une flûte très douce à trois ou quatre trous, dans laquelle, comme nous l'avons déjà dit, ils soufflent avec le nez. Ils ont aussi une espèce de lutte qui est en même temps exercice et jeu.

Cette habitude de vivre continuellement dans le plaisir donne aux Tahitiens un penchant marqué pour cette douce plaisanterie, fille du repos et de la joie. Ils en contractent aussi dans le caractère une légèreté dont nous étions tous les jours étonnés. Tout les frappe, rien ne les occupe ; au milieu des objets nouveaux que nous leurs présentions, nous n'avons jamais réussi à fixer deux minutes de suite l'attention d'aucun d'eux. Il semble que la moindre réflexion leur soit un travail insupportable et qu'ils fuient encore plus les fatigues de l'esprit que celles du corps.

Je ne les accuserai cependant pas de manquer d'intelligence. Leur adresse et leur industrie, dans le peu d'ouvrages nécessaires dont ne sauraient les dispenser l'abondance du pays et la beauté du climat, démentiraient ce témoignage. On est étonné de l'art avec lequel sont faits les instruments pour la pêche ; leurs hameçons sont de nacre aussi délicatement travaillée que s'ils avaient le secours de nos outils ; leurs filets sont absolument semblables aux nôtres, et tissés avec du fil de pite[1]. Nous avons admiré la charpente de leurs vastes maisons, et la disposition des feuilles de latanier qui en font la couverture.

1. **Du fil de pite :** matière textile extraite des feuilles de l'agave, plante tropicale que l'on rencontre également au Mexique.

Ils ont deux espèces de pirogues ; les unes, petites et peu travaillées, sont faites d'un seul tronc d'arbre creusé ; les autres, beaucoup plus grandes, sont travaillées avec art. Un arbre creusé fait, comme aux premières, le fond de la pirogue depuis l'avant jusqu'aux deux tiers environ de sa longueur ; un second forme la partie de l'arrière qui est courbe et fort relevée : de sorte que l'extrémité de la poupe se trouve à cinq ou six pieds au-dessus de l'eau ; ces deux pièces sont assemblées bout à bout en arc de cercle, et comme, pour assurer cet écart, ils n'ont pas le secours des clous, ils percent en plusieurs endroits l'extrémité des deux pièces, et ils y passent des tresses de fil de coco dont ils font de fortes liures. Les côtés de la pirogue sont relevés par deux bordages d'environ un pied de largeur, cousus sur le fond et l'un avec l'autre par des liures semblables aux précédentes. Ils remplissent les coutures de fils de coco, sans mettre aucun enduit sur le calfatage. Une planche, qui couvre l'avant de la pirogue et qui a cinq ou six pieds de saillie, l'empêche de se plonger entièrement dans l'eau lorsque la mer est grosse. Pour rendre ces légères barques moins sujettes à chavirer, ils mettent un balancier sur un des côtés. Ce n'est autre chose qu'une pièce de bois assez longue, portée sur deux traverses de quatre à cinq pieds de long, dont l'autre bout est amarré sur la pirogue. Lorsqu'elle est à la voile, une planche s'étend en dehors, de l'autre côté du balancier. Son usage est pour y amarrer un cordage qui soutient le mât et rendre la pirogue moins volage, en plaçant au bout de la planche un homme ou un poids.

Leur industrie paraît davantage dans le moyen dont ils usent pour rendre ces bâtiments propres à les transporter aux îles voisines, avec lesquelles ils communiquent sans avoir dans cette navigation d'autres guides que les étoiles. Ils lient ensemble deux grandes pirogues côte à côte, à quatre pieds environ de distance, par le moyen de quelques traverses fortement amarrées sur les deux bords. Par-dessus l'arrière de ces deux bâtiments ainsi joints, ils posent un pavillon d'une charpente très légère, couvert par un toit de roseaux. Cette chambre les met à l'abri de la pluie et du soleil, et leur fournit en même temps un lieu propre à tenir leurs provisions sèches. Ces doubles pirogues sont capables de contenir un grand nombre de personnes, et ne risquent jamais de chavirer. Ce sont celles dont nous avons toujours vu les chefs se servir ; elles vont, ainsi que les pirogues simples, à la rame et à la voile : les voiles sont composées de nattes étendues sur un carré de roseaux dont un des angles est arrondi.

Les Tahitiens n'ont d'autre outil pour tous ces ouvrages qu'une herminette[1], dont le tranchant est fait avec une pierre noire très dure. Elle est absolument de la même forme que celle de nos charpentiers, et ils s'en servent avec beaucoup d'adresse. Ils emploient, pour percer les bois, des morceaux de coquilles fort aigus.

La fabrique des étoffes singulières qui composent leurs vêtements n'est pas le moindre de leurs arts. Elles sont tissées avec l'écorce d'un arbuste que tous les habitants cultivent autour de leurs maisons. Un morceau de bois dur, équarri et rayé sur ses quatre faces par des traits de différentes grosseurs, leur sert à battre cette écorce sur une planche très unie. Ils y jettent un peu d'eau en la battant, et ils parviennent ainsi à former

1. **Une herminette :** hachette à tranchant recourbé.

une étoffe très égale et très fine, de la nature du papier, mais beaucoup plus souple et moins sujette à être déchirée. Ils lui donnent une grande largeur. Ils en ont de plusieurs sortes, plus ou moins épaisses, mais toutes fabriquées avec la même matière ; j'ignore la méthode dont ils se servent pour les teindre.

Je terminerai ce chapitre en me justifiant, car on m'oblige à me servir de ce terme, en me justifiant, dis-je, d'avoir profité de la bonne volonté d'Aotourou pour lui faire faire un voyage qu'assurément il ne croyait pas devoir être aussi long et en rendant compte des connaissances qu'il m'a données sur son pays pendant le séjour qu'il a fait avec moi.

Le zèle de cet insulaire pour nous suivre n'a pas été équivoque. Dès les premiers jours de notre arrivée à Tahiti, il nous l'a manifesté de la manière la plus expressive, et sa nation parut applaudir à son projet. Forcés de parcourir une mer inconnue et certains de ne devoir désormais qu'à l'humanité des peuples que nous allions découvrir les secours et les rafraîchissements dont notre vie dépendait, il nous était essentiel d'avoir avec nous un homme d'une des îles les plus considérables de cette mer. Ne devions-nous pas présumer qu'il parlait la même langue que ses voisins, que ses mœurs étaient les mêmes et que son crédit auprès d'eux[1] serait décisif en notre faveur quand il détaillerait et notre conduite avec ses compatriotes et nos procédés à son égard ? D'ailleurs, en supposant que notre patrie voulût profiter de l'union d'un peuple puissant situé au milieu des plus belles contrées de l'univers, quel gage pour

1. **Son crédit auprès d'eux :** l'influence qu'il pouvait avoir sur eux.

cimenter l'alliance que l'éternelle obligation dont nous allions enchaîner ce peuple en lui renvoyant son concitoyen, bien traité par nous et enrichi de connaissances utiles qu'il leur porterait ! Dieu veuille que le besoin et le zèle qui nous ont inspirés ne soient pas funestes au courageux Aotourou !

Je n'ai épargné ni l'argent ni les soins pour lui rendre son séjour à Paris agréable et utile. Il y est resté onze mois, pendant lesquels il n'a témoigné aucun ennui. L'empressement pour le voir a été vif, curiosité stérile qui n'a servi presque qu'à donner des idées fausses à ces hommes persifleurs[1] par état, qui ne sont jamais sortis de la capitale, qui n'approfondissent rien et qui, livrés à des erreurs de toute espèce, ne voient que d'après les préjugés et décident cependant avec sévérité et sans appel. Comment, par exemple, me disaient quelques-uns, dans le pays de cet homme on ne parle ni français, ni anglais, ni espagnol ? Que pouvais-je répondre ? Ce n'était pas toutefois l'étonnement d'une question pareille qui me rendait muet. J'y étais accoutumé, puisque je savais qu'à mon arrivée plusieurs de ceux même qui passent pour instruits soutenaient que je n'avais pas fait le tour du monde, puisque je n'avais pas été en Chine. D'autres, aristarques[2] tranchants, prenaient et répandaient une fort mince idée du pauvre insulaire, sur ce qu'après un séjour de deux ans avec des Français il parlait à peine quelques mots de la langue. Ne voyons-nous pas tous les jours, disaient-ils, des Italiens, des Anglais, des Allemands, auxquels un

1. **Persifleurs :** moqueurs, railleurs.
2. **Aristarques :** nom s'appliquant à une personne qui se montre très critique ; il est emprunté au critique alexandrin du IIe siècle av. J.-C. Aristarque.

séjour d'un an à Paris suffit pour apprendre le français ? J'aurais pu répondre peut-être, avec quelque fondement, qu'indépendamment de l'obstacle physique que l'organe de cet insulaire apportait à ce qu'il pût se rendre notre langue familière, obstacle qui sera détaillé plus bas, cet homme avait au moins trente ans, que jamais sa mémoire n'avait été exercée par aucune étude, ni son esprit assujetti à aucun travail ; qu'à la vérité, un Italien, un Anglais, un Allemand pouvaient en un an jargonner passablement le français ; mais que ces étrangers avaient une grammaire pareille à la nôtre, des idées morales, physiques, sociales, les mêmes que les nôtres, et toutes exprimées par des mots dans leur langue comme elles le sont dans la langue française ; qu'ainsi, ils n'avaient qu'une traduction à confier à leur mémoire exercée dès l'enfance. Le Tahitien, au contraire, n'ayant que le petit nombre d'idées relatives d'une part à la société la plus simple et la plus bornée, de l'autre à des besoins réduits au plus petit nombre possible, aurait eu à créer, pour ainsi dire, dans un esprit aussi paresseux que son corps, un monde d'idées premières, avant que de pouvoir parvenir à leur adapter les mots de notre langue qui les expriment. Voilà peut-être ce que j'aurais pu répondre, mais ce détail demandait quelques minutes, et j'ai presque toujours remarqué qu'accablé de questions comme je l'étais, quand je me disposais à y satisfaire, les personnes qui m'en avaient honoré étaient déjà loin de moi. C'est qu'il est fort commun dans les capitales de trouver des gens qui questionnent non en curieux qui veulent s'instruire, mais en juges qui s'apprêtent à prononcer : alors, qu'ils entendent la réponse ou ne l'entendent point, ils n'en prononcent pas moins.

Cependant, quoique Aotourou estropiât[1] à peine quelques mots de notre langue, tous les jours il sortait seul, il parcourait la ville, et jamais il ne s'est égaré. Souvent il faisait des emplettes, et presque jamais il n'a payé les choses au-delà de leur valeur. Le seul de nos spectacles qui lui plut était l'opéra, car il aimait passionnément la danse. Il connaissait parfaitement les jours de ce spectacle ; il y allait seul, payait à la porte comme tout le monde, et sa place favorite était dans les corridors. Parmi le grand nombre de personnes qui ont désiré le voir, il a toujours remarqué ceux qui lui ont fait du bien, et son cœur reconnaissant ne les oubliait pas. Il était particulièrement attaché à madame la duchesse de Choiseul qui l'a comblé de bienfaits et surtout de marques d'intérêt et d'amitié, auxquelles il était infiniment plus sensible qu'aux présents. Aussi allait-il de lui-même voir cette généreuse bienfaitrice toutes les fois qu'il savait qu'elle était à Paris.

Il en est parti au mois de mars 1770, et il a été s'embarquer à La Rochelle sur le navire *Le Brisson*, qui a dû le transporter à l'île de France. Il a été confié pendant cette traversée aux soins d'un négociant qui s'est embarqué sur le même bâtiment, dont il est armateur en partie. Le ministère a ordonné au gouverneur et à l'intendant de l'île de France de renvoyer de là Aotourou dans son île. J'ai donné un mémoire fort détaillé sur la route à faire pour s'y rendre, et trente-six mille francs (c'est le tiers de mon bien) pour armer le navire destiné à cette navigation. Madame la duchesse de Choiseul a porté l'humanité jusqu'à consacrer une

1. **Estropiât :** écorchât.

somme d'argent pour transporter à Tahiti un grand nombre d'outils de nécessité première, des graines, des bestiaux ; et le roi d'Espagne a daigné permettre que ce bâtiment, s'il était nécessaire, relâchât aux Philippines.

J'ai reçu des nouvelles de l'arrivée d'Aotourou à l'île de France, et je crois devoir insérer ici la copie d'une lettre de M. Poivre écrite à ce sujet à M. Bertin, ministre d'État.

Extrait d'une lettre de M. Poivre, intendant des îles de France et de Bourbon, à M. Bertin, ministre d'État.

Au Port-Louis, île de France, ce 3 novembre 1770.

« MONSEIGNEUR,

J'ai reçu la lettre que vous m'aviez fait l'honneur de m'écrire, en date du 15 mars dernier, au sujet de l'honnête Indien Poutavery[1]. J'ai reconnu, dans tout ce que vous me faites l'honneur de me dire de cet insulaire et des précautions à prendre pour le renvoyer convenablement dans sa patrie, toute la bonté de votre cœur dont j'avais tant de preuves certaines.

J'avais déjà reçu ici Poutavery en 1768 ; je l'y avais accueilli à la ville et à la campagne : pendant tout son séjour dans cette île, il avait eu le couvert chez moi, je lui ai rendu tous les services qui ont dépendu de moi, il est parti d'ici mon ami et il revenait dans cette île plein de sentiments d'amitié et de reconnaissance pour

1. **Poutavery** : Aotourou se faisait appeler Poutavery, ce qui n'est que la déformation du nom de Bougainville prononcé par lui, qu'il avait naturellement adopté, en pratiquant l'échange rituel des noms.

son ami Polary, car c'est ainsi qu'il me nomme. Vous ne sauriez croire à quel point cet homme naturel porte la mémoire des bienfaits et le sentiment de la reconnaissance.

Pendant toute la traversée, sachant qu'il revenait à l'île de France, il a toujours parlé à tous les officiers du vaisseau du plaisir qu'il aurait de revoir son ami Polary. Arrivé ici, on a voulu le conduire au gouvernement, il ne l'a pas voulu : tout en mettant pied à terre, il a couru par le chemin le plus court droit à ma maison ; il m'a fait toutes sortes de caresses[1] à sa façon et m'a tout de suite raconté tous les petits services que je lui avais rendus. Quand il a été question de se mettre à table, il a aussitôt montré son ancienne place à côté de moi et a voulu la reprendre.

Vous voyez que vous ne pouviez pas mieux vous adresser pour procurer à cet homme naturel les secours dont il aura besoin ici et le moyen de retourner commodément et convenablement dans sa patrie, l'île de Tahiti ; je serai bien fâché qu'un autre que moi eût une commission aussi délicieuse à remplir. Soyez assuré que je ferai pour Poutavery tout ce que je ferais pour mon propre fils. Cet Indien m'a singulièrement intéressé depuis le moment que j'ai su son histoire, et son honnêteté naturelle m'a fortement attaché à lui ; aussi me regarde-t-il comme son père et ma maison comme la sienne.

Poutavery est arrivé ici le 23 octobre en très bonne santé, fort aimé de tous ses compagnons de voyage et très content d'eux tous. J'ai chargé M. de la Malétie,

1. **Toutes sortes de caresses** : voir note 1, p. 100.

subrécargue du navire sur lequel il a passé, de le loger avec lui et d'en avoir soin, parce que malheureusement je n'ai point de logement dans la maison que j'occupe, et je n'ai pour moi-même qu'une très petite pièce très incommode qui me sert de cabinet.

Poutavery n'étant arrivé ici qu'à la fin d'octobre, dans un moment où nous avions tous nos bâtiments dehors, je le garderai jusqu'à la mi-septembre de l'année prochaine, temps auquel je le renverrai dans son pays. Le capitaine, les officiers et le bâtiment destinés à ce voyage seront de mon choix. Je lui donnerai pour lui, pour sa famille et pour les chefs tahitiens des présents convenables. Je lui donnerai, outre les outils et instruments en fer de toute espèce, des grains à semer et surtout du riz, des bœufs et des vaches, des cabris, enfin tout ce qui me paraîtra, d'après ses rapports, devoir être utile aux bons Tahitiens, qui devront à la générosité française une partie de leur bien-être.

Le bâtiment destiné pour Tahiti fera sa route par le sud et passera entre la Nouvelle-Hollande et la Nouvelle-Zélande. C'est pourquoi je ne veux le faire partir que vers l'équinoxe de septembre de l'année prochaine, afin que nos navigateurs, forcés peut-être par les vents de s'élever beaucoup dans le sud, jouissent de toute la belle saison qui, dans l'hémisphère austral, commence à la fin de septembre ; alors les nuits sont plus courtes et les mers plus belles. »

On m'a écrit depuis l'île de France une lettre datée du mois d'août 1771, dans laquelle on me mande qu'on y armait le bâtiment destiné à ramener Aotourou à Tahiti. Puisse-t-il revoir enfin ses compatriotes ! Je vais détailler ce que j'ai cru comprendre sur les mœurs de son pays dans mes conversations avec lui.

J'ai déjà dit que les Tahitiens reconnaissent un Être suprême qu'aucune image factice ne saurait représenter, et les divinités subalternes de deux métiers, comme dit Amyot[1], représentées par des figures de bois. Ils prient au lever et au coucher du soleil ; mais ils ont en détail un grand nombre de pratiques superstitieuses pour conjurer l'influence des mauvais génies. La comète, visible à Paris en 1769, et qu'Aotourou a fort bien remarquée, m'a donné lieu d'apprendre que les Tahitiens connaissent ces astres qui ne reparaissent, m'a-t-il dit, qu'après un grand nombre de lunes. Ils nomment les comètes *evetou eave*, et n'attachent à leur apparition aucune idée sinistre. Il n'en est pas de même de ces espèces de météores qu'ici le peuple croit être des étoiles qui filent. Les Tahitiens, qui les nomment *epao*, les croient un génie malfaisant *eatoua toa*.

Au reste, les gens instruits de cette nation, sans être astronomes, comme l'ont prétendu nos gazettes, ont une nomenclature des constellations des plus remarquables ; ils en connaissent le mouvement diurne, et ils s'en servent pour diriger leur route en pleine mer d'une île à l'autre. Dans cette navigation, quelquefois de plus de trois cents lieues, ils perdent toute vue de terre. Leur boussole est le cours du soleil pendant le jour et la position des étoiles pendant les nuits, presque toujours belles entre les tropiques.

Aotourou m'a parlé de plusieurs îles, les unes confé-

1. **De deux métiers [...] Amyot** : de deux sexes. Jacques Amyot est un humaniste français du XVIe siècle que ses traductions d'auteurs grecs rendirent célèbre.

dérées de Tahiti, les autres toujours en guerre avec elle. Les îles amies sont Aimeo, Maoroua, Aca, Oumaitia et Tapoua-massou. Les ennemies sont Papara, Aiatea, Otaa, Toumaroaa, Oopoa. Ces îles sont aussi grandes que Tahiti. L'île de Pare, fort abondante en perles, est tantôt son alliée, tantôt son ennemie. Enouamotou et Toupai sont deux petites îles inhabitées, couvertes de fruits, de cochons, de volailles, abondantes en poissons et en tortues ; mais le peuple croit qu'elles sont la demeure des génies ; c'est leur domaine, et malheur aux bateaux que le hasard ou la curiosité conduit à ces îles sacrées ! Il en coûte la vie à presque tous ceux qui y abordent. Au reste, ces îles gisent à différentes distances de Tahiti. Le plus grand éloignement dont Aotourou m'ait parlé est à quinze jours de marche. C'est sans doute à peu près à cette distance qu'il supposait être notre patrie lorsqu'il s'est déterminé à nous suivre.

J'ai dit plus haut que les habitants de Tahiti nous avaient paru vivre dans un bonheur digne d'envie. Nous les avions crus presque égaux entre eux, ou du moins jouissant d'une liberté qui n'était soumise qu'aux lois établies pour le bonheur de tous. Je me trompais, la distinction des rangs est fort marquée à Tahiti, et la disproportion cruelle. Les rois et les grands ont droit de vie ou de mort sur leurs esclaves et valets ; je serais même tenté de croire qu'ils ont aussi ce droit barbare sur les gens du peuple qu'ils nomment *Tata-einou*, hommes vils ; toujours est-il sûr que c'est dans cette classe infortunée qu'on prend les victimes pour les sacrifices humains. La viande et le poisson sont réservés à la table des grands ; le peuple ne vit que de légumes et de fruits. Jusqu'à la manière de s'éclairer dans la nuit différencie les états, et l'espèce de bois qui brûle pour les gens considérables n'est pas la même que celle dont il est permis au peuple de se servir. Les rois seuls peuvent planter devant leurs maisons l'arbre que nous nommons le saule pleureur ou l'arbre du grand seigneur. On sait qu'en courbant les branches de cet arbre et en les plantant en terre, on donne à son ombre la direction et l'étendue qu'on désire ; à Tahiti il est la salle à manger des rois.

Les seigneurs ont des livrées[1] pour leurs valets ; suivant que la qualité des maîtres est plus ou moins élevée, les valets portent plus ou moins haut la pièce d'étoffe dont ils se ceignent. Cette ceinture prend immédiatement sous les bras aux valets des chefs, elle ne couvre que les reins aux valets de la dernière classe des nobles. Les heures ordinaires des repas sont lorsque le soleil passe au méridien et lorsqu'il est couché. Les hommes ne mangent point avec les femmes, celles-ci seulement servent aux hommes les mets que les valets ont apprêtés.

À Tahiti, on porte régulièrement le deuil qui se nomme *eeva*. Toute la nation porte le deuil de ses rois. Le deuil des pères est fort long. Les femmes portent celui des maris sans que ceux-ci leur rendent la pareille. Les marques de deuil sont de porter sur la tête une coiffure de plumes dont la couleur est consacrée à la mort, et de se couvrir le visage d'un voile. Quand les gens en deuil sortent de leurs maisons, ils sont précédés de plusieurs esclaves qui battent des castagnettes d'une certaine manière ; leur son lugubre avertit tout le monde de se ranger, soit qu'on respecte la douleur des

1. **Des livrées :** vêtements aux couleurs des armes d'un seigneur, que portaient les hommes de sa suite.

gens en deuil, soit qu'on craigne leur approche comme sinistre et malencontreuse. Au reste, il en est à Tahiti comme partout ailleurs ; on y abuse des usages les plus respectables. Aotourou m'a dit que cet attirail du deuil était favorable au rendez-vous, sans doute avec les femmes dont les maris sont peu complaisants. Cette claquette dont le son respecté écarte tout le monde, ce voile qui cache le visage, assurent aux amants le secret et l'impunité.

Dans les maladies un peu graves, tous les proches parents se rassemblent chez le malade. Ils y mangent et y couchent tant que le danger subsiste ; chacun le soigne et le veille à son tour. Ils ont aussi l'usage de saigner ; mais ce n'est ni au bras ni au pied. Un *taoua*, c'est-à-dire un médecin ou prêtre inférieur, frappe avec un bois tranchant sur le crâne du malade, il ouvre par ce moyen la veine que nous nommons *sagittale* ; et, lorsqu'il en a coulé suffisamment de sang, il ceint la tête d'un bandeau qui assujettit l'ouverture : le lendemain il lave la plaie avec de l'eau.

Voilà ce que j'ai appris sur les usages de ce pays intéressant, tant sur les lieux mêmes que par mes conversations avec Aotourou.

En arrivant dans cette île, nous remarquâmes que quelques-uns des mots prononcés par les insulaires se trouvaient dans le vocabulaire inséré à la suite du voyage de Lemaire, sous le titre de *Vocabulaire des îles des Cocos*. Ces îles, en effet, selon l'estime de Lemaire et de Schouten, ne sauraient être fort éloignées de Tahiti, peut-être font-elles partie de celles que m'a nommées Aotourou. La langue de Tahiti est douce, harmonieuse et facile à prononcer. Les mots n'en sont presque composés que de voyelles sans aspiration ; on n'y rencontre point de syllabes muettes, sourdes ou nasales, ni cette quantité de consonnes et d'articulations qui rendent certaines langues si difficiles. Aussi notre Tahitien ne pouvait-il parvenir à prononcer le français. Les mêmes causes qui font accuser notre langue d'être peu musicale la rendaient inaccessible à ses organes. On eût plutôt réussi à lui faire prononcer l'espagnol ou l'italien.

M. Pereire, célèbre par son talent d'enseigner à parler et bien articuler aux sourds et muets de naissance, a examiné attentivement et plusieurs fois Aotourou et a reconnu qu'il ne pouvait physiquement prononcer la plupart de nos consonnes, ni aucune de nos voyelles nasales.

Au reste, la langue de cette île est assez abondante, j'en juge parce que, dans le cours du voyage, Aotourou a mis en strophes cadencées tout ce qui l'a frappé. C'est une espèce de récitatif obligé qu'il improvisait. Voilà ses annales : et il nous a paru que sa langue lui fournissait des expressions pour peindre une multitude d'objets tous nouveaux pour lui. D'ailleurs, nous lui avons entendu chaque jour prononcer des mots que nous ne connaissions pas encore, et, entre autres, déclamer une longue prière, qu'il appelle la prière des rois, et, de tous les mots qui la composent, je n'en sais pas dix.

J'ai appris d'Aotourou qu'environ huit mois avant notre arrivée sur l'île un vaisseau anglais y avait abordé. C'est celui que commandait M. Wallis. Le même hasard qui nous a fait découvrir cette île y a conduit les Anglais pendant que nous étions à la rivière de la Plata. Ils y ont séjourné un mois, et, à l'exception d'une attaque que leur ont faite les insulaires qui se flattaient d'enlever le vaisseau, tout s'est passé à l'amiable. Voilà, sans doute, d'où proviennent et la connaissance du fer que nous avons trouvée aux Tahitiens, et le nom d'*aouri* qu'ils lui donnent, un nom assez semblable pour le son au mot anglais *iron*, fer, qui se prononce airon. J'ignore maintenant si les Tahitiens, avec la connaissance du fer, doivent aussi aux Anglais celle des maux vénériens[1] que nous y avons trouvé naturalisés, comme on le verra bientôt.

Les Anglais ont fait depuis un second voyage à Tahiti, qu'ils nomment Otahitee. Ils y ont observé le passage de Vénus le 4 juin 1769, et leur séjour dans cette île a été de trois mois. Comme ils ont déjà publié une relation de ce voyage, relation qu'on traduit actuellement en français pour la rendre publique ici, je n'entrerai point dans le détail de ce qu'ils disent sur cette île et ses habitants. Je me contenterai d'observer que c'est faussement qu'ils avancent que nous y sommes toujours restés avec pavillon espagnol : nous n'avions aucune raison de cacher le nôtre ; c'est avec tout aussi peu de fondement qu'ils nous accusent d'avoir porté aux malheureux Tahitiens la maladie que nous pourrions peut-être plus justement soupçonner leur avoir été communiquée par l'équipage de M. Wallis. Les Anglais avaient emmené deux insulaires qui sont morts en chemin.

1. **Maux vénériens** : maladies sexuellement transmissibles.

REPÈRES

1. Que suggèrent les vers latins cités au début de ce chapitre ?

OBSERVATION

2. Quels avantages la géographie de Tahiti offre-t-elle ? Quelles sont les richesses naturelles de l'île ?
3. Pourquoi peut-on dire que les Tahitiens sont à l'image de leur île ?
4. Quelle caractéristique physique des Tahitiens les rend semblables aux Européens, du moins pour une partie d'entre eux ? Quelle pratique cosmétique les apparente également aux Européens ?
5. « *Le caractère de la nation nous a paru être doux et bienfaisant* » (l. 240-241) : les Tahitiens sont-ils vraiment un peuple si doux ? Pourquoi ?
6. Quel élément permet à l'auteur d'affirmer la grande intelligence des Tahitiens ?
7. Quel intérêt les Français avaient-ils à se faire accompagner d'Aotourou ?
8. Quel trait de caractère semble définir le mieux Aotourou ?

INTERPRÉTATIONS

9. Les Tahitiens témoignent d'une répugnance pour l'alcool, le tabac « *et en général pour toutes les choses fortes* » (l. 163) : d'après ce que nous apprenons des Tahitiens, expliquez pourquoi cette remarque est intéressante et judicieuse.
10. En étudiant la fin du chapitre, vous montrerez quelles sont les caractéristiques qui font du peuple de Tahiti une véritable civilisation.
11. Comment interprétez-vous les reproches adressés aux Anglais à la fin du chapitre ?

DE LA LECTURE À L'ÉCRITURE

12. Deux races différentes habitent l'île de Tahiti : quelles peuvent être les raisons de ce peuplement ? L'auteur fournit une explication, sous forme d'hypothèse. Vous imaginerez vous-même une histoire expliquant ce double peuplement ou vous ferez des recherches sur l'île et son peuple dont vous présenterez les résultats sous forme d'exposé. Vous vous demanderez si la situation est identique sur l'île d'aujourd'hui.
13. D'après la description donnée par l'auteur (l. 403-432), vous essaierez de dessiner un modèle de pirogue tahitienne. Vous pourrez également en rechercher une représentation et la comparer au texte de Bougainville.

Le point d'orgue du voyage

L'épisode tahitien constitue en quelque sorte l'acmé du voyage de Bougainville. Il y consacre d'ailleurs une part très importante de son récit puisque cette escale occupe seule près de trois chapitres en plein cœur de l'ouvrage. Et c'est contre son gré que Bougainville abrégea un séjour qui devait durer plus longtemps. Cependant, il s'attarda suffisamment pour offrir à son lecteur une somme d'informations et d'explications sur le peuple de Tahiti dont la richesse dépasse de loin celles qu'il donne sur les autres populations rencontrées au cours de ce long périple ; pourtant, si on compare le temps passé à Tahiti, effectif ou souhaité, avec la chronologie de l'ensemble du voyage, cet épisode ne paraît pas plus important qu'un autre. En fait, ce séjour auprès d'un peuple qui semble tout droit sorti du jardin d'Éden a laissé à l'auteur un souvenir ineffaçable et Bougainville ne cessera dès lors de vivre dans la nostalgie de Tahiti, un sentiment que partageront nombre de voyageurs après lui.

Une vision de l'âge d'or

L'île de Tahiti apparaît d'emblée aux voyageurs comme une incarnation du mythe antique de l'âge d'or, tel que le décrivent de nombreux textes classiques, *Les Métamorphoses* du poète latin Ovide par exemple. Dans sa description de Tahiti et de son peuple, Bougainville multiplie les références à la mythologie et à une Antiquité idéale. Une citation de l'*Énéide* de Virgile placée en tête du chapitre X fait référence à la visite d'Énée aux Enfers, lorsqu'il découvre les Champs Élysées où vivent éternellement les âmes des bienheureux. Cet espace mythologique deviendra le Paradis chrétien et quand Bougainville s'exclame : « *Je me croyais transporté dans le jardin d'Éden* » (chap. IX, l. 201-202), on ne doute plus que l'île soit le Paradis terrestre. L'auteur multiplie, tout au long des trois chapitres consacrés à cet endroit paradisiaque, les références artistiques et culturelles. Les femmes sont ainsi comparées à deux reprises à la déesse de l'amour Vénus et le corps des hommes à celui d'Hercule ou de Mars, pour la représentation desquels il fournirait un excellent modèle. La musique des Tahitiens le fait penser au poète grec

Anacréon et telle scène charmante lui rappelle un tableau de Boucher, peintre contemporain qui tire une grande part de son inspiration de la bucolique antique. En bref, ce lieu idéal qui ressemble tant à une œuvre d'art est en passe de devenir lui-même une référence dans la conscience européenne, un mythe.

Mythe et réalité

Ce mythe, si bien établi dans l'imaginaire des Lumières, n'est pas un pur produit de l'imagination qu'un esprit par trop philosophe serait venu appliquer à une réalité moins engageante. L'esprit philosophique de Bougainville se garde lui-même des systèmes imaginaires que l'observation et l'expérience réduisent à néant ; ce scepticisme et cette prudence sont un principe clairement affirmé tout au long de l'œuvre. Cependant, la réalité de Tahiti s'est imposée d'elle-même aux yeux des Français. L'aspect de la côte aperçue depuis le large (chap. VIII, l. 320-338) offre le spectacle d'une nature féconde et gracieuse, façonnée par « *la main d'un décorateur* ». Les promenades sur l'île viennent confirmer cette première impression d'une nature de l'âge d'or qui prodigue généreusement aux hommes ses bienfaits : « *Un peuple nombreux y jouit des trésors que la nature verse à pleines mains sur lui.* » (chap. IX, l. 206-207). Quant au climat, l'auteur observe qu'il est doux sans être chaud. L'île est sans doute à l'image de ces températures, c'est-à-dire étrangère aux excès. Bougainville remarque en effet que le vol ne semble pas être pratiqué chez les Tahitiens : les maisons sont ouvertes au tout venant et leur mobilier est des plus restreints. Il explique ainsi les vols survenus depuis son arrivée par la curiosité et non la malignité. Au milieu d'une nature qui donne tout, nul n'est besoin de crime ni de vol pour satisfaire ses besoins. La même règle s'applique aux relations amoureuses, qui semblent se vivre dans la plus grande simplicité et sans les contraintes sociales que connaît l'Europe. Cette nature harmonieuse abrite une société harmonieuse que symbolisent les sentiers publics et bien entretenus et que confirme la coexistence pacifique de deux races différentes. Le corps même des habitants reflète cette harmonie, en alliant à une perfection naturelle une coquetterie qui n'est pas synonyme de torture. À Tahiti semble régner la mesure prônée par les Anciens.

Les limites du mythe

Les délices de Tahiti n'émoussent pourtant pas le sens critique de Bougainville qui, grâce à la présence d'Aotourou, s'efforce d'approfondir sa compréhension de la société tahitienne. Ce qu'il a pu apprendre de ce compagnon confirme la première impression, celle d'une société véritablement civilisée, avancée dans les arts et les techniques et régie par des lois et une hiérarchie certaine. Ce peuple se situe bien au-dessus de l'état de nature observé auprès des Pécherais. L'intelligence d'Aotourou, opposée à la bêtise des Parisiens, en est la preuve éclatante.

Bougainville avoue cependant s'être trompé (chap. X, l. 722) sur un certain nombre de points, et non des moindres. Cette harmonie et ce bonheur apparents l'ont d'abord maintenu dans l'illusion de la liberté et de l'égalité, deux principes qu'il découvre n'avoir pas de sens parmi les Tahitiens. La réalité des rangs et des classes apparente la société tahitienne à la société européenne. L'existence de livrées pour les valets attachés à un seigneur est une similitude frappante. Ces distinctions vont au-delà de l'injustice puisqu'elles poussent à la cruauté. Le droit de vie ou de mort sur les esclaves et serviteurs, qualifié de barbare, se pratique au même titre que le sacrifice humain. Le Français Bougainville a quitté un monde qui s'efforce, à travers l'esprit des Lumières, de sortir de cet obscurantisme – le servage sera aboli dans les domaines royaux en 1779 – pour en trouver un autre que le philosophe ne saurait envier. Il pensait que le vol n'existait pas à Tahiti ; il apprend que des voleurs y sont parfois pendus. Il n'avait vu aucune arme lors de son accueil par les Tahitiens ; or les habitants de l'île sont constamment en guerre avec leurs voisins. Le charme est donc rompu – par ce même Indien qui fait cependant preuve de la plus grande humanité et pour lequel l'affection de l'auteur n'est pas à mettre en cause. Tel est le paradoxe de Tahiti.

IX. Difficultés en Nouvelle-Bretagne

Chapitre XI

Après leur départ de Tahiti, les deux navires traversent l'océan Pacifique, où ils découvrent terres et peuples jusqu'alors inconnus.

Nous courûmes plusieurs bords dans la nuit pour nous élever dans le sud-est, afin de reconnaître si la terre que nous avions au sud-sud-ouest tenait à l'île de la Pentecôte, ou si elle en formait une troisième. C'est ce que nous vérifiâmes le 23 à la pointe du jour. Nous découvrîmes la séparation des trois îles. Celle de la Pentecôte et l'île Aurore sont à peu près sous le même méridien, à deux lieues de distance l'une de l'autre. La troisième est dans le sud-ouest de l'île Aurore, et leur moindre éloignement est de trois ou quatre lieues. Sa côte du nord-ouest a au moins douze lieues d'étendue, terre haute, escarpée, partout couverte de bois. Nous l'avons côtoyée une partie de la matinée du 23. Plusieurs pirogues se montraient le long de terre, sans qu'aucune cherchât à nous approcher. Il ne paraissait point de cases, on voyait seulement un grand nombre de fumées s'élever du milieu des bois, depuis les bords de la mer jusqu'au sommet des montagnes : fort près du rivage nous sondâmes plusieurs fois sans trouver de fond avec cinquante brasses de ligne.

Sur les neuf heures, la vue d'une côte où l'abordage paraissait commode me détermina à envoyer à terre pour y faire du bois dont nous avions le plus grand besoin, prendre des connaissances du pays et tâcher d'en tirer des rafraîchissements pour nos malades. Je fis partir trois bateaux armés sous les ordres du chevalier de Kerué, enseigne de la marine, et nous nous tînmes prêts à leur envoyer du secours et à les soutenir de l'artillerie des vaisseaux s'il était nécessaire. Nous les vîmes prendre terre, sans que les insulaires parussent s'être opposés à leur débarquement. À une heure après midi, je m'embarquai avec quelques autres personnes dans une yole[1] pour aller les rejoindre. Nous trouvâmes nos gens occupés à couper du bois, et que ceux du pays les aidaient à le porter dans les bateaux. L'officier qui commandait la descente me dit qu'à son arrivée une troupe nombreuse d'insulaires était venue le recevoir sur la plage, l'arc et la flèche à la main, faisant signe qu'on n'abordât pas ; mais que quand, malgré leurs menaces, il avait ordonné de mettre à terre, ils s'étaient reculés à quelques pas ; qu'à mesure que nos gens avançaient les sauvages se retiraient toujours dans l'attitude de faire partir leurs flèches, sans vouloir se laisser approcher ; qu'ayant alors fait arrêter la troupe, et le prince de Nassau ayant demandé à s'avancer vers eux, ils avaient cessé de reculer, lorsqu'ils avaient vu un homme seul ; des morceaux d'étoffes rouges qu'on leur distribua achevèrent d'éta-

1. **Une yole** : embarcation légère sans pont, longue et étroite, propulsée à l'aviron.

blir une espèce de confiance. Le chevalier de Kerué prit aussitôt poste à l'entrée du bois, mit ses travailleurs à abattre des arbres sous la protection de la troupe, et envoya un détachement chercher des fruits. Insensiblement les insulaires se rapprochèrent plus amiablement en apparence ; on eut même d'eux quelques fruits : ils ne voulaient ni du fer ni des clous. Ils refusèrent aussi constamment de troquer leurs arcs et leurs massues, seulement ils cédèrent quelques flèches. Au reste, ils étaient toujours restés en grand nombre autour de nos gens sans jamais quitter leurs armes ; ceux mêmes qui n'avaient point d'arcs tenaient des pierres prêtes à lancer. Ils avaient fait entendre qu'ils étaient en guerre avec les habitants d'un canton voisin du leur. Effectivement, il s'en montra une troupe armée qui venait de la partie occidentale de l'île, s'avançant en bon ordre, et ceux-ci paraissaient disposés à les bien recevoir ; mais il n'y avait point eu d'attaque.

Nous trouvâmes les choses en cet état à notre arrivée à terre. Nous y restâmes jusqu'à ce que nos bateaux fussent chargés de fruits et de bois. Je fis aussi enterrer au pied d'un arbre l'acte de prise de possession de ces îles gravé sur une planche de chêne, et ensuite nous nous rembarquâmes. Ce départ dérangea sans doute le projet des insulaires qui n'avaient pas encore tout disposé pour nous attaquer. C'est là du moins ce que nous dûmes juger en les voyant s'avancer sur le bord de la mer et nous lancer une grêle de pierres et de flèches. Quelques coups de fusils tirés en l'air ne suffirent pas pour nous en débarrasser ; plusieurs même s'avançaient dans l'eau pour nous ajuster de plus près ; une décharge mieux nourrie ralentit aussitôt leur attaque, ils s'enfuirent dans le bois avec de grands cris. Un matelot fut légèrement blessé d'une pierre.

Ces insulaires sont de deux couleurs, noirs et mulâtres. Leurs lèvres sont épaisses, leurs cheveux cotonnés[1], quelques-uns même ont la laine jaune[2]. Ils sont petits, vilains, mal faits et la plupart rongés de lèpres[3], circonstance qui nous a fait nommer leur île l'île des Lépreux[4]. Il parut peu de femmes, et elles n'étaient pas moins dégoûtantes que les hommes ; ils sont nus, à peine se couvrent-ils d'une natte les parties naturelles ; les femmes ont aussi des écharpes pour porter leurs enfants sur le dos ; nous avons vu quelques-uns des tissus qui les composent, sur lesquels étaient de fort jolis dessins faits avec une belle teinture cramoisie. J'ai remarqué qu'aucun d'eux n'avait de barbe ; ils se percent les narines pour y pendre quelques ornements ; ils portent aux bras, en forme de bracelets, une dent de *babiroussa*[5], ou un grand anneau d'une matière que je crois de l'ivoire, et au col des plaques d'écaille de tortue qu'ils nous ont fait entendre être commune sur leur rivage.

Leurs armes sont l'arc et la flèche, des massues de bois de fer et des pierres qu'ils lancent sans fronde. Les flèches sont des roseaux armés d'une longue pointe d'os très aiguë. Quelques-unes de ces pointes sont carrées et garnies sur les arêtes de petites pointes couchées en arrière qui empêchent de pouvoir retirer la flèche de

1. **Cotonnés :** crépus.
2. **La laine jaune :** les cheveux jaunes.
3. **Rongés de lèpres :** rongés par des maladies de peau.
4. **Île des Lépreux :** l'île Aoba fait partie, comme les précédentes, des Nouvelles-Hébrides.
5. ***Babiroussa :*** sanglier de Malaisie.

la plaie. Ils ont encore des sabres de bois de fer. Leurs pirogues ne nous ont pas approchés. Elles nous ont paru de loin faites et voilées comme celles des îles des Navigatcurs.

La plage où nous avons abordé présentait une très petite étendue. À vingt pas du bord de la mer on trouve le pied d'une montagne dont la pente, quoique très rapide, est couverte de bois. Le terrain est très léger et a peu de profondeur : aussi les fruits, quoique de la même espèce qu'à Tahiti, sont-ils moins beaux ici et d'une moins bonne qualité. On rencontre beaucoup de routes tracées dans le bois et des espaces enclos par des palissades de trois pieds de haut. Sont-ce des retranchements ou simplement des limites de possessions différentes ? Nous n'avons vu d'autres cases que cinq ou six petites huttes dans lesquelles on ne pouvait entrer qu'en se traînant sur le ventre. Nous étions cependant environnés d'un peuple nombreux ; je le crois fort misérable : cette guerre intestine dont nous avons été les témoins est un cruel fléau. Nous entendîmes à plusieurs reprises le son rauque d'une espèce de tambour sortir de la profondeur du bois vers le sommet de la montagne. C'est sans doute leur signal de ralliement ; car, dès l'instant où nos coups de fusils les ont dispersés, il a recommencé à battre. Il redoublait aussi son lugubre bruit lorsque cette troupe ennemie que nous avons vue plusieurs fois venait à paraître. Notre Tahitien, qui avait désiré être de la descente, nous a paru trouver cette espèce d'hommes fort vilaine ; il n'entendait absolument aucun mot de leur langue.

REPÈRES

1. D'après la chronologie du voyage (pp. 250-252), à quelle région du monde le peuple découvert appartient-il ?

OBSERVATION

2. Relevez l'ensemble des termes et des expressions du texte qui marquent la méfiance, voire l'hostilité, des insulaires à l'égard des voyageurs.
3. « *Il ne paraissait point de cases* » (l. 15-16) : Bougainville décrit un peu plus loin l'habitat de ces insulaires. Comment cette description permet-elle de comprendre que les navigateurs n'apercevaient aucune habitation depuis la mer ?
4. Comment expliquez-vous la méfiance des Français lorsqu'ils décident de gagner la terre ? Qu'est-ce qui justifie alors cette méfiance ?

INTERPRÉTATIONS

5. Pourquoi l'auteur envoie-t-il un premier groupe d'hommes avant de débarquer lui-même ? Comment justifiez-vous ce procédé ?
6. « *Mais il n'y avait point eu d'attaque.* » (l. 66) : pourquoi la troupe armée venue de l'ouest n'attaque-t-elle pas l'autre groupe d'indigènes ? N'avaient-ils pas d'autres intentions ? Quelle autre raison auraient-ils pu avoir de se montrer ?
7. Comment peut-on expliquer que les insulaires soient de deux couleurs ?
8. Comparez le peuple que les Français viennent de rencontrer aux habitants de Tahiti, en indiquant les différences mais aussi les points communs. En quoi les éléments de cette comparaison peuvent-ils expliquer le jugement porté par Aotourou ?

DE LA LECTURE À L'ÉCRITURE

9. Certains explorateurs, comme Magellan ou Cook, sont morts sous les flèches ou les sagaies d'indigènes. Bougainville et ses compagnons auraient pu connaître le même sort. Imaginez une fin moins heureuse à cet épisode : en un récit animé, vous raconterez la bataille entre Français et insulaires, ainsi que son issue.
10. Faites le récit de cet épisode en changeant son point de vue et en adoptant celui des indigènes.

Les membres de l'expédition font une découverte singulière.

Tandis que nous étions entre les Grandes Cyclades, quelques affaires m'avaient appelé à bord de *L'Étoile*, et j'eus l'occasion d'y vérifier un fait assez singulier. Depuis quelque temps, il courait un bruit dans les deux navires que le domestique de M. de Commerçon, nommé Baré, était une femme. Sa structure, le son de sa voix, son menton sans barbe, son attention scrupuleuse à ne jamais changer de linge, ni faire ses nécessités devant qui que ce fût, plusieurs autres indices avaient fait naître et accréditaient[1] le soupçon. Cependant, comment reconnaître une femme dans cet infatigable Baré, botaniste déjà fort exercé, que nous ayons vu suivre son maître dans toutes ses herborisations, au milieu des neiges et sur les monts glacés du détroit de Magellan, et porter même dans ces marches pénibles les provisions de bouche, les armes et les cahiers de plaintes avec un courage et une force qui lui avaient mérité du naturaliste le surnom de sa bête de somme ? Il fallait qu'une scène qui se passa à Tahiti changeât le soupçon en certitude. M. de Commerçon y descendit pour herboriser. À peine Baré, qui le suivait avec les cahiers sous son bras, eut mis pied à terre, que les Tahitiens l'entourent, crient que c'est une femme et veulent lui faire les honneurs de l'île. Le chevalier de Bournand, qui était de garde à terre, fut obligé de venir à son secours et de l'escorter jusqu'au bateau. Depuis ce temps il était assez difficile d'empêcher que les matelots

1. **Accréditaient** : renforçaient.

n'alarmassent quelquefois sa pudeur. Quand je fus à bord de *L'Étoile*, Baré, les yeux baignés de larmes, m'avoua qu'elle était une fille : elle me dit qu'à Rochefort elle avait trompé son maître en se présentant à lui sous des habits d'homme au moment même de son embarquement ; qu'elle avait déjà servi, comme laquais, un Genevois à Paris ; que, née en Bourgogne et orpheline, la perte d'un procès l'avait réduite dans la misère et lui avait fait prendre le parti de déguiser son sexe ; qu'au reste, elle savait, en s'embarquant, qu'il s'agissait de faire le tour du monde et que ce voyage avait piqué sa curiosité. Elle sera la première, et je lui dois la justice qu'elle s'est toujours conduite à bord avec la plus scrupuleuse sagesse. Elle n'est ni laide ni jolie, et n'a pas plus de vingt-six ou vingt-sept ans. Il faut convenir que, si les deux vaisseaux eussent fait naufrage sur quelque île déserte de ce vaste océan, la chance eût été fort singulière pour Baré.

REPÈRES

1. Dans quelle partie du voyage la découverte de la véritable identité de Baré a-t-elle lieu ? En quoi la date de cet événement ajoute-t-elle à la surprise des équipages ?

OBSERVATION

2. Que veut dire Bougainville lorsqu'il parle de la « *structure* » de Baré (l. 143) ?
3. Qu'est-ce qui, chez Baré, empêchait qu'on la prenne pour une femme ?
4. Pourquoi le destin de Baré est-il exceptionnel ?

INTERPRÉTATIONS

5. D'après ce que nous savons des Tahitiens, comment peut-on expliquer qu'ils aient immédiatement reconnu une femme en Baré ?
6. Pourquoi la misère a-t-elle contraint Baré à se faire passer pour un homme ? Que suggère cette anecdote sur la condition de la femme à l'époque de Bougainville ?

DE LA LECTURE À L'ÉCRITURE

7. Vous êtes Baré et vous faites le récit de votre vie jusqu'à la découverte de votre supercherie.
8. Connaissez-vous d'autres histoires ou légendes de femmes s'étant fait passer pour des hommes ou inversement ? Quel est leur sens ? Que révèlent-elles ?

CHAPITRE XIII

La traversée du Pacifique se révèle riche en souffrances et mésaventures.

NOUS AVIONS REPRIS la mer après une relâche de huit jours, pendant lesquels, comme on l'a vu, le temps avait été constamment mauvais et les vents presque toujours au sud. Le 25, ils revinrent au sud-est, variant jusqu'à l'est, et nous suivîmes la côte environ à trois lieues d'éloignement. Elle rondissait insensiblement, et bientôt nous aperçûmes au large des îles qui se succédaient de distance en distance. Nous passâmes entre elles et la grande terre, et je leur donnai le nom des officiers des états-majors. Il n'était plus douteux que nous côtoyions la Nouvelle-Bretagne. Cette terre est très élevée et paraît entrecoupée de belles baies, dans lesquelles nous apercevions des feux et d'autres traces d'habitations.

Le troisième jour de notre sortie, je fis couper nos tentes de campagne pour distribuer de grandes culottes aux gens des deux équipages. Nous avions déjà fait, en différentes occasions, de semblables distributions de hardes de toute espèce. Sans cela, comment eût-il été possible que ces pauvres gens fussent vêtus pendant une aussi longue campagne, où il leur avait fallu plusieurs fois passer alternativement du froid au chaud, et essuyer maintes reprises du déluge ? Au reste, je n'avais plus rien à leur donner, tout était épuisé. Je fus même forcé de retrancher encore une once de pain sur la ration. Le peu qui nous restait de vivres était en partie gâté, et dans tout autre cas on eût jeté à la mer toutes nos salaisons, mais il fallait manger le mauvais comme le bon. Qui pouvait savoir quand cela finirait ? Telle était notre situation de souffrir en même temps du passé qui nous avait affaiblis, du présent dont les tristes détails se répétaient à chaque instant, et de l'avenir dont le terme indéterminé était presque le plus cruel de nos maux. Mes peines personnelles se multipliaient par celles des autres. Je dois cependant publier qu'aucun ne s'est laissé abattre, et que la patience à souffrir a été supérieure aux positions les plus critiques. Les officiers donnaient l'exemple, et jamais les matelots n'ont cessé de danser le soir, dans la disette comme dans les temps de la plus grande abondance. Il n'avait pas été nécessaire de doubler leur paie.

Nous eûmes constamment la vue de la Nouvelle-Bretagne jusqu'au 3 août. Pendant ce temps il venta peu, il plut souvent, les courants nous furent contraires et les navires marchaient moins que jamais. La côte prenait de plus en plus de l'ouest. Le 29 au matin, nous nous en trouvâmes plus près que nous n'avions encore été. Ce voisinage nous valut la visite de quelques pirogues, deux vinrent à la portée de voix de la frégate, cinq autres furent à *L'Étoile*. Elles étaient montées chacune par cinq ou six hommes noirs, à cheveux crépus et laineux, quelques-uns les avaient poudrés de blanc. Ils portent la barbe assez longue et des ornements blancs aux bras en forme de bracelets. Des feuilles d'arbre couvrent, tant bien que mal, leur nudité. Ils sont grands et paraissent agiles et robustes. Ils nous montraient une espèce de pain et nous invitaient par signes à venir à terre ; nous les invitions à venir à bord ;

mais nos invitations, le don même de quelques morceaux d'étoffes jetés à la mer, ne leur inspirèrent pas la confiance de nous accoster. Ils ramassèrent ce qu'on avait jeté et, pour remerciement, l'un d'eux, avec une fronde, nous lança une pierre qui ne vint pas jusqu'à bord ; nous ne voulûmes pas leur rendre le mal pour le mal, et ils se retirèrent en frappant tous ensemble sur leurs canots avec de grands cris. Ils poussèrent sans doute les hostilités plus loin à bord de *L'Étoile* ; car nous en vîmes tirer plusieurs coups de fusil qui les mirent en fuite. Leurs pirogues sont longues, étroites et à balancier. Toutes ont l'avant et l'arrière plus ou moins ornés de sculptures peintes en rouge, qui font honneur à leur adresse.

Le lendemain, il en vint un beaucoup plus grand nombre qui ne firent aucune difficulté d'accoster le navire. Celui de leurs conducteurs qui paraissait être le chef portait un bâton long de deux ou trois pieds, peint en rouge, avec une pomme à chaque bout. Il l'éleva sur sa tête avec ses deux mains en nous approchant, et il demeura quelque temps dans cette attitude. Tous ces nègres paraissaient avoir fait une grande toilette ; les uns avaient la laine peinte en rouge ; d'autres portaient des aigrettes de plumes sur la tête, d'autres des pendants d'oreilles de certaines graines ou de grandes plaques blanches et rondes pendues au cou ; quelques-uns avaient des anneaux passés dans les cartilages du nez : mais une parure assez générale à tous était des bracelets faits avec la bouche d'une grosse coquille sciée. Nous voulûmes lier commerce avec eux, pour les engager à nous apporter quelques rafraîchissements. Leur mauvaise foi nous fit bientôt voir que nous n'y réussirions pas. Ils tâchaient de saisir ce qu'on leur proposait et ne voulaient rien rendre en échange. À peine put-on tirer d'eux quelques racines d'ignames[1] ; on se lassa de leur donner et ils se retirèrent. Deux canots voguaient vers la frégate à l'entrée de la nuit, une fusée que l'on tira pour quelque signal les fit fuir précipitamment.

Au reste, il sembla que les visites qu'ils nous avaient rendues ces deux derniers jours n'avaient été que pour nous reconnaître et concerter un plan d'attaque. Le 31, on vit, dès la pointe du jour, un essaim de pirogues sortir de terre, une partie passa par notre travers sans s'arrêter et toutes dirigèrent leur marche sur *L'Étoile*, que, sans doute, ils avaient observé être le plus petit des deux bâtiments, et se tenir derrière. Les nègres firent leur attaque à coups de pierres et de flèches. Le combat fut court. Une fusillade déconcerta leurs projets ; plusieurs se jetèrent à la mer, et quelques pirogues furent abandonnées : depuis ce moment nous cessâmes d'en voir.

Après de longues et pénibles pérégrinations, Bougainville trouve enfin une terre accueillante, un comptoir hollandais.

Ce ne fut pas sans d'excessifs mouvements de joie que nous découvrîmes à la pointe du jour l'entrée du golfe de Cajeli. C'est où les Hollandais ont leur établissement ; c'était le terme où devaient finir nos plus grandes misères. Le scorbut avait fait parmi nous de cruels

1. **Quelques racines d'ignames :** voir note 2, p. 158.

REPÈRES

1. En vous aidant de la chronologie (pp. 250-252), évaluez la durée du voyage jusqu'à cet extrait.

OBSERVATION

2. « ... *et nous invitaient par signes à venir à terre* » (l. 57-58) : que peuvent signifier ces invitations ?
3. « *nous ne voulûmes pas leur rendre le mal pour le mal* » (l. 64-65) : quelles raisons pouvez-vous donner à cette décision ?

INTERPRÉTATIONS

4. « *Il n'avait pas été nécessaire de doubler leur paie.* » (l. 40-41) : que révèle cette remarque ? En quoi l'ensemble du paragraphe permet-il de la comprendre ?
5. « *Ils se retirèrent en frappant tous ensemble sur leurs canots avec de grands cris.* » (l. 65-66) : pourquoi tout ce bruit ? Que peut-il signifier, quel est son but ?
6. Que signifie la grande toilette des nègres ?
7. Quelles conclusions peut-on tirer des deux dernières rencontres faites par l'expédition si on les compare au reste du voyage ?

DE LA LECTURE À L'ÉCRITURE

8. Tout cet épisode est raconté et décrit depuis *La Boudeuse* ; racontez-le à votre tour en adoptant le point de vue d'un marin de *L'Étoile*.

ravages depuis notre départ du port de Praslin ; personne ne pouvait s'en dire entièrement exempt, et la moitié de nos équipages était hors d'état de faire aucun travail. Huit jours de plus passés à la mer eussent assurément coûté la vie à un grand nombre et la santé à presque tous. Les vivres qui nous restaient étaient si pourris et d'une odeur si cadavéreuse, que les moments les plus durs de nos tristes journées étaient ceux où la cloche avertissait de prendre ces aliments dégoûtants et malsains. Combien cette situation embellissait encore à nos yeux le charmant aspect des côtes de Boëro ! Dès le milieu de la nuit, une odeur agréable, exhalée des plantes aromatiques dont les îles Moluques sont couvertes, s'était fait sentir plusieurs lieues en mer, et avait semblé l'avant-coureur qui nous annonçait la fin de nos maux. L'aspect d'un bourg assez grand, situé au fond du golfe, celui de vaisseaux à l'ancre, la vue de bestiaux errant dans les prairies qui environnent le bourg, causèrent des transports que j'ai partagés sans doute, et que je ne saurais dépeindre.

Il nous avait fallu courir plusieurs bords avant que de pouvoir entrer dans le golfe, dont la pointe septentrionale se nomme pointe de Lissatetto, et celle de sud-est pointe Rouba. Ce ne fut qu'à dix heures que nous pûmes mettre le cap sur le bourg. Plusieurs bateaux naviguaient dans la baie ; je fis arborer pavillon hollandais et tirer un coup de canon, aucun ne vint à bord ; j'envoyai alors mon canot sonder en avant du navire. Je craignais un banc[1] qui se trouve à la côte du sud-

1. **Un banc** : un banc de sable.

est du golfe. À midi et demi une pirogue, conduite par des Indiens, s'approcha du vaisseau ; le chef nous demanda en hollandais qui nous étions, et refusa toujours de monter à bord. Cependant nous avancions à pleines voiles, suivant les signaux du canot qui sondait. Bientôt nous vîmes le banc dont nous avions redouté l'approche ; la mer était basse et il paraissait à découvert. À quatre longueurs de canot de son extrémité, on est sur cinq ou six brasses d'eau, mauvais fond de corail, et on passe tout de suite à dix-sept brasses, fond de sable et vase. Notre route fut à peu près le sud-ouest trois lieues, depuis dix heures jusqu'à une heure et demie que nous mouillâmes vis-à-vis la loge, auprès de plusieurs petits bâtiments hollandais, à moins d'un quart de lieue de terre. Nous étions par vingt-sept brasses d'eau, fond de sable et vase.

L'Étoile mouilla près de nous, plus dans l'ouest-nord-ouest.

À peine avions-nous jeté l'ancre que deux soldats hollandais sans armes, dont l'un parlait français, vinrent à bord me demander, de la part du résident du comptoir, quels motifs nous attiraient dans ce port, lorsque nous ne devions pas ignorer que l'entrée n'en était permise qu'aux seuls vaisseaux de la Compagnie hollandaise. Je renvoyai avec eux un officier pour déclarer au résident que la nécessité de prendre des vivres nous forçait à entrer dans le premier port que nous avions rencontré, sans nous permettre d'avoir égard aux traités qui interdisaient aux navires étrangers la relâche dans les ports des Moluques, et que nous sortirions aussitôt qu'il nous aurait fourni les secours dont nous avions le plus besoin. Les deux soldats revinrent peu de temps après pour me communiquer un ordre signé du gouverneur d'Amboine, duquel le résident de Boëro dépend directement, par lequel il est expressément défendu à celui-ci de recevoir dans son port aucun vaisseau étranger. Le résident me priait en même temps de lui donner par écrit une déclaration des motifs de ma relâche, afin qu'elle pût justifier auprès de son supérieur auquel il l'enverrait la conduite qu'il était obligé de tenir en nous recevant ici. Sa demande était juste, et j'y satisfis en lui donnant une déposition signée, dans laquelle je déclarais qu'étant parti des îles Malouines et voulant aller dans l'Inde en passant par la mer du Sud, la mousson contraire et le défaut de vivres nous avaient empêchés de gagner les îles Philippines et forcés de venir chercher au premier port des Moluques des secours indispensables, secours que je le sommais de me donner en vertu du titre le plus respectable, de l'humanité.

Dès ce moment, il n'y eut plus de difficultés ; le résident, en règle vis-à-vis de sa Compagnie, fit contre mauvaise fortune bon cœur, et il nous offrit ce qu'il avait d'un air aussi libre que s'il eût été le maître chez lui. Vers les cinq heures, je descendis à terre avec plusieurs officiers pour lui faire une visite. Malgré le trouble que devait lui causer notre arrivée, il nous reçut à merveille. Il nous offrit même à souper, et certes nous l'acceptâmes. Le spectacle du plaisir et de l'avidité avec lesquels nous le dévorions lui prouva mieux que nos paroles que ce n'était pas sans raison que nous criions à la faim. Tous les Hollandais en étaient en extase, ils n'osaient manger dans la crainte de nous faire tort. Il faut avoir été marin et réduit aux extrémités que nous éprouvions depuis plusieurs mois pour se faire une idée de la sensation que produit la vue de salades et d'un bon souper sur des gens en pareil état. Ce souper fut pour moi un des plus délicieux instants de mes jours, d'autant que j'avais envoyé à bord des vaisseaux de quoi y faire souper tout le monde aussi bien que nous. Il fut réglé que nous aurions journellement du cerf pour entretenir nos équipages à la viande fraîche pendant le séjour ; qu'on nous donnerait en partant dix-huit bœufs, quelques moutons et à peu près autant de volailles que nous en demanderions. Il fallut suppléer au pain par du riz ; c'est la nourriture des Hollandais. Les insulaires vivent de pain de sagou qu'ils tirent du cœur d'un palmier auquel ils donnent ce nom ; ce pain ressemble à la cassave[1]. Nous ne pûmes avoir cette abondance de légumes qui nous eût été si salutaire, les gens du pays n'en cultivent point. Le résident voulut bien en fournir, pour les malades, du jardin de la Compagnie.

Au reste, tout ici appartient à la Compagnie directement ou indirectement, gros et menu bétail, grains et denrées de toute espèce. Elle seul vend et achète. Les Maures, à la vérité, nous ont vendu des volailles, des chèvres, du poisson, des œufs et quelques fruits ; mais l'argent de cette vente ne leur restera pas longtemps : les Hollandais sauront bien le retirer pour des hardes fort simples, mais qui n'en sont pas moins chères. La chasse même du cerf n'est pas libre, le résident seul en a le droit. Il donne à ses chasseurs trois coups de poudre et de plomb, pour lesquels ils doivent apporter deux animaux qu'on leur paie alors six sols pièce. S'ils

1. **La cassave** : galette de farine de manioc, petit arbre des tropiques dont on tire le tapioca.

n'en rapportent qu'un, on retient, sur ce qui leur est dû, le prix d'un coup de poudre et de plomb.

Dès le 3 au matin, nous établîmes nos malades à terre pour y coucher pendant notre séjour. Nous envoyions aussi journellement la plus grande partie des équipages se promener et se divertir. Je fis faire l'eau des navires et les divers transports par des esclaves de la Compagnie que le résident nous loua à la journée. *L'Étoile* profita de ce temps pour garnir les chouquets de ses mâts majeurs, lesquels avaient un jeu dangereux. Nous avions affourché[1] en arrivant ; mais sur ce que les Hollandais nous dirent de la bonté du fond et de la régularité des brises de terre et du large, nous relevâmes notre ancre d'affourche. Effectivement nous y vîmes les bâtiments hollandais sur une seule ancre.

Nous eûmes pendant notre relâche ici le plus beau temps du monde. Le thermomètre y montait ordinairement à vingt-trois degrés dans la plus grande chaleur du jour ; la brise du nord-est au sud-est le jour changeait sur le soir ; elle venait alors de la terre et les nuits étaient fort fraîches. Nous eûmes occasion de connaître l'intérieur de l'île ; on nous permit d'y faire plusieurs chasses de cerfs, par battues, auxquelles nous prîmes un grand plaisir. Le pays est charmant, entrecoupé de bosquets, de plaines et de coteaux dont les vallons sont arrosés par de jolies rivières. Les Hollandais y ont apporté les premiers cerfs qui s'y sont prodigieusement multiplié et dont la chair est excellente. Il y a aussi un grand nombre de sangliers et quelques espèces de gibier à plumes.

1. **Nous avions affourché :** nous avions mouillé sur deux ancres.

On donne à l'île de Boëro, ou Burro, environ dix-huit lieues de l'est à l'ouest, et treize du nord au sud. Elle était autrefois soumise au roi de Ternate, lequel en tirait tribut. Le lieu principal est Cajeli, situé au fond du golfe de ce nom, dans une plaine marécageuse qui s'étend près de quatre milles entre les rivières Soweill et Abbo. Cette dernière est la plus grande de l'île, et toutefois ses eaux sont fort troubles. Le débarquement est ici fort incommode, surtout de basse mer, pendant laquelle il faut que les bateaux s'arrêtent fort loin de la plage. La loge hollandaise, et quatorze habitations d'Indiens, autrefois dispersées en divers endroits de l'île, mais aujourd'hui réunies autour du comptoir, forment le bourg de Cajeli. On y avait d'abord construit un fort en pierre. Un accident le fit sauter en 1689, et depuis ce temps on s'y contente d'une enceinte de faibles palissades, garnie de six canons de petit calibre, tant bien que mal en batterie[1] ; c'est ce qu'on appelle le fort de la Défense, et j'ai pris ce nom pour un sobriquet[2]. La garnison, aux ordres du résident, est composée d'un sergent et de vingt-cinq hommes : sur toute l'île il n'y a pas cinquante Blancs. Quelques autres nègreries y sont répandues, où l'on cultive du riz. Dans le temps où nous y étions, les forces des Hollandais y étaient augmentées par trois navires, dont le plus grand était le *Draak*, sénau[3] de quatorze canons, commandé par un Saxon nommé Kop-le-Clerc. Son équipage est de cinquante Européens et sa destination de croiser

1. **En batterie :** en position de tir.
2. **Un sobriquet :** un surnom moqueur.
3. **Sénau :** navire de commerce à deux mâts.

dans les Moluques, surtout contre les Papous et les Ceramois.

Les naturels du pays se divisent en deux classes, les Maures et les Alfouriens. Les premiers sont réunis sous la loge et soumis entièrement aux Hollandais qui leur inspirent une grande crainte des nations étrangères. Ils sont observateurs zélés de la loi de Mahomet, c'est-à-dire qu'ils se lavent souvent, ne mangent point de porc et prennent autant de femmes qu'ils en peuvent nourrir. Ajoutez à cela qu'ils en paraissent fort jaloux et les tiennent renfermées. Leur nourriture est le sagou, quelques fruits, et du poisson. Les jours de fêtes, ils se régalent avec du riz que la Compagnie leur vend. Leurs chefs ou *orencaies* se tiennent auprès du résident qui paraît avoir pour eux quelques égards et contient le peuple par leur moyen. La Compagnie a su semer parmi ces chefs des habitants un levain de jalousie[1] réciproque qui assure l'esclavage général, et la politique qu'elle observe ici relativement aux naturels est la même dans tous les autres comptoirs. Si un chef forme quelque complot, un autre le découvre et en avertit les Hollandais.

Ces Maures, au reste, sont vilains, paresseux et peu guerriers. Ils ont une extrême frayeur des Papous qui viennent quelquefois, au nombre de deux ou trois cents, brûler les habitations, enlever ce qu'ils peuvent et surtout des esclaves. La mémoire de leur dernière visite, faite il y a trois ans, était encore récente. Les Hollandais ne font point faire le service d'esclaves aux naturels de Boëro. La Compagnie tire ceux dont elle se

1. **Un levain de jalousie** : un germe de jalousie, un état d'esprit propre à entraîner la jalousie.

sert, ou de Célèbes ou de Ceram, les habitants de ces deux îles se vendant réciproquement.

Les Alfouriens sont libres sans être ennemis de la Compagnie. Satisfaits d'être indépendants, ils ne veulent point de ces babioles que les Européens donnent ou vendent en échange de la liberté. Ils habitent épars çà et là les montagnes inaccessibles dont est rempli l'intérieur de l'île. Ils y vivent de sagou, de fruits et de la chasse. On ignore quelle est leur religion ; seulement on dit qu'ils ne sont point mahométans, car ils élèvent et mangent des cochons. De temps en temps les chefs des Alfouriens viennent visiter le résident ; ils feraient aussi bien de rester chez eux.

Je ne sais s'il y a eu autrefois des épiceries sur cette île ; en tout cas il est certain qu'il n'y en a plus aujourd'hui. La Compagnie ne tire de ce poste que des bois d'ébène noirs et blancs, et quelques autres espèces de bois, très recherchées pour la menuiserie. Il y a aussi une belle poivrière dont la vue nous a confirmé que le poivrier est commun à la Nouvelle-Bretagne. Les fruits y sont rares ; des cocos, des bananes, des pamplemousses, quelques limons et citrons, des oranges amères et fort peu d'ananas. Il y croît une fort bonne espèce d'orge nommée *ottong* et le *sago borneo*, dont on fait une bouillie qui nous a paru détestable. Les bois sont habités par un grand nombre d'oiseaux d'espèces très variées et dont le plumage est charmant, entre autres des perroquets de la plus grande beauté. On y trouve cette espèce de chat sauvage qui porte ses petits dans une poche placée au bas de son ventre, cette chauve-souris dont les ailes ont une énorme envergure, des serpents monstrueux qui peuvent avaler un mouton, et cet autre serpent, plus dangereux cent fois, qui se tient sur les arbres et se darde dans les yeux des passants qui regardent en l'air. On ne connaît point de remèdes contre la piqûre de ce dernier ; nous en tuâmes deux dans une chasse de cerf. La rivière de Abbo, dont les bords sont presque partout couverts d'arbres touffus, est infestée de crocodiles énormes qui dévorent bêtes et gens. C'est la nuit qu'ils sortent, et il y a des exemples d'hommes enlevés par eux dans les pirogues. On les empêche d'approcher en portant des torches allumées. Le rivage de Boëro fournit peu de belles coquilles. Ces coquilles précieuses, objet de commerce pour les Hollandais, se trouvent sur la côte de Ceram, à Amblaw et à Banda, d'où on les envoie à Batavia. C'est aussi à Amblaw que se trouve le catacoua[1] de la plus belle espèce.

Henri Ouman, résident de Boëro, y vit en souverain. Il a cent esclaves pour le service de sa maison, et il possède en abondance le nécessaire et l'agréable. Il est sous-marchand, et ce grade est le troisième au service de la Compagnie. C'est un homme né à Batavia, lequel a épousé une créole d'Amboine. Je ne saurais trop me louer de ses bons procédés à notre égard. Ce fut sans doute pour lui un moment de crise que celui où nous entrâmes ici ; mais il se conduisit en homme d'esprit. Après s'être mis en règle vis-à-vis de ses chefs, il fit de bonne grâce ce dont il ne pouvait se dispenser, et il y joignit les façons d'un homme franc et généreux. Sa maison était la nôtre ; à toute heure on y trouvait à boire et à manger, et ce genre de politesse en vaut bien un autre, pour qui surtout se ressentait encore de la

1. **Le catacoua :** terme non identifiable. S'agit-il d'une confusion avec le nom du cacatoès, ou *kakatuwa* en malais, perroquet huppé ?

famine. Il nous donna deux repas de cérémonie, dont la propreté, l'élégance et la bonne chère nous surprirent dans un endroit si peu considérable. La maison de cet honnête Hollandais est jolie, élégamment meublée et entièrement à la chinoise. Tout y est disposé pour y procurer du frais, elle est entourée de jardins et traversée par une rivière. Du bord de la mer, on arrive par une avenue de grands arbres. Sa femme et ses filles, habillées à la chinoise, font très bien les honneurs du logis. Elles passent le temps à apprêter des fleurs pour des distillations, à nouer des bouquets et préparer du bétel[1]. L'air qu'on respire dans cette maison agréable est délicieusement parfumé, et nous y eussions tous fait bien volontiers un long séjour. Quel contraste de cette existence douce et tranquille avec la vie dénaturée que nous menions depuis dix mois !

Je dois dire un mot de l'impression qu'a faite sur Aotourou la vue de cet établissement européen. On conçoit que sa surprise a été grande à l'aspect d'hommes vêtus comme nous, de maisons, de jardins, d'animaux domestiques en grand nombre et si variés. Il ne pouvait se lasser de regarder tous ces objets nouveaux pour lui. Surtout il prisait beaucoup cette hospitalité exercée d'un air franc et de connaissance. Comme il ne voyait pas faire d'échange, il ne pensait pas que nous payassions, il croyait qu'on nous donnait. Au reste, il se conduisit avec esprit vis-à-vis des Hollandais. Il commença par leur faire entendre qu'il était chef dans son pays et qu'il voyageait pour son plaisir avec ses amis. Dans les visites, à table, à la promenade,

1. **Du bétel :** mélange à mâcher, aux effets toniques, composé de feuilles de tabac et de bétel, poivrier de Malaisie.

il s'étudiait à nous copier exactement. Comme je ne l'avais pas mené à la première visite que nous fîmes, il s'imagina que c'était parce que ses genoux sont cagneux[1], et il voulait absolument faire monter dessus des matelots pour les redresser. Il nous demandait souvent si Paris était aussi beau que ce comptoir.

Cependant nous avions embarqué, le 6 après midi, le riz, les bestiaux et tous les autres rafraîchissements. Le mémoire[2] du bon résident était fort cher ; mais on nous assura que les prix étaient réglés par la Compagnie et qu'on ne pouvait pas s'écarter de son tarif. Du reste, les vivres y étaient d'une excellente qualité ; le bœuf et le mouton ne sont pas à beaucoup près aussi bons dans aucun pays chaud de ma connaissance, et les volailles y sont de la plus grande délicatesse. Le beurre de Boëro a dans ce pays une réputation que les Bretons ne trouvèrent pas légitimement acquise. Le 7 au matin, je fis embarquer les malades, et on disposa tout pour appareiller le soir avec la brise de terre. Les vivres frais et l'air sain de Boëro avaient procuré à nos scorbutiques un amendement sensible[3]. Ce séjour à terre, quoiqu'il n'eût été que de six jours, les mettait dans le cas de se guérir à bord, ou du moins de ne pas empirer avec l'usage des rafraîchissements que nous étions désormais en état de leur donner.

Il eût sans doute été à souhaiter pour eux, et même pour les gens sains, de prolonger la relâche ; mais la fin de la mousson de l'est nous pressait de partir pour Batavia.

1. **Cagneux :** tournés en dedans.
2. **Le mémoire :** le document comptabilisant les dépenses.
3. **Un amendement sensible :** une nette amélioration de leur état de santé.

REPÈRES

1. Dans quelle région du Pacifique les Hollandais ont-ils leurs établissements ? Quel est le nom de leur organisation commerciale ?

OBSERVATION

2. Quel aspect les côtes de Boëro offrent-elles ? En quoi sont-elles à la fois exotiques et familières ?
3. Pourquoi le résident n'est-il pas « *maître chez lui* » (l. 198-199) ?
4. Par quels moyens les Hollandais assurent-ils leur domination sur les peuples indigènes ? Par quels termes peut-on résumer cette manière de s'assurer le pouvoir ?
5. « *cette espèce de chat sauvage qui porte ses petits dans une poche placée au bas de son ventre* » (l. 356-357) : de quel animal peut-il s'agir ?

INTERPRÉTATIONS

6. Quelles explications donnez-vous à l'interdiction faite aux navires étrangers de relâcher dans les ports des Moluques ?
7. « *Ils feraient aussi bien de rester chez eux.* » (l. 339-340) : comment expliquez-vous cette remarque ?

DE LA LECTURE À L'ÉCRITURE

8. Bougainville et ses compagnons ont eu l'occasion de chasser le cerf, occupation au cours de laquelle ils semblent avoir fait connaissance avec une partie de la faune sauvage de l'île : faites le récit d'un épisode de chasse au cerf. Vous imaginerez que vous êtes l'auteur lui-même, ou l'un des membres d'équipage.

XI. La Compagnie des Indes

Chapitre XV

Description du riche établissement hollandais de Batavia.

[...] Pendant que nous restâmes ici, les principaux[1] de Batavia s'empressèrent à nous en rendre le séjour agréable. De grands repas à la ville et à la campagne, des concerts, des promenades charmantes, la variété de cent objets réunis ici et presque tous nouveaux pour nous, le coup d'œil de l'entrepôt du plus riche commerce de l'univers ; mieux que cela, le spectacle de plusieurs peuples qui, bien qu'opposés entièrement pour les mœurs, les usages, la religion, forment cependant une même société ; tout concourait à amuser les yeux, à instruire le navigateur, à intéresser même le philosophe. Il y a de plus ici une comédie qu'on dit assez bonne ; nous n'avons pu juger que de la salle qui nous a paru jolie : n'entendant pas la langue, ce fut bien assez pour nous d'y aller une fois. Nous fûmes infiniment plus curieux des comédies chinoises quoique

1. **Les principaux** : voir note 1, p. 177.

nous n'entendissions pas mieux ce qui s'y débitait ; il ne serait pas fort agréable de les voir tous les jours, mais il faut en avoir vu une de chaque genre. Indépendamment des grandes pièces qui se représentent sur un théâtre, chaque carrefour dans le quartier chinois a ses tréteaux, sur lesquels on joue tous les soirs des petites pièces et des pantomimes[1]. *Du pain et des spectacles*, demandait le peuple romain ; il faut aux Chinois du commerce et des farces. Dieu me garde de la déclamation de leurs acteurs et actrices qu'accompagnent toujours quelques instruments. C'est la charge du récitatif[2] obligé, et je ne connais que leurs gestes qui soient encore plus ridicules. Au reste, quand je parle de leurs acteurs, c'est improprement ; ce sont des femmes qui font les rôles d'hommes. Au surplus, et on en tirera telles conclusions qu'on voudra, j'ai vu les coups de bâton prodigués sans mesure sur les planches chinoises y avoir un succès tout aussi brillant que celui dont ils jouissent à la comédie italienne et chez Nicolet[3].

Nous ne nous lassions point de nous promener dans les environs de Batavia. Tout Européen, accoutumé même aux plus grandes capitales, serait étonné de la magnificence de ses dehors. Ils sont enrichis de maisons et de jardins superbes, entretenus avec ce goût et cette propreté qui frappent dans tous les pays hollandais. Je ne craindrai pas de dire qu'ils surpassent en beauté et en richesses ceux de nos plus grandes villes de France, et qu'ils approchent de la magnificence des environs de

1. **Des pantomimes :** des pièces mimées.
2. **Du récitatif :** partie d'un opéra où les chanteurs s'expriment en parlant de façon cadencée, avec accompagnement. Manière de s'exprimer entre le chant et la parole.
3. **Nicolet :** acteur forain et entrepreneur de spectacles à Paris (1728-1796).

Paris. Je ne dois pas oublier un monument qu'un particulier y a élevé aux muses. Le sieur Mohr, premier curé de Batavia, homme riche à millions, mais plus estimable par ses connaissances et son goût pour les sciences, y a fait construire, dans le jardin d'une de ses maisons, un observatoire qui honorerait toute maison royale. Cet édifice, qui est à peine fini, lui a coûté des sommes immenses. Il fait mieux encore, il y observe lui-même. Il a tiré d'Europe les meilleurs instruments en tout genre, nécessaires aux observations les plus délicates, et il est en état de s'en servir. Cet astronome, le plus riche sans contredit des enfants d'Uranie[1], a été enchanté de voir M. Verron. Il a voulu qu'il passât les nuits dans son observatoire ; malheureusement il n'y en a pas eu une seule qui ait été favorable à leurs désirs. M. Mohr a observé le dernier passage de Vénus, et il a envoyé ses observations à l'Académie de Harlem ; elles serviront à déterminer avec précision la longitude de Batavia.

Il s'en faut bien que cette ville, quoique belle, réponde à ce qu'annoncent ses dehors. On y voit peu de grands édifices, mais elle est bien percée ; les maisons sont commodes et agréables ; les rues sont larges et ornées la plupart d'un canal bien revêtu et bordé d'arbres, qui sert à la propreté et à la commodité. Il est vrai que ces canaux entretiennent une humidité malsaine qui rend le séjour de Batavia pernicieux aux Européens. On attribue aussi en partie le danger de ce climat à la mauvaise qualité des eaux ; ce qui fait que

1. **Uranie :** la muse de l'astronomie.

les gens riches ne boivent ici que des eaux de Selse[1], qu'ils font venir de Hollande à grands frais. Les rues ne sont point pavées, mais de chaque côté il y a un large et beau parapet revêtu de pierres de taille ou de briques, et la propreté hollandaise ne laisse rien à désirer pour l'entretien de ces trottoirs. Je ne prétends pas, au reste, donner une description détaillée de Batavia, sujet épuisé tant de fois. On aura l'idée de cette ville fameuse en sachant qu'elle est bâtie dans le goût des belles villes de la Hollande, avec cette différence que les tremblements de terre imposent la nécessité de ne pas élever beaucoup les maisons, qui n'ont ici qu'un étage. Je ne décrirai point non plus le camp des Chinois, lequel est hors de la ville, ni la police[2] à laquelle ils sont soumis, ni leurs usages, ni tant d'autres choses déjà dites et redites.

On est frappé du luxe établi à Batavia ; la magnificence et le goût qui décorent l'intérieur de presque toutes les maisons annoncent la richesse des habitants. Ils nous ont cependant dit que cette ville n'était plus, à beaucoup près, ce qu'elle avait été. Depuis quelques années, la Compagnie a défendu aux particuliers le commerce d'Inde en Inde, qui était pour eux la source d'une immense circulation de richesses. Je ne juge point ce nouveau règlement de la Compagnie ; j'ignore ce qu'elle gagne à cette prohibition[3]. Je sais seulement que les particuliers attachés à son service ont encore le secret de tirer trente, quarante, cent, jusqu'à deux cent

1. **Des eaux de Selse :** des eaux de Seltz, village de Prusse où se trouvaient des sources d'eau gazeuse acidulée.
2. **La police :** la réglementation.
3. **Cette prohibition :** cette interdiction.

mille livres de revenu d'emplois qui ont de gages quinze cents, trois mille, six mille livres au plus. Or presque tous les habitants de Batavia sont employés de la Compagnie. Cependant il est sûr qu'aujourd'hui le prix des maisons, à la ville et à la campagne, est plus des deux tiers au-dessous de leur ancienne valeur. Toutefois Batavia sera toujours riche du plus au moins ; et par le secret dont nous venons de parler, et parce qu'il est difficile à ceux qui ont fait fortune ici de la faire repasser en Europe. Il n'y a de moyen d'y envoyer ses fonds que par la Compagnie qui s'en charge à huit pour cent d'escompte[1] ; mais elle n'en prend que fort peu à la fois à chaque particulier. Ces fonds d'ailleurs ne se peuvent envoyer en fraude, l'espèce d'argent qui circule ici perdant en Europe vingt-huit pour cent. La Compagnie se sert de l'empereur de Java pour faire frapper une monnaie particulière qui est la monnaie des Indes.

Nulle part, dans le monde, les états[2] ne sont moins confondus qu'à Batavia ; les rangs y sont assignés à chacun ; des marques extérieures les constatent d'une façon immuable et la sérieuse étiquette[3] est plus sévère ici qu'elle ne le fut jamais à aucun congrès. La haute régence, le conseil de justice, le clergé, les employés de la Compagnie, les officiers de marine et enfin le militaire, telle y est la gradation des états.

La haute régence est composée du général qui y préside, des conseillers des Indes, dont le titre est *edel-*

1. **D'escompte :** d'intérêts.
2. **Les états :** les différentes catégories sociales.
3. **La sérieuse étiquette :** l'ensemble des usages et des conventions qui règlent les pratiques sociales.

heers, du président du conseil de justice et de l'amiral. Elle s'assemble au château deux fois par semaine. Les conseillers des Indes sont aujourd'hui au nombre de seize, mais ils ne sont pas tous à Batavia. Quelques-uns ont les gouvernements importants du cap de Bonne-Espérance, de Ceylan, de la côte de Coromandel, de la partie orientale de Java, des Macassar et d'Amboine, et ils y résident. Ces *edel-heers* ont la prérogative de faire dorer en plein leurs voitures, devant lesquelles ils ont deux coureurs[1], tandis que les particuliers n'en peuvent avoir qu'un. Il faut, de plus, que tous les carrosses s'arrêtent quand ceux des *edel-heers* passent ; et alors, hommes et femmes sont obligés de se lever. Le général, outre cette distinction, est le seul qui puisse aller à six chevaux ; il est toujours suivi d'une garde à cheval, ou au moins des officiers de cette garde et de quelques ordonnances[2] ; lorsqu'il passe, hommes et femmes sont obligés de descendre de leurs voitures, et il n'y a que celles des *edel-heers* qui chez lui puissent entrer jusqu'au perron. Ils ont seuls les honneurs du Louvre[3]. J'en ai vu quelques-uns assez sensés pour rire en particulier avec nous de ces magnifiques prérogatives.

Le conseil de justice juge souverainement et sans appel, au civil comme au criminel. Il y a vingt ans qu'il condamna à mort un gouverneur de Ceylan. Cet *edel-heers* fut convaincu d'avoir commis d'horribles concussions[4] dans son gouvernement et exécuté à Batavia

1. **Deux coureurs :** deux cavaliers qui précèdent la voiture.
2. **Quelques ordonnances :** officiers chargés d'accompagner un dignitaire.
3. **Les honneurs du Louvre :** le Louvre était le palais parisien des rois de France.
4. **D'horribles concussions :** d'horribles malversations ayant pour but l'enrichissement personnel.

dans la place qui est vis-à-vis de la citadelle. Au reste, la nomination du général des Indes, celle des *edel-heers* et des conseillers de justice vient d'Europe. Le général et la haute régence de Batavia proposent aux autres emplois, et leur choix est toujours ratifié en Hollande. Toutefois, le général nomme en dernier ressort à toutes les places militaires. Un des plus considérables et des meilleurs emplois pour le revenu, après les gouvernements, est celui de commissaire de la campagne. Cet officier a l'inspection sur tout ce qui fait le domaine de la Compagnie dans l'île de Java, même sur les possessions et la conduite des divers souverains de l'île ; il a de plus la police absolue sur les Javans sujets de la Compagnie. Cette police est fort sévère, et les fautes un peu graves sont punies de supplices rigoureux. La constance des Javans à souffrir des tourments barbares est incroyable ; mais, quand on les exécute, il faut leur laisser des caleçons blancs et surtout ne pas leur trancher la tête. La Compagnie même compromettrait son autorité en refusant d'avoir pour eux cette complaisance ; les Javans se révolteraient. La raison en est simple : comme il est de foi dans leur religion qu'ils seraient mal reçus dans l'autre monde s'ils arrivaient décapités et sans caleçons blancs, ils osent croire que le despotisme n'a de droit sur eux que dans celui-ci.

Un autre emploi fort recherché, dont les fonctions sont belles et le revenu considérable, c'est celui de sabandar ou ministre des étrangers. Ils sont deux, le sabandar des chrétiens et celui des païens. Le premier est chargé de tout ce qui regarde les étrangers européens. Le second a le détail de toutes les affaires relatives aux diverses nations de l'Inde, en y comprenant les Chinois. Ceux-ci sont les courtiers[1] de tout le commerce intérieur de Batavia, où leur nombre passe aujourd'hui celui de cent mille. C'est aussi à leur travail et à leurs soins que les marchés de cette grande ville doivent l'abondance qui y règne depuis quelques années. Tel est, au reste, l'ordre des emplois au service de la Compagnie, assistant, teneur de livres, sous-marchand, marchand, grand marchand, gouverneur. Tous ces grades civils ont un uniforme, et les grades militaires ont une espèce de correspondance avec eux. Par exemple, le major a rang de grand marchand, le capitaine de sous-marchand, etc., mais les militaires ne peuvent jamais parvenir aux places de l'administration sans changer d'état. Il est tout simple que, dans une Compagnie de commerce, le corps militaire n'ait aucune influence. On ne l'y regarde que comme un corps soudoyé[2], et cette idée est ici d'autant plus juste qu'il n'est entièrement composé que d'étrangers.

La Compagnie possède en propre une portion considérable de l'île de Java. Toute la côte du nord à l'est de Batavia lui appartient. Elle a réuni, depuis plusieurs années, à son domaine, l'île Maduré, dont le souverain s'était révolté, et le fils est aujourd'hui gouverneur de cette même île dont son père était roi. Elle a de même profité de la révolte du roi de Balimbuam pour s'approprier cette belle province qui fait la pointe orientale de Java. Ce prince, frère de l'empereur, honteux d'être soumis à des marchands et conseillé, dit-on, par les

1. **Les courtiers** : les intermédiaires entre les personnes qui effectuent des transactions.

2. **Soudoyé** : acheté, payé. Les militaires de la Compagnie ne sont rien d'autre que des mercenaires.

Anglais qui lui avaient fourni des armes, de la poudre, et même construit un fort, voulut secouer le joug[1]. Il en a coûté deux ans et de grandes dépenses à la Compagnie pour le soumettre, et cette guerre venait d'être terminée deux mois avant que nous arrivassions à Batavia. Les Hollandais avaient eu le désavantage dans une première bataille ; mais dans une seconde, le prince indien a été pris avec toute sa famille et conduit dans la citadelle de Batavia, où il est mort peu de jours après. Son fils et le reste de cette famille infortunée devaient être embarqués sur les premiers vaisseaux et conduits au cap de Bonne-Espérance, où ils finiront leurs jours sur l'île Roben.

Le reste de l'île Java est divisé en plusieurs royaumes. L'empereur de Java, dont la résidence est dans la partie méridionale de l'île, a le premier rang, ensuite le sultan de Mataran et le roi de Bantam. Tseribon est gouverné par trois rois vassaux[2] de la Compagnie, dont l'agrément est aussi nécessaire aux autres souverains pour monter sur leur trône précaire. Il y a chez tous ces rois une garde européenne qui répond de leur personne. La Compagnie a de plus quatre comptoirs fortifiés chez l'empereur, un chez le sultan, quatre à Bantam et deux à Tseribon. Ces souverains sont obligés de donner à la Compagnie leurs denrées aux taux d'un tarif qu'elle-même a fait. Elle en tire du riz, des sucres, du café, de l'étain, de l'arak[3], et leur fournit seule l'opium dont les Javans font une grande consommation, et dont la vente produit des profits considérables.

1. **Secouer le joug :** ébranler la domination des Hollandais.
2. **Vassaux :** soumis à.
3. **De l'arak :** alcool obtenu à partir du riz ou de la canne à sucre.

Batavia est l'entrepôt de toutes les productions des Moluques. La récolte des épiceries s'y apporte tout entière ; on charge chaque année sur les vaisseaux ce qui est nécessaire pour la consommation de l'Europe et on brûle le reste. C'est ce commerce seul qui assure la richesse, je dirai même l'existence de la Compagnie des Indes hollandaises ; il la met en état de supporter les frais immenses auxquels elle est obligée, et les déprédations[1] de ses employés aussi fortes que ses dépenses mêmes. C'est aussi sur ce commerce exclusif et sur celui de Ceylan qu'elle dirige ses principaux soins. Je ne dirai rien sur Ceylan que je ne connais pas ; la Compagnie vient d'y terminer une guerre ruineuse, avec plus de succès qu'elle n'a pu faire celle du golfe Persique, où ses comptoirs ont été détruits. Mais, comme nous sommes presque les seuls vaisseaux du roi qui aient pénétré dans les Moluques, on me permettra quelques détails sur l'état actuel de cette importante partie du monde, que son éloignement et le silence des Hollandais dérobent à la connaissance des autres nations. [...]

1. **Les déprédations :** les vols.

REPÈRES

1. Où se situe la ville de Batavia ? Pourquoi est-elle si importante ? Que signifie ce nom de « Batavia » ? Quel est son nom actuel ?

OBSERVATION

2. Pourquoi le spectacle de la ville de Batavia intéresse-t-il tant « *le philosophe* » (l. 12) ?
3. Quelles sont les critiques formulées à l'encontre du théâtre chinois ? Qu'est-ce qui le distingue du théâtre européen ?
4. À quelle autre ville les rues et canaux de Batavia font-ils penser ? Que révèle cette comparaison ?
5. Pourquoi le roi de Balimbuam aurait-il pu être conseillé par les Anglais dans sa révolte (l. 215-218) ?
6. Pourquoi le trône des rois de Java est-il « *précaire* » (l. 236) ?

INTERPRÉTATIONS

7. Avec quelle autre ville rencontrée au cours du voyage peut-on comparer Batavia ? Quels sont les points communs entre les deux localités ? Quelles sont les différences ?
8. Comment peut-on expliquer la présence et l'importance de la communauté chinoise à Batavia ?

DE LA LECTURE À L'ÉCRITURE

9. D'après la description du comptoir de Batavia, relevez l'ensemble des éléments qui composent cette ville : quartiers, rues, places, jardins, maisons, bâtiments officiels… À partir de ce relevé, imaginez et dressez le plan de la localité. Vous pourrez vous inspirer du plan d'une ville de votre choix, comparable à Batavia.

Une ville à l'occidentale

À Batavia, principal comptoir hollandais de la Compagnie des Indes orientales, Bougainville va découvrir une version miniature et orientale d'une capitale européenne.
Batavia offre le spectacle d'une ville européenne. L'auteur insiste sur la beauté de ce lieu que l'on peut comparer aux grandes villes d'Europe et même à la capitale des capitales, Paris (l. 45). L'urbanisme et la propreté, en particulier avec les canaux, permettent à l'observateur de dire que Batavia est « *bâtie dans le goût des belles villes de la Hollande* ». Transposition de ce pays dans la partie orientale du monde, comme le rappelle son nom, elle joue de fait le rôle d'une métropole. On y rencontre l'ensemble des bâtiments qu'on s'attendrait à trouver dans une cité européenne, un théâtre, une citadelle, et même un observatoire très admirable. Les colons hollandais y ont donc reconstitué un cadre familier. Cependant Bougainville précise que la taille des édifices et des maisons y est réduite, en partie à cause des tremblements de terre. Même si cette information n'apparaît pas, on peut supposer que la population européenne du lieu, composée essentiellement d'employés de la Compagnie, reste assez réduite.

Une société sur le modèle européen

L'organisation sociale de la ville repose sur les principes de la société européenne d'Ancien Régime, c'est-à-dire sur une hiérarchie fortement marquée et la distinction des états ; cette organisation paraît même plus marquée qu'en Europe : « *Nulle part, dans le monde, les états ne sont moins confondus qu'à Batavia.* » (l. 120-121). L'auteur relève le caractère ridicule de l'étiquette qui y règne, aussi sérieuse et lourde que celle du Louvre. Il ne va pas au-delà de la simple observation, mais ses notations relèvent d'une analyse pertinente de la société coloniale qui, on le sait, a tendance à accentuer les distinctions sociales gouvernant la société métropolitaine. Les causes en sont les lourdeurs d'une administration omniprésente, aspect que la description de Bougainville met largement en valeur, et la concentration des charges et des responsabilités sur un petit nombre d'individus formant à eux seuls toute la société. Il semble en effet qu'aucun Hollandais n'appartienne aux couches subalternes de la population de Batavia.

Une large population hétérogène

Le caractère occidental de Batavia s'arrête en effet à la petite société hollandaise et à ses beaux quartiers. Comme tout comptoir européen, Batavia abrite une population très hétéroclite d'indigènes, les Javans, et de marchands venus d'ailleurs, les Chinois. Ces nations, si elles participent à la prospérité de la ville, vivent en retrait et sous la domination des responsables hollandais. L'auteur indique ainsi que le « *camp* » des Chinois (entendons leur quartier) se situe hors de la ville. Nous savons également, d'après les descriptions de la ville, que les Javans étaient regroupés de la même manière. Bougainville précise que ces deux communautés sont soumises à une police très stricte. L'empereur de Java lui-même est soumis aux règlements de la Compagnie.

Ainsi, à travers cette description de Batavia, l'auteur offre à ses lecteurs un tableau judicieux de la présence et de la domination européenne dans une partie éloignée du monde. Aujourd'hui encore, ce témoignage est susceptible d'alimenter notre réflexion, car il met en évidence une réalité, la colonisation, qui appartient à une histoire récente. Dans l'œuvre elle-même, il répond à un autre tableau, celui de la ville de Buenos Aires ; la comparaison de ces deux cités européennes implantées sur des terres étrangères révèle de nombreuses analogies malgré leur éloignement et leurs histoires différentes.

XII. Le retour

CHAPITRE XVI

Sur la route du retour, l'expédition fait escale au cap de Bonne-Espérance.

[...] NOUS eûmes tout lieu de nous louer du gouverneur et des habitants du cap de Bonne-Espérance ; ils s'empressèrent de nous procurer l'utile et l'agréable. Je ne m'arrêterai point à décrire cette place que tout le monde connaît. Le cap relève immédiatement de l'Europe et n'est point dans la dépendance de Batavia, ni pour l'administration militaire et civile, ni pour la nomination des emplois. Il suffit même d'en avoir exercé un au cap pour n'en pouvoir posséder aucun à Batavia. Cependant le conseil du cap correspond avec celui de Batavia pour les affaires de commerce. Il est composé de huit personnes, du nombre desquelles est le gouverneur qui en est le président. Le gouverneur n'entre point dans le conseil de justice auquel préside le commandant en second ; seulement il signe les arrêts de mort.

Il y a un poste militaire à False-baye et un à la Baie de Saldagna. Cette dernière, qui forme un port superbe à l'abri de tous les vents, n'a pu devenir le chef-lieu parce qu'il n'y a pas d'eau. On travaille maintenant à augmenter l'établissement de False-baye ; c'est où les vaisseaux mouillent pendant l'hiver, quand la baie du cap est interdite. On y trouve les mêmes secours et à tout aussi bon compte qu'au cap. Il y a par terre huit lieues de mauvais chemin d'un de ces lieux à l'autre.

À peu près à moitié chemin des deux est le canton de Constance, qui produit le fameux vin de ce nom. Ce vignoble, où l'on cultive des plants de muscat d'Espagne, est fort petit, mais il est faux qu'il appartienne à la Compagnie et qu'il soit, comme on le croit ici, entouré de murs et gardé. On le distingue en haut Constance et petit Constance, séparés par une haie, et appartenant à deux propriétaires différents. Le vin qui s'y recueille est à peu près égal en qualité, quoique chacun des deux Constances ait ses partisans. Il se fait, année commune, cent vingt à cent trente barriques de ce vin, dont la Compagnie prend un tiers à un prix tarifé, le reste se vend aux acheteurs qui se présentent. Le prix actuel est de trente piastres l'alvrame ou le baril de soixante et dix bouteilles de vin blanc, trente-cinq piastres l'alvrame de rouge. Mes camarades et moi nous allâmes dîner chez M. de Vanderspie, propriétaire du haut Constance. Il nous fit la meilleure chère[1] du monde, et nous y bûmes beaucoup de son vin, soit en dînant, soit en goûtant des différentes pièces pour faire notre emplette.

Les plantations des Hollandais se sont fort étendues sur toute la côte, et l'abondance y est partout le fruit

1. **La meilleure chère** : les meilleurs repas.

de la culture, parce que le cultivateur, soumis aux seules lois, y est libre et sûr de sa propriété. Il y a des habitants jusqu'à près de cent cinquante lieues de la capitale ; car les Hottentots[1] ne les molestent point. Un des plus belles parties de la colonie du cap est celle à laquelle on a donné le nom de petite Rochelle. C'est une peuplade de Français chassés de leur patrie par la révocation de l'édit de Nantes. Elle surpasse toutes les autres par la fécondité du terrain et l'industrie des colons. Ils ont conservé à cette mère adoptive le nom de leur ancienne patrie, qu'ils aiment toujours, toute rigoureuse qu'elle leur a été.

Le gouvernement envoie de temps en temps des caravanes visiter l'intérieur du pays. Il s'en est fait une de huit mois en 1763. Le détachement perça dans le nord et fit, m'a-t-on assuré, des découvertes importantes ; ce voyage n'eut pas cependant le succès qu'on devait s'en promettre ; le mécontentement et la discorde se mirent dans le détachement et forcèrent le chef à revenir sur ses pas, laissant ses découvertes imparfaites. Les Hollandais avaient eu connaissance d'une nation jaune, dont les cheveux sont longs, et qui leur a paru très farouche.

C'est dans ce voyage que l'on a trouvé le quadrupède de dix-sept pieds de hauteur, dont j'ai remis le dessin à M. de Buffon[2] ; c'était une femelle qui allaitait un faon dont la hauteur n'était encore que de sept pieds. On tua la mère, le faon fut pris vivant, mais il mourut après quelques jours de marche. M. de Buffon m'a assuré que cet animal est celui que les naturalistes

1. **Les Hottentots :** peuple indigène de l'Afrique du Sud.
2. **M. de Buffon :** le célèbre naturaliste, contemporain de Bougainville.

nomment la girafe. On n'en avait pas revu depuis celui qui fut apporté à Rome du temps de César, et montré à l'amphithéâtre. On a aussi trouvé il y a trois ans, et apporté au cap, où il n'a vécu que deux mois, un quadrupède d'une grande beauté, lequel tient du taureau, du cheval et du cerf, et dont le genre est absolument nouveau. J'ai pareillement remis à M. de Buffon le dessin exact de cet animal dont je crois que la force et la vitesse égalent la beauté. Ce n'est pas sans raison que l'Afrique a été nommée la mère des monstres. [...]

Depuis le cap de Bonne-Espérance, La Boudeuse *a subi des dommages importants qui rendent l'arrivée à bon port opportune.*

Déterminé à entrer à Brest, j'avais pris le parti de louvoyer avec des vents variables du sud-ouest au nord-ouest, lorsque, le 15 au matin, on vint m'avertir que le mât de misaine menaçait de se rompre au-dessous du capelage[1]. La secousse qu'il avait reçue dans la rupture de sa vergue[2] avait augmenté son mal ; et, quoique nous en eussions soulagé la tête en abaissant sa vergue, faisant le ris dans la misaine et tenant le petit hunier sur le ton avec tous ses ris faits, cependant nous reconnûmes, après un examen attentif, que ce mât ne résisterait pas longtemps au tangage que la grosse mer nous faisait éprouver *au plus près* ; d'ailleurs toutes nos manœuvres et poulies étaient pourries, et nous n'avions

1. **Capelage :** cordage qui entoure l'extrémité d'une vergue ou d'un mât.
2. **Sa vergue :** voir « Petit lexique de la marine », p. 283.

plus de rechange ; quel moyen, dans un état pareil, de combattre entre deux côtes contre le gros temps de l'équinoxe ? Je pris donc le parti de faire vent arrière, et de conduire la frégate à Saint-Malo. C'était alors le port le plus prochain qui pût nous servir d'asile. J'y entrai le 16 après midi, n'ayant perdu que sept hommes pendant deux ans et quatre mois écoulés depuis notre sortie de Nantes.

Puppibus et laeti Nautae imposuere coronas.
Virgil. Aeneid. IV[1].

Nota. Sur cent vingt hommes dont était composé l'équipage de M. de la Giraudais, il n'en a perdu que deux de maladie pendant le voyage. Il est rentré en France le 14 avril, un mois juste après nous.

1. ***Puppibus et laeti Nautae imposuere coronas. Virgil. Aeneid. IV*** : « Joyeux, les marins ont placé des couronnes sur leurs poupes », Virgile, *Éneide* (chant IV, v. 418) ; les couronnes placées à la poupe honoraient le dieu protecteur du navire dont l'image était fixée à cette place.

REPÈRES

1. À quel ensemble le cap de Bonne-Espérance appartient-il ?
2. En quoi ce lieu est-il si important ? Quel rôle a-t-il joué dans l'histoire de la navigation et des grandes découvertes ?

OBSERVATION

3. Quelle est la particularité du vignoble de Constance ?
4. Qui sont les habitants de *petite Rochelle* ? Pourquoi se sont-ils installés au cap de Bonne-Espérance ?
5. Quel est l'animal « *dont le genre est absolument nouveau* » (l. 84-85) décrit par Bougainville ?
6. Pourquoi l'auteur parle-t-il de monstres à propos des animaux d'Afrique ?

INTERPRÉTATIONS

7. « *Nous eûmes tout lieu de nous louer du gouverneur et des habitants du cap de Bonne-Espérance* » (l. 1-2) : en rapportant cette observation aux deux escales précédentes, quelles conclusions peut-on tirer des Hollandais présents dans les comptoirs de la Compagnie des Indes orientales ? En quoi peut-on les opposer à la rigidité de l'administration de la Compagnie ?
8. « *Elle surpasse toutes les autres par la fécondité du terrain et l'industrie des colons.* » (l. 56-58) : quels sont le sens et l'intérêt de ce jugement concernant *petite Rochelle* ?
9. Quelle peut être la nation « *jaune* » découverte par les Hollandais (l. 69) ?

Comment lire l’œuvre

Chronologie du voyage

La structure du récit de Bougainville est conforme aux attentes du lecteur, qui s'attend à trouver dans l'œuvre le compte rendu exact d'un voyage autour du monde, réel et non fictif. L'œuvre suit donc la chronologie de cette expédition qui dura près de trois ans. Après la traditionnelle adresse au Roi et un discours préliminaire qui donne le contexte de cette entreprise extraordinaire, ainsi que les enjeux de sa publication, les seize chapitres constituant le *Voyage autour du monde* correspondent aux différentes étapes du périple.

1766

15 novembre : départ de *La Boudeuse* de Nantes.	**Chapitre I**
17 novembre : avarie de mâture.	
21 novembre : arrivée à Brest.	
6 décembre : départ de Brest.	
17 décembre : vue des îles Salvages.	
19 décembre : vue des îles Canaries.	

1767

9 janvier : passage de la Ligne (Équateur).	
31 janvier : arrivée à Montevideo.	**Chapitre II**
1er février : départ de *L'Étoile* de Rochefort.	
1er mars : départ de *La Boudeuse* de Montevideo pour les Malouines.	**Chapitre III**
22 mars : arrivée de *La Boudeuse* aux Malouines.	
1er avril : remise des îles à l'Espagne.	
1er mai : arrivée de *L'Étoile* à Montevideo.	
2 juin : départ de *La Boudeuse* des Malouines.	
13 juin : arrivée de *L'Étoile* à Rio de Janeiro.	

21 juin : arrivée de *La Boudeuse* à Rio de Janeiro.	
15 juillet : départ des deux navires de Rio.	**Chapitre IV**
31 juillet : arrivée à Montevideo.	**Chapitre V**
15 novembre : départ des deux navires.	**Chapitre VI**
2 décembre : arrivée en vue du cap des Vierges.	
5 décembre : entrée dans le détroit de Magellan.	
8 décembre : contacts avec les Patagons.	

1768

6 janvier : rencontre des Pécherais	**Chapitre VII (décembre 1767-janvier 1768)**
26 janvier : sortie du détroit de Magellan.	**Chapitre VIII**
21-28 mars : terres en vue. Archipel des Tuamotu.	
1er avril : arrivée en vue de Tahiti.	
6 avril : mouillage à Tahiti.	**Chapitres IX-X**
15 avril : départ de Tahiti.	**Chapitre XI**
2 mai : vue de l'archipel des Petites-Cyclades (îles Samoa).	
21-29 mai : passage aux Grandes-Cyclades (Nouvelles-Hébrides).	
5 juin : vue de la Grande Barrière d'Australie.	**Chapitre XII**
9-10 juin : vue de la pointe sud-est de la Nouvelle-Guinée.	
28 juin : passage en vue des îles Salomon.	
6 juillet : mouillage dans la baie de Port-Praslin (Kambotorosh), en Nouvelle-Irlande.	**Chapitre XIII**
2 septembre : mouillage à Bouro (Moluques).	
7 septembre : départ de Bouro et navigation dans les Moluques.	**Chapitre XIV**
28 septembre : arrivée à Batavia.	**Chapitre XV**
16 octobre : départ de Batavia.	**Chapitre XVI**
8 novembre : arrivée à l'île de France (île Maurice).	
11 décembre : départ de l'île de France.	

1769

1er janvier : départ de *L'Étoile* de l'île de France.	
8 janvier : arrivée de *La Boudeuse* au cap de Bonne-Espérance.	
17 janvier : départ de *La Boudeuse* pour la France.	
29-30 janvier : *La Boudeuse* en vue de Sainte-Hélène.	
31 janvier : arrivée de *L'Étoile* au Cap.	
4 février : relâche de *La Boudeuse* à l'île de l'Ascension.	
7 février : départ de *L'Étoile* du Cap.	
23 février : relâche de *L'Étoile* à l'Ascension.	
4 mars : *La Boudeuse* en vue de Terceira (Açores).	
16 mars : arrivée de *La Boudeuse* à Saint-Malo.	
24 avril : arrivée de *L'Étoile* à Rochefort.	

Composition : variations de rythme et répétition

Un récit aux multiples visages

Un voyage en trois temps

Tout récit repose sur une succession d'événements rapportés par un narrateur et accompagnés de passages descriptifs qui permettent de situer les acteurs et leurs actions dans un cadre. Le lecteur sera donc toujours particulièrement attentif à la succession de ces événements et à l'alternance entre narration et description, c'est-à-dire au rythme du récit. Bien que Bougainville n'ait pas écrit une histoire fictive, un récit d'aventures, mais la relation d'un voyage bien réel, en tant qu'auteur, il n'ignore pas que ces règles de composition commandent la rédaction d'une histoire : les changements de rythme vont à l'encontre d'une monotonie qui pourrait ennuyer le lecteur. La simple confrontation de la chronologie du voyage et de la succession des chapitres suffit à mettre en évidence les variations de rythme dans le *Voyage autour du monde*. Certaines périodes de temps relativement longues n'occupent qu'un espace assez réduit dans l'œuvre ; ainsi la fin du voyage depuis le départ de Batavia ne représente qu'un chapitre. D'autres épisodes qui, dans la chronologie, ne représentent qu'une petite partie du périple s'étendent sur un plus grand nombre de pages, voire plusieurs chapitres : les escales de Bouro (Boëro) et de Batavia sont longuement développées, l'épisode de l'arrestation des jésuites du Paraguay, qui n'est qu'une digression – « *Reprenons le récit de notre voyage* » (p. 89, l. 555) – occupe le chapitre V tout entier, mais surtout le séjour d'une dizaine de jours à Tahiti se voit consacrer plus de deux chapitres (fin du chap. VIII et chap. IX et X). De même, la seconde partie de la traversée du détroit de Magellan occupe à elle seule le chapitre VII, particulièrement riche en informations de toutes sortes. Bougainville a donc voulu mettre en valeur certains aspects de son voyage, et passer plus rapidement, voire garder le silence, sur d'autres.

Deux raisons président à ces choix. Il faut tout d'abord considérer l'auteur lui-même qui, rassemblant ses souvenirs et notes de voyage, constate que certains épisodes, certaines découvertes l'ont marqué plus que d'autres. Ainsi l'épisode tahitien se révèle l'apogée de ce tour du monde qui présentait cependant d'autres objectifs bien plus importants aux yeux des contemporains. Le philosophe Bougainville a rencontré à Tahiti un paradis des hommes, dont il gardera jusqu'à la fin de ses jours une profonde nostalgie. Voilà pourquoi il fait de cet épisode le centre dramatique de son récit : le séjour à Tahiti représente le cœur de l'œuvre, en quelque sorte le nœud dramatique, et toute la première partie semble être une ascension vers cet événement, tandis que la dernière est un retour progressif vers la réalité. Géographiquement, elle est un retour vers la civilisation européenne puisqu'à Batavia déjà, Bougainville renoue contact avec l'Europe ; spirituellement, elle est un après Tahiti : l'auteur semble regarder constamment en arrière en comparant tous les peuples rencontrés dans cette partie de son voyage à celui de Tahiti. Le fait même qu'il ait avec lui Aotourou, le seul « sauvage » à l'avoir accompagné, influe nécessairement sur cette manière de regarder le monde : avec ce gage de son amitié, Tahiti marque physiquement Bougainville de son empreinte. Les termes de l'auteur sont suffisamment explicites quant à la très grande affection qui naîtra entre les deux hommes. On pourrait ainsi rythmer le voyage en trois temps : avant, pendant, après Tahiti. Tahiti devient une date, un repère symbolique. De fait, c'est cet aspect du voyage de Bougainville qui va faire rêver l'Europe de la fin du XVIIIe siècle et au-delà, et Diderot sera le premier rêveur. Cette contrée paradisiaque fait entrer le merveilleux dans une relation qui se veut avant tout scientifique.

Au cœur des débats

Bougainville pense aussi à ses lecteurs. Bien qu'il affirme dès son discours préliminaire que son livre est avant tout le récit d'un marin, ses lecteurs ne sont ni des marins ni des savants : certains le sont, mais la plupart sont les hommes et les femmes des salons, amateurs d'exotisme et de philosophie. C'est auprès de ces lecteurs qu'il fallait être convaincant, puisque le monde scientifique et les marins se montraient réticents à l'égard de l'entreprise de Bougainville. L'auteur se situe donc au cœur des débats de son temps. Le chapitre sur les jésuites, s'il n'est qu'une digression et une péripétie du voyage, n'en est pas moins au cœur des polémiques du moment sur la religion et la place des gens d'Église au sein de la société. D'autre part, il permet à l'auteur de « *régler un compte* » avec les principaux adversaires de l'*Encyclopédie*, initiée par son maître d'Alembert. Les épisodes de Bouro et de Batavia, la description de Buenos Aires constituent des témoignages sur l'organisation de la société humaine et sur la confrontation de différents modèles sociaux et de différents peuples. À ce titre, ils sont au cœur des réflexions philosophiques des Lumières. Quant à la description des Patagons, elle devait mettre un terme à la discussion passionnée qui agitait alors philosophes et scientifiques sur la taille de ce peuple : les Patagons étaient-ils des géants de deux mètres ou plus, selon l'affirmation du voyageur anglais Lord Anson ? Cette ultime « merveille » devait être soumise à l'examen d'un esprit philosophique.

Un récit scientifique

Un modèle de méthode et de rigueur

Bougainville n'oublie pas tout à fait les savants et les marins qu'il n'a pas encore réussi à persuader. Les apports du voyage sur les techniques de la navigation et la connaissance des mers ne sont pas négligeables. Le premier tour du monde d'un officier de la Marine royale française fut une brillante réussite du point de vue de la navigation. Bougainville sut en effet résoudre le problème essentiel du point à la mer, par la détermination, non seulement de la latitude, habituelle déjà, mais aussi de la longitude, encore exceptionnelle et très imprécise – cela par la méthode des distances lunaires appliquée, pour la première fois, dans d'assez bonnes conditions et de façon courante. De même, les relevés systématiques de côtes et de profondeurs, effectués au cours de ce voyage entrepris « *la sonde à la main* », selon les termes de Diderot, ont fourni aux successeurs de Bougainville un modèle de méthode et de rigueur. En plus des connaissances qu'il apporte à la cartographie et aux techniques de navigation, Bougainville pose donc un certain nombre de principes et de règles pour les voyages à venir. Tel est le rôle de la répétition dans son récit de données et d'informations qui peuvent parfois sembler arides et dénuées d'intérêt pour le lecteur profane. L'auteur multiplie les relevés de sonde, de points, de côtes, etc., qui auraient pu rester consignés dans son journal de bord mais se révèlent nécessaires pour légitimer son œuvre et lui donner un caractère scientifique. D'où la monotonie de certains passages, mais qui est avant tout celle d'un long voyage autour du monde au cours duquel on ne rencontre pas que des peuples et des contrées exotiques ; le quotidien des navigateurs consiste aussi en longues périodes d'errance et d'attente d'une terre à venir, sur une mer toujours identique.

Un schéma invariable

Cette répétition systématique d'observations précises ne s'arrête pas à la géographie, mais s'attache également aux peuples rencontrés. L'auteur ne se laisse pas aller à la facilité de l'exotisme et porte sur les hommes aussi le regard d'un scientifique. En dépit de ses affirmations, Bougainville demeure un homme des Lumières, fortement imprégné d'esprit philosophique. Il semble vouloir être le type même du navigateur selon les vœux de Rousseau, qui se plaignait, dans le *Discours sur les origines et les fondements de l'inégalité*, que nombre de voyageurs « *grossiers* » fussent plus préoccupés « *des pierres et des plantes* » que des hommes et des mœurs. On distingue dans le *Voyage autour du monde* l'influence de l'*Encyclopédie*, de Buffon et de Pauw (l'auteur des *Recherches philosophiques sur les Américains*, Berlin, 1768). On discerne très bien les traces de ces trois influences, la première au niveau de la description des mœurs des sauvages, la seconde au niveau de l'interprétation de certains faits, la troisième dans l'inventaire de divers instruments des sauvages. Il suffit de comparer les observations de Bougainville sur les sauvages du Canada rédigées en 1756 et le *Voyage autour du monde*. Là, le pittoresque ou le trait moral l'emportent sur les détails concrets, ici, le langage est volontiers technique et les objets (hameçons, filets, pirogues à balanciers), les arts (charpente des maisons et fabrique des étoffes), l'adresse et l'industrie des sauvages sont l'objet essentiel du récit. Du point de vue de la structure, les rencontres avec les nations indigènes suivent invariablement le même schéma, qui reflète une méthode d'approche que l'auteur s'impose par rigueur mais aussi pour garantir la sécurité de ses équipages – si Cook et bien d'autres grands voyageurs moururent sous les traits des sauvages, Bougainville sut se préserver, lui et ses compagnons, de ce funeste destin. En comparant l'ensemble des épisodes où les équipages des deux navires établissent des contacts avec d'autres peuples, on retrouvera toujours le plan suivant : premières observations à distance afin de relever d'éventuels signes d'hostilité – dans ce cas, la rencontre s'arrête souvent là –, échanges de marchandises (permettant surtout de déterminer le régime alimentaire des indigènes) et de bons procédés (marques d'amitié, signes de paix, etc.), généralement depuis les navires, descente à terre et contacts rapprochés avec les sauvages, description de leur apparence physique et de leur habillement, de leur armement, de l'habitat, des produits de leur industrie, opinion ou explication sur le mode de vie, l'organisation sociale, les croyances, etc. Là encore, le lecteur ne doit pas s'attendre à des rebondissements et à des scènes de bravoure : ce sont la méticulosité et la prudence qui dominent. L'auteur en avertit bien ses lecteurs : « *D'ailleurs cette longue navigation autour du globe n'offre pas la ressource des voyages de mer faits en temps de guerre, lesquels fournissent des scènes intéressantes pour les gens du monde.* » (p. 45, l. 101-105). Cette relation de voyage n'est pas un récit d'aventures, elle n'a rien de romanesque.

Naviguer et vivre à bord d'un grand voilier

Le principal biographe de Bougainville, Étienne Taillemite, a compilé l'ensemble des informations disponibles sur le voyage autour du monde. C'est grâce à son travail que nous pouvons avoir une idée des conditions dans lesquelles s'est déroulée l'expédition.

Une flûte et une frégate

• La frégate *La Boudeuse* : ce navire militaire plus petit que le vaisseau n'était pas un instrument idéal pour un voyage d'exploration et ce fut certainement une erreur que de confier à Bougainville un tel bâtiment dont les cales exiguës ne pouvaient contenir assez d'approvisionnements pour une mission dont il était impossible de prévoir la durée avec précision.
La leçon sera mise à profit car, en 1785, La Pérouse, comme Cook, partira non plus sur une fine frégate, mais avec deux grosses flûtes capables d'emmagasiner d'importants stocks.
• La flûte *L'Étoile* : la flûte est un bâtiment d'origine hollandaise, large, gros et lourd, qu'on utilisait couramment pour des missions de transport. Outre sa grande capacité, la flûte présentait l'avantage de se contenter d'un équipage relativement réduit. Ainsi *L'Étoile*, pour un tonnage voisin de celui de *La Boudeuse*, n'embarqua que cent vingt hommes contre deux cent dix sur la frégate. Ancien navire marchand racheté par le roi, elle effectua en 1764 une campagne à Cayenne pour y transporter des familles allemandes destinées à la nouvelle colonie du Kourou, puis, en 1765-1766, une première mission aux Malouines sous le commandement de La Giraudais.

La vie à bord de *La Boudeuse*

Plus de deux cents hommes devaient s'entasser sur *La Boudeuse*. La frégate avait un pont unique sur lequel était normalement disposée son artillerie. Sous ce pont, un entrepont d'environ 1,60 m de hauteur servait de logement à l'équipage qui y couchait dans des hamacs. Les hommes y cohabitaient avec toute une ménagerie. Vers l'arrière du navire, le pont se relevait quelque peu et l'on trouvait la sainte-barbe où logeaient les officiers-mariniers, les canonniers, le chirurgien et l'aumônier. Sur le pont supérieur se trouvait le gaillard d'arrière, partie noble du bâtiment consacrée au logement des officiers. La grande chambre ou salle du conseil (7 x 6 m), qui servait de chambre au commandant, prenait jour vers l'arrière par une rangée de fenêtres et communiquait de chaque bord avec les « bouteilles », lieux d'aisances des officiers. Ceux-ci logeaient dans de petites chambres, séparées par des cloisons de toile, où le mobilier était réduit au minimum. Sur l'avant du grand mât, la grand-rue, où trouvaient place les chaloupes, menait au gaillard d'avant, lieu de réunion et de divertissement des matelots qui n'étaient pas de service. C'était un peu la place publique du navire, où s'échangeaient les nouvelles du bord. Sous ce gaillard, les cuisines, d'installation très rudimentaire. À l'extrême avant, les poulaines abritaient les lieux d'aisances de l'équipage.

Sous le faux pont s'étalaient les soutes : celle du maître canonnier, la soute aux poudres, les cales à vivres contenant salaisons, biscuits, eau, etc., la soute aux voiles de rechange, la soute aux câbles, puis, tout à l'avant, une seconde soute aux poudres et celle du maître de manœuvre qui y entassait poulies et filins, à quoi s'ajoutait toute une pacotille destinée au troc avec les populations indigènes (couteaux, haches, clous, verroteries diverses, etc.). Autre élément très encombrant : la cucurbite, sorte d'alambic destiné à distiller l'eau de mer pour la rendre potable et utilisable en cuisine. Cet appareil, que Bougainville fit

fonctionner quelque temps lors de la traversée du Pacifique, semble avoir donné satisfaction et produit une eau potable ; malheureusement, il consommait une quantité importante de combustible et il ne fut pas possible de l'utiliser de manière suivie. L'équipage dut se contenter de l'eau en barrique assaisonnée d'un peu de vinaigre et vaguement assainie par un boulet chauffé à blanc pour l'empêcher de croupir.
La qualité déplorable des vivres consommés à bord d'un voilier parti pour un long voyage était célèbre. Bougainville souffrira particulièrement de cette nourriture infâme vers la fin de sa traversée du Pacifique. On se rabattait aussi sur les rats qui pullulaient à bord : en février 1768, l'équipage en capturera plus de deux cents en une quinzaine de jours, et Bougainville en mangera lui-même, qu'il trouvera fort bons. Il ignorait que le rat, qui fixe dans sa chair la vitamine C, est un excellent antiscorbutique ; par conséquent, la consommation de ces rongeurs a sûrement sauvé la vie à un certain nombre d'hommes réduits à se nourrir de salaisons, de farines ou de légumes secs totalement dépourvus de la précieuse vitamine. À l'époque, personne ne se doutait que le scorbut, fléau des marins, était une maladie qui provenait d'une carence alimentaire. Les plus hautes sommités médicales demeuraient persuadées qu'il était dû à l'humidité et c'est à cette cause en effet que Bougainville attribue aussi la maladie, quand elle survient à bord des deux navires.

La navigation

La base de la navigation demeurait l'estime. La latitude, comme le prouve le journal de bord, était prise tous les jours à midi et le compas corrigé de la variation par des observations également quotidiennes. Mais tout cela restait d'une précision très approximative, car la mesure de la vitesse, par exemple, tenait compte assez mal des courants alors peu connus. Pour y remédier, on essayait le plus souvent possible de se recaler sur un élément fixe, côte, île, récif, porté sur les cartes dont on disposait, mais la position des côtes, calculée elle aussi à l'estime, était souvent inexacte et, les cartographes n'étant pas d'accord entre

eux, les indications se révélaient fréquemment contradictoires. Pour un voyage dont on attendait des résultats scientifiques, Bougainville avait été muni d'un matériel perfectionné et d'un personnel d'élite. Les meilleures cartes du temps étaient à sa disposition. Pour utiliser les instruments, le ministre avait affecté à *La Boudeuse* un jeune astronome, Pierre-Antoine Veron, dont la mission était de calculer la longitude de façon plus précise grâce à la méthode des distances lunaires. Veron contribuera beaucoup à la mise au point de ce procédé qui restera en usage jusqu'au début du XXe siècle. Le calcul de la longitude restait encore la plus grande difficulté pour les navigateurs de ce temps. Dans son journal, Bougainville consigne les résultats de ses observations quotidiennes et de temps à autre ceux de Veron. La différence atteignant parfois plusieurs degrés, le chef de l'expédition, équitablement, donne alors une moyenne.
Comme les navigateurs, une fois passé le détroit de Magellan, vont s'engager sur des mers pratiquement inconnues, on peut aisément comprendre leurs angoisses. « *Nous naviguons comme des aveugles* », note Caro, le second de *L'Étoile*, et Vivès, le chirurgien, confirme ce sentiment : « *Désormais, on va naviguer le bandeau sur les yeux, ignorant les endroits où nous allons trouver des terres.* » En mai 1768, Bougainville lui-même écrit : « *On ne se figure pas avec quels soins et quelles inquiétudes on navigue dans ces mers inconnues, menacés de tous côtés de la rencontre inopinée de terres et d'écueils...* »

Correspondances

Avec la multiplication des voyages et de leurs relations, l'univers des marins et des grands voiliers occupe une place croissante dans la littérature des XVIIIe et XIXe siècles. Les lecteurs se passionnent pour ces récits, fictifs ou réels, où l'exotisme et l'aventure se mêlent aux souffrances et à la science des marins. La mer et les navires qui la sillonnent deviennent peu à peu les figures centrales de nombreux romans populaires. La tradition littéraire anglo-saxonne s'enrichit ainsi de récits consacrés aux aventures dans les mers lointaines. Des noms comme Robert Louis Stevenson avec son *Île au trésor* (1883), Herman Melville avec *Moby Dick* (1851) et ses récits polynésiens, *Taïpi* et *Omoo*, ou encore Joseph Conrad et Jack London deviennent incontournables. En France, le grand roman sur les marins est sans doute l'œuvre de Pierre Loti, *Pêcheur d'Islande*, parue en 1886.

- Herman Melville, *Taïpi*, 1846, et *Omoo*, 1847.
- Herman Melville, *Moby Dick*, 1851.
- R. L. Stevenson, *L'Île au trésor*, 1883.
- Pierre Loti, *Pêcheur d'Islande*, 1886.

1

« Il avait aussi changé d'aspect et de couleur, le soleil d'Islande, et il ouvrait cette nouvelle journée par un matin sinistre. Tout à fait dégagé de son voile, il avait pris de grands rayons, qui traversaient le ciel comme des jets, annonçant le mauvais temps prochain.

Il faisait trop beau depuis quelques jours, cela devait finir. La brise soufflait sur ce conciliabule de bateaux, comme éprouvant le besoin de l'éparpiller, d'en débarrasser la mer ; et ils commençaient à se disperser, à fuir comme une armée en déroute – rien que devant cette menace écrite en l'air, à laquelle on ne pouvait plus se tromper.

Cela soufflait toujours plus fort, faisant frissonner les hommes et les navires.

Les lames, encore petites, se mettaient à courir les unes après les autres, à se grouper ; elles s'étaient marbrées d'abord d'une écume blanche qui s'étalait dessus en bavures ; ensuite, avec un grésillement, il en sortait des fumées ; on eût dit que ça cuisait, que ça brûlait ; et le bruit aigre de tout cela augmentait de minute en minute.

On ne pensait plus à la pêche, mais à la manœuvre seulement. Les lignes étaient depuis longtemps rentrées. Ils se hâtaient tous de s'en aller – les uns, pour chercher un abri dans les fjords, tenter d'arriver à temps ; d'autres, préférant dépasser la pointe sud d'Islande, trouvant plus sûr de prendre le large et d'avoir devant eux de l'espace libre pour filer vent arrière. Ils se voyaient encore un peu les uns les autres ; çà et là, dans les creux de lames, des voiles surgissaient, pauvres petites choses mouillées, fatiguées, fuyantes – mais tenant debout tout de même, comme ces jouets d'enfant en moelle de sureau que l'on couche en soufflant dessus, et qui toujours se redressent.

La grande panne de nuages, qui s'était condensée à l'horizon de l'ouest avec un aspect d'île, se défaisait maintenant par le haut, et les lambeaux couraient dans le ciel. Elle semblait inépuisable, cette panne, le vent l'étendait, l'allongeait, l'étirait, en faisait sortir indéfiniment des rideaux obscurs, qu'il déployait dans le clair ciel jaune, devenu d'une lividité froide et profonde.

Toujours plus fort, ce grand souffle qui agitait toute chose.

Le croiseur était parti vers les abris d'Islande ; les pêcheurs restaient seuls sur cette mer remuée qui prenait un air mauvais et une teinte affreuse. Ils se pressaient, pour leurs dispositions de gros temps. Entre eux les distances augmentaient ; ils allaient se perdre de vue.

Les lames, frisées en volutes, continuaient de se courir après, de se réunir, de s'agripper les unes les autres pour devenir toujours plus hautes, et, entre elles, les vides se creusaient.

En quelques heures, tout était labouré, bouleversé dans cette région la veille si calme, et, au lieu du silence d'avant, on était assourdi de bruit. Changement à vue que toute cette agitation d'à présent, inconsciente, inutile, qui s'était faite si vite. Dans quel but tout cela ?... Quel mystère de destruction aveugle !...

Les nuages achevaient de se déplier en l'air, venant toujours de l'ouest, se superposant, empressés, rapides, obscurcissant tout. Quelques déchirures jaunes restaient seules, par lesquelles le soleil envoyait d'en bas ses derniers rayons en gerbes. Et l'eau, verdâtre maintenant, était de plus en plus zébré de baves blanches.

À midi, la *Marie* avait tout à fait pris son allure de mauvais temps : ses écoutilles fermées et ses voiles réduites, elle bondissait souple et légère ; au milieu du désarroi qui commençait, elle avait un air de jouer comme font les gros marsouins que les tempêtes amusent. N'ayant plus que la misaine, elle *fuyait devant le temps*, suivant l'expression de marine qui désigne cette allure-là.

En haut, c'était devenu entièrement sombre, une voûte fermée, écrasante – avec quelques charbonnages plus noirs étendus dessus en taches informes ; cela semblait presque un dôme immobile, et il fallait regarder bien pour comprendre que c'était au contraire en plein vertige de mouvement : grandes nappes grises, se dépêchant de passer, et

sans cesse remplacées par d'autres qui venaient du fond de l'horizon ; tentures de ténèbres, se dévidant comme d'un rouleau sans fin...
Elle fuyait devant le temps, la *Marie*, fuyait, toujours plus vite – et le temps fuyait aussi – devant je ne sais quoi de mystérieux et de terrible. La brise, la mer, la *Marie*, les nuages, tout était pris d'un même affolement de fuite et de vitesse dans le même sens. Ce qui détalait le plus vite, c'était le vent ; puis les grosses levées de houle, plus lourdes, plus lentes, courant après lui ; puis la *Marie* entraînée dans ce mouvement de tout. Les lames la poursuivaient, avec leurs crêtes blêmes qui se roulaient dans une perpétuelle chute, et elle – toujours rattrapée, toujours dépassée – leur échappait tout de même, au moyen d'un sillage habile qu'elle se faisait derrière, d'un remous où leur fureur se brisait. Et dans cette allure de *fuite*, ce qu'on éprouvait surtout, c'était une illusion de légèreté ; sans aucune peine ni effort, on se sentait bondir. Quand la *Marie* montait sur ces lames, c'était sans secousse comme si le vent l'eût enlevée ; et sa redescente après était comme une glissade, faisant éprouver ce tressaillement du ventre qu'on a dans les chutes simulées des "chars russes" ou dans celles imaginaires des rêves. Elle glissait comme à reculons, la montagne fuyante se dérobant sous elle pour continuer de courir, et alors elle était replongée dans un de ces grands creux qui couraient aussi ; sans se meurtrir, elle en touchait le fond horrible, dans un éclaboussement d'eau qui ne la mouillait même pas, mais qui fuyait comme tout le reste ; qui fuyait et s'évanouissait en avant comme de la fumée, comme rien...
Au fond de ces creux, il faisait plus noir, et après chaque lame passée, on regardait derrière soi arriver l'autre ; l'autre encore plus grande, qui se dressait toute verte par transparence ; qui se dépêchait d'approcher, avec des contournements furieux, des volutes prêtes à se refermer, un air de dire : "Attends que je t'attrape, et je t'engouffre..." »

Pierre Loti, *Pêcheur d'Islande*, 1886.

Bougainville et le mythe du bon sauvage

Le rêve d'un âge d'or

En dépit de son réalisme voulu, Bougainville, nourri de culture classique (il cite dans son journal et son *Voyage autour du monde* César, Cicéron, Tacite, Virgile) et moderne (il a lu tous les grands écrivains de son temps), ne cesse tout au long du voyage de rêver de l'âge d'or : l'expression revient plusieurs fois sous sa plume lors du séjour à Tahiti. Avant d'avoir accompli son voyage, il s'inscrivait volontiers dans la longue tradition qui, depuis Montaigne, soutient la supériorité du sauvage sur le civilisé. Car, depuis le XVIe siècle, les découvertes ont provoqué une transposition du mythe de l'âge d'or ; dès Montaigne, cette conception chronologique devient alors géographique et il faut chercher de plus en plus loin le pays merveilleux épargné par le mal. Consciemment ou non, Bougainville recherche ce bon sauvage mythique. Cette aspiration à la société parfaite est caractéristique du XVIIIe siècle. Les philosophes des Lumières, dans leur foi au progrès, sont poussés vers un avenir qui recèle la perfection, mais jettent aussi un regard en arrière vers un passé où le bonheur est censé avoir existé. Cette perfection peut également se chercher hors du temps, dans l'imagination elle-même, dans les utopies qui foisonnent en littérature ; ainsi, l'Anglais Thomas More publie en 1516 une œuvre latine sous forme de dialogue, *De optimo reipublicae statu deque nova insula Utopia*, dont on se souvient sous le nom d'*Utopia*, dans laquelle, en polémique avec la société de son temps, il crée un État idéal dans une île imaginaire. L'œuvre connut un grand succès et donna l'exemple à bon nombre d'auteurs comme le philosophe Francis Bacon avec sa *Nouvelle Atlantide* (1627) ; *Les Voyages de Gulliver*, publié en 1726 par Jonathan Swift, s'inscrit également dans cette veine. Toutefois, au fur et à mesure que les frontières du réel reculent, les utopies les suivent : la cité médiévale de More ne suffit plus au XVIIIe siècle, qui les place en Amérique, en Afrique et dans le Pacifique, dans des régions qui attirent l'attention, mais suffisamment mal connues pour abriter encore une civilisation utopique.

Le Pacifique avait déjà fourni de quoi nourrir l'imagination. Au XVIe siècle, Mendaña découvre les îles déjà nommées Terres de Salomon, où l'on va placer les mines d'Ophir, source de la richesse du roi hébreu ; les Salomon deviendront un symbole durable d'un pays de Cocagne, El Dorado de la Mer du Sud, associé à l'or du Pérou, qui attirera de nombreux aventuriers aussi bien que des explorateurs sérieux pendant plus de deux siècles jusqu'à leur localisation exacte à la fin du XVIIIe, en partie grâce aux relevés de Bougainville. Car les îles de Mendaña, dont la longitude était douteuse, étaient entrées dans le domaine de l'imaginaire. Beaucoup ne croyaient plus à leur existence. Bel et bien perdues, elles se rattachèrent à maintes autres terres imaginaires : Jave la Grande, Terre de Gonneville, Terre de David, Terre de Drake, Terre de Gerrards, et surtout le Continent Austral lui-même, la grande Terra Incognita pleine de ressources à exploiter et de peuples à christianiser. L'imaginaire du siècle des Lumières s'empare donc de la Mer du Sud. Dans ce vaste océan, on trouve à peu près tout ce qu'on peut désirer : de l'or ou des objets de commerce, des peuples à conquérir ou à tirer de l'obscurité, des civilisations nouvelles, enfin et surtout le bon sauvage.

Le bon sauvage : mythe et réalité

Une abondante production d'œuvres littéraires contribue à la popularité du mythe : *La Terre Australe Connue* de Foigny (1676), *L'Histoire de Sévarambes* de Vairasse (1677-1679), les *Voyages* de Jacques Massé (1710), *Le Théâtre des Passions ou Aventures surprenantes* de Castera (1731) et la plus célèbre de toutes, *Les Aventures de Robinson Crusoë* de Daniel Defoe, un récit basé sur une histoire vraie, celle d'un marin anglais abandonné sur l'île de Juan Fernandez entre 1707 et 1711. Travaux des philosophes à la recherche des causes des malheurs de la société et d'une théorie sociale. C'est Rousseau surtout, qui exprimera en termes simples une théorie de l'Histoire et de l'évolution sociale dans laquelle pourra s'incarner l'image du bon sauvage. L'inégalité sociale, l'injustice, l'oppression, tout naît de l'évolution de l'homme depuis l'état de nature. Les récits de voyageurs de l'époque ont beaucoup contribué à la formation et à la réflexion de Rousseau : « *J'ai passé ma vie à lire des relations de voyages* » (*Confessions*, IV). Cependant, le philosophe et ses disciples semblent opérer par sélection. En effet, les récits de voyage qui parviennent d'Afrique ou d'Amérique sont souvent peu favorables à la théorie du bon sauvage. D'autres sont empreints de paternalisme et de condescendance, tels les rapports des jésuites d'Amérique. La situation se complique encore avec l'arrivée de l'exotisme : l'Indien, le héros du jour, se retrouve en littérature et à l'Opéra. Il est à la mode, et avec lui le Turc, le Siamois, le Chinois, le Persan… Face à cette diversité, les tenants de la théorie du bon sauvage ne peuvent que chercher l'exemple pour étayer leur théorie et rejeter les autres. Il leur faut un groupe isolé de ses voisins, pour être sûr que des influences externes n'y ont pas pénétré. Cet isolement, ce groupe, ils les trouveront dans le Pacifique, qu'on commence alors à explorer sérieusement.

Si Wallis découvre Tahiti, c'est Bougainville qui ramène le mythe tahitien avec un vrai « bon sauvage » en France. L'arrivée d'Aotourou à Paris met en branle la société européenne. Commerçon, qui se baptise *l'adorator perpetuus* de la Nouvelle-Cythère, n'hésite pas à écrire un éloge de Tahiti qui paraîtra dans *Le Mercure de France*, où il déclare avoir trouvé « *l'état de l'homme naturel, né essentiellement bon, exempt de tout préjugé et suivant, sans défiance comme sans remords, les douces impulsions d'un destin toujours sûr parce qu'il n'a pas encore dégénéré en raison* ». La description de Tahiti du journal de Bougainville, très lyrique, présente un certain côté « cliché ». On y relève des parentés frappantes avec le chapitre I du *Temple de Gnide*, publié en 1725 par Montesquieu, ou certains passages de la *Relation du royaume des Féliciens*, *peuples qui habitent les terres australes*, du marquis de Lassay, parue en 1727. Les analogies entre le portrait des Tahitiens et celui de l'homme primitif qui figure au début de la première partie du *Discours sur les origines de l'inégalité* de Rousseau sont elles aussi nombreuses. Par exemple, l'idée de la meilleure santé du sauvage, énoncée à propos des Tahitiens mais aussi des Patagons, est une idée rousseauiste.

Les limites du mythe

Bougainville, faisant preuve de sagesse et de rigueur scientifique, n'est pas entièrement dupe de ce mythe ; il sait le combattre quand l'occasion s'en présente. Au Canada, il découvre déjà des hommes qui le marqueront, les Indiens : leur rencontre (malgré l'attachement qu'il éprouvera à leur égard, il est horrifié de leur cruauté et de leur violence) inculquera à Bougainville une fois pour toutes une sage distance quant aux théories de son époque et des siens sur le bon sauvage : « *Je suis voyageur et marin, c'est-à-dire un menteur et un imbécile aux yeux de cette classe d'écrivains paresseux et superbes qui, dans l'ombre de leur cabinet, philosophent à perte de vue sur le monde et ses habitants, et soumettent impérieusement la nature à leurs imaginations* », précise-t-il dès la note d'introduction à son voyage. Bougainville restera toujours très sarcastique à l'égard de Rousseau. Dans son journal de navigation, il écrit des Patagons : « *Ceux-ci pissent accroupis, serait-ce la façon de pisser la plus naturelle ? Si cela était, Jean-Jacques Rousseau, qui pisse très mal à sa manière, aurait dû adopter celle-là.* » À propos des Pécherais (chap. VII), il remet radicalement en cause la grandeur de l'homme à l'état de nature. Néanmoins, il en reste profondément nostalgique, toujours prêt à accepter l'idée qu'il n'est pas entièrement mythique. Mais, homme des Lumières et foncièrement sceptique, il ne porte aucun jugement moral sur les sauvages. À ce titre, il ne fait entrer ni racisme ni mépris qui excluraient l'autre comme un sous-homme ; le sauvage n'est pas bon, il n'est ni supérieur, comme le disait Rousseau, ni inférieur, il est différent. Néanmoins, le lecteur attentif remarquera souvent dans le ton qu'il adopte comme une affabilité distante et de la condescendance.

Création imaginaire, imprégnée de mythes, de nostalgie et de rêves utopiques, le bon sauvage s'avérera bien dangereux pour ceux qui l'acceptent comme réel. En 1787, La Pérouse s'exclamera, à la mort de son ami de Langle, massacré avec onze de ses compatriotes à Samoa : « *Je suis mille fois plus en colère contre les philosophes qui vantent [les sauvages] que contre les sauvages eux-mêmes.* »

Correspondances

- Ovide, *Les Métamorphoses*, livre I, v. 89-112, fin du Ier s. av. J.-C.
- Montaigne, *Essais*, livre I, 31, « Des cannibales », 1580.
- Rousseau, *Discours sur l'origine et les fondements de l'inégalité parmi les hommes*, 1755.

1

Le mythe de l'âge d'or s'exprime dans toutes les cultures et à toutes les époques : la Bible lui donne le nom d'Éden ; il est l'âge d'avant le péché. Les Polynésiens eux-mêmes, qui semblent pourtant vivre dans l'âge d'or, parlaient d'Hawaïki, pays ancestral et légendaire où le Maori était censé retourner à sa mort pour se réintégrer au passé de son peuple. Dans la description qu'il donne de Tahiti, Bougainville semble plutôt emprunter ses références à la culture classique et à l'Antiquité. Ovide donne dans ses *Métamorphoses* une description de ce premier âge correspondant au règne de Cronos.

« L'âge d'or fut engendré le premier : sans justicier, sans loi, on y pratiquait spontanément la loyauté et le bien. Les châtiments et la crainte n'existaient pas ; on ne lisait pas les menaces gravées sur le bronze ; la foule suppliante ne redoutait pas le visage de son juge, mais tous étaient en sécurité sans justicier. Le pin n'était pas encore, coupé sur ses montagnes, descendu vers les mers pour découvrir un monde étranger et les mortels ne connaissaient d'autres rivages que les leurs. Les fossés à pic n'entouraient pas encore les forteresses ; ni la trompette droite, ni le cor recourbé, ni le casque, ni l'épée n'existaient ; sans recours au soldat, les peuples poursuivaient en sécurité une douce existence de loisirs. La terre même, sans qu'on la sollicitât, sans être touchée par la bêche ni blessée par le soc de la charrue, donnait tout d'elle-même ; contents de ces aliments produits sans contrainte, les hommes cueillaient les fruits de l'arbousier, les fraises des montagnes, les cornouilles, les mûres qui s'accrochent aux ronces épineuses et les glands tombés des branches touffues de l'arbre de Jupiter. C'était un éternel printemps et les doux zéphyrs caressaient de leur souffle tiède les fleurs nées sans semence. Presque aussitôt, la terre, sans être labourée, offrait ses moissons et les champs, sans être entretenus, jaunissaient de lourds épis ; ici coulaient des fleuves de lait, là des fleuves de nectar et le miel blond tombait goutte à goutte de l'yeuse verte. »

Ovide, *Les Métamorphoses*, livre I, v. 89-112,
traduction de Frédéric Le Blay, « Petits Classiques Larousse », 1999.

2

« *Quelle est l'origine de l'inégalité des conditions parmi les hommes ; et si elle est autorisée par la loi naturelle ?* » Tel était, en 1753, le sujet proposé par l'Académie de Dijon à la réflexion des philosophes. Rousseau conçut en réponse son *Discours sur l'origine et les fondements de l'inégalité parmi les hommes*. Ce texte, non récompensé par l'Académie en raison de sa hardiesse, fut publié en 1755 et assura la gloire et l'influence de Rousseau. Reprenant le mythe du bon sauvage, il y développe la théorie du bonheur de l'homme primitif et de la corruption par la vie sociale.

« Tant que les hommes se contentèrent de leurs cabanes rustiques, tant qu'ils se bornèrent à coudre leurs habits de peaux avec des épines ou des arêtes, à se parer de plumes et de coquillages, à se peindre le corps de diverses couleurs, à perfectionner ou embellir leurs arcs et leurs flèches, à tailler avec des pierres tranchantes quelques canots de pêcheurs, ou quelques grossiers instruments de musique, en un mot, tant qu'ils ne s'appliquèrent qu'à des ouvrages qu'un seul pouvait faire, et qu'à des arts qui n'avaient pas besoin du concours de plusieurs mains, ils vécurent libres, sains, bons et heureux autant qu'ils pouvaient l'être par leur nature et continuèrent à jouir entre eux des douceurs d'un commerce indépendant, mais dès l'instant qu'un homme eut besoin du secours d'un autre, dès qu'on s'aperçut qu'il était utile à un seul d'avoir des provisions pour deux, l'égalité disparut, la propriété s'introduisit, le travail devint nécessaire et les vastes forêts se changèrent en des campagnes riantes qu'il fallut arroser de la sueur des hommes, et dans lesquelles on vit bientôt l'esclavage et la misère germer et croître avec les moissons.

La métallurgie et l'agriculture furent les deux arts dont l'invention produisit cette grande révolution. Pour le poète, c'est l'or et l'argent, mais pour le philosophe, ce sont le fer et le blé qui ont civilisé les hommes et perdu le genre humain. [...] Dès qu'il fallut des hommes pour fondre et forger le fer, il fallut d'autres hommes pour nourrir ceux-là. [...]

De la culture des terres s'ensuivit nécessairement leur partage, et de la propriété une fois reconnue les premières règles de justice : car, pour rendre à chacun le sien, il faut que chacun puisse avoir quelque chose ; de plus, les hommes commençant à porter leurs vues dans l'avenir, et se voyant tous quelques biens à perdre, il n'y en avait aucun qui n'eût à craindre pour soi la représaille des torts qu'il pouvait faire à autrui. Cette origine est d'autant plus naturelle, qu'il est impossible de concevoir l'idée de la propriété naissant d'ailleurs que de la main-d'œuvre ; car on ne voit pas ce que, pour s'approprier les choses qu'il n'a point faites, l'homme y peut mettre de plus que son travail. C'est le seul travail qui, donnant droit au cultivateur sur le produit de la terre qu'il a labourée, lui en donne par conséquent sur le fonds, au moins jusqu'à la récolte, et ainsi d'année en année ; ce qui, faisant une possession continue, se transforme aisément en propriété. »

Rousseau, *Discours sur l'origine et les fondements de l'inégalité parmi les hommes*, 1755.

Jugements des contemporains

L'indifférence des savants

Le monde savant semble avoir fait preuve de la plus grande indifférence, au retour du navigateur comme à la publication de son récit. Le *Journal des savants*, en 1771, année de la parution de la première édition du *Voyage autour du monde*, recueille de nombreux articles traitant de questions maritimes ou géographiques, et évoque en particulier l'*Histoire d'un voyage aux Îles Malouines* de Dom Pernetty, l'*Histoire des Voyages* de l'abbé Prévost, ainsi que les *Mémoires de la campagne des découvertes faites dans les mers des Indes* par Grenier, mais il ne dit mot de l'ouvrage de Bougainville. L'année suivante, le journal informe ses lecteurs de la seconde édition et se borne à un bref commentaire : « *Cette seconde édition du* Voyage *de M. de Bougainville était devenue nécessaire depuis longtemps et l'auteur l'a rendue encore plus intéressante que la première.* » En revanche, la traduction par Fréville du voyage de Cook fait l'objet d'un long compte rendu expliquant que « *de tous les voyages qu'on a faits autour du monde depuis un siècle, celui-ci est le plus extraordinaire et le plus curieux* ». De même, ni l'Académie des Sciences ni l'Académie de Marine ne prêtent attention au voyage de Bougainville. Ce silence est général parmi tous les savants ou amateurs de voyages et de navigation. La Pérouse lui-même qui, pendant la première partie de son voyage, suivra une route voisine à celle de Bougainville, ne fera référence qu'à Anson et Cook.

Un succès mitigé

Cependant le *Voyage autour du monde* fut indiscutablement un grand succès de librairie. On le trouvait aussi bien dans la bibliothèque du roi que dans celle de la plupart des philosophes et dans les cabinets de lecture. Cette popularité ne se démentira pas jusqu'à nos jours. Quelles furent donc les opinions des lecteurs de Bougainville ?

Beaucoup de philosophes et d'écrivains qui l'ont nécessairement connu, sans raison apparente, ont feint de l'ignorer. Là où les éloges de Cook fleurissent, Bougainville semble n'avoir jamais rien fait. Au premier rang, Voltaire consacre dans son *Précis du siècle de Louis XV* un chapitre entier au voyage d'Anson, sans prononcer même le nom de Bougainville. La *Correspondance littéraire* de Grimm se révèle tout aussi muette, alors que le conteur consacre un long article aux voyages anglais où les Tahitiens sont à l'honneur. Quant au compte rendu préparé par Diderot en 1772, il faudra attendre 1796 pour en voir la parution. Comment expliquer un tel silence ? L'anglomanie alors en vogue incite-t-elle à ne s'intéresser qu'aux voyages anglais ? Les doutes émis par Bougainville sur la douceur des Tahitiens et sa remise en cause du mythe du bon sauvage sont-ils la cause d'une conspiration du silence ?

Deux auteurs pourtant lui consacreront de copieux commentaires, Bachaumont, dans ses *Mémoires secrets pour servir à l'histoire de la République des Lettres en France depuis 1762 jusqu'à nos jours*, publiés à Londres en 1780, et Fréron, dans l'*Année littéraire*, le 18 septembre 1771. Or Bachaumont fait preuve d'une malveillance et d'une injustice extrêmes à l'égard du navigateur. Cette hostilité systématique porte sur tous les aspects du voyage et sur Bougainville lui-même – la mauvaise foi de Bachaumont s'étend même à sa famille – et s'attache largement à la personne d'Aotourou. Dès l'apparition de ce dernier à Paris, la mauvaise humeur de Bachaumont se déchaîne : « *M. de Bougainville a amené avec lui un homme de cette isle dont il prétend avoir fait la découverte. Il ne prodigue pas encore ce personnage curieux mais il paroit qu'il met tout en œuvre pour se faire nommer gouverneur de cette isle et réparer la perte qu'il a faite de son commandement aux Malouines.* » Les *Mémoires secrets* n'annoncèrent même pas la publication du *Voyage*.

Fréron se montra beaucoup plus objectif, relevant en particulier les côtés pittoresques et susceptibles d'exciter la curiosité des lecteurs du *Voyage*. Il cite ainsi la description de la province de Buenos Aires, l'épisode des jésuites et, bien entendu, l'escale tahitienne. Il conclut ainsi : « *La relation de ce voyage autour du monde peut être de la plus grande utilité à ceux qui se proposent de voguer sur les mers dont il parle. Ils recueilleront en la lisant divers avis nautiques ou géographiques qui rectifient des erreurs dangereuses ou accréditées. Elle est ornée de cartes proprement gravées et qui indiquent la route qu'ont tenue les navigateurs français. Mais il n'est pas nécessaire d'être marin pour goûter cette relation, la lecture en est très agréable, indépendamment des avantages qu'on en peut retirer.* » Un autre compte rendu fut consacré par l'*Année littéraire* à la seconde édition. Mais quelques jours plus tard (le 24 août 1772), Fréron rendait compte de la traduction française du voyage de Cook, en s'attachant, ce qu'il n'avait pas fait pour le Français, à l'intérêt scientifique de l'expédition. Ainsi, pour Fréron, Bougainville relevait davantage du pittoresque que de la science. Il semble donc avoir tout simplement souffert du succès de Cook qui, aux yeux des contemporains, fut le navigateur du siècle.

Le *Supplément* de Diderot

C'est au *Supplément au voyage de Bougainville* de Diderot que ce récit doit de n'avoir pas été tout à fait oublié. Rédigé en 1772, il ne connut une première publication qu'en 1796. Diderot s'était contenté d'en laisser circuler des copies.

Les idées inspirées à Diderot par les mœurs de Tahiti se rattachent à la philosophie « naturiste » de Montaigne et à la théorie anarchique et antisociale de l'homme originellement bon que la civilisation a corrompu. C'est aussi le thème du *Discours sur l'origine et les fondements de l'inégalité parmi les hommes* de Rousseau.

Dans ce *Supplément au voyage de Bougainville ou dialogue entre A et B sur l'inconvénient d'attacher des idées morales à certaines actions physiques qui n'en comportent pas,* Diderot commente ainsi l'œuvre du navigateur :

I. Jugement du voyage de Bougainville

A rencontre B, qui est plongé dans la lecture du voyage de Bougainville. La scène semble se passer en début de journée, alors qu'un épais brouillard empêche de voir la lumière du jour. A et B entament un dialogue à propos de la relation de Bougainville. Plusieurs aspects de ce voyage sont alors successivement et brièvement abordés, qui vont permettre à Diderot de formuler jugements et observations.

La discussion débute par un hommage rendu à Bougainville. Son voyage a incontestablement contribué à une meilleure connaissance du monde et des mers « *qu'il a parcourues la sonde à la main* ». A relève « *la contradiction du caractère de l'homme et de son entreprise* », un Bougainville à la fois mathématicien méditatif et voyageur, à la fois mondain et aventurier, puis B dresse le portrait d'un représentant exemplaire de l'esprit des Lumières : « *Bougainville est parti avec les lumières nécessaires et les qualités propres à ces vues : de la philosophie, du courage, de la véracité ; un coup d'œil prompt qui saisit les choses et abrège le temps des observations ; de la circonspection, de la patience ; le désir de voir, de s'éclairer et de s'instruire ; la science du calcul, des mécaniques, de la géométrie, de l'astronomie ; et une teinture suffisante d'histoire naturelle.* » Le dialogue s'oriente ensuite sur les faits singuliers relevés par Bougainville au cours de son périple. À ce sujet, B fait l'éloge de l'observateur qu'est Bougainville : « *Il n'explique rien, il atteste le fait.* » Cependant B se laisse aller à quelques tentatives d'explication. Ainsi à la question : « *Comment expliquer le peuplement de certaines parties du monde ?* », il esquisse bien avant la date une théorie de la dérive des continents : « *Qui sait l'histoire primitive de notre globe ? Combien d'espaces de terre, maintenant isolés, étaient autrefois continus ? Le seul phénomène sur lequel on pourrait former quelque conjecture, c'est la direction de la masse des eaux qui les a séparés.* » L'île des Lanciers décrite par Bougainville (voir chap. VIII) fournit un exemple

significatif pour illustrer ce problème. Elle permet également, selon B, de mieux comprendre la cruauté des sauvages, en particulier l'anthropophagie : « *Que deviennent-ils en se multipliant sur un espace qui n'a pas plus d'une lieue de diamètre ?* »
L'épisode de l'expulsion des jésuites du Paraguay (chapitre V du *Voyage autour du monde*) offre à B l'occasion de condamner durement « *ces cruels Spartiates en jaquette noire* ». Diderot règle en quelque sorte son compte avec les jésuites, qui avaient été en grande partie à l'origine des condamnations de l'*Encyclopédie*.
Le débat sur la taille extraordinaire des Patagons est ensuite évoqué et B justifie à ce propos la présence du merveilleux dans les récits de voyage : « *Né avec le goût du merveilleux, qui exagère tout autour de lui, comment l'homme laisserait-il une juste proportion aux objets, lorsqu'il a, pour ainsi dire, à justifier le chemin qu'il a fait, et la peine qu'il s'est donnée pour les aller voir au loin ?* »
Enfin, ce passage en revue amène A et B à évoquer l'épisode tahitien. La nostalgie liée au paradis terrestre décrit par Bougainville touche également B : « *Le voyage de Bougainville est le seul qui m'ait donné du goût pour une autre contrée que la mienne.* » Quant à Aoutourou, il est l'incarnation du sentiment de la liberté, le plus profond chez un homme encore à l'état de nature : « ... *la vie sauvage est si simple, et nos sociétés sont des machines si compliquées ! Le Taïtien touche à l'origine du monde, et l'Européen touche à sa vieillesse. L'intervalle qui le sépare de nous est plus grand que la distance de l'enfant qui naît à l'homme décrépit.* »
À la fin de cette première partie, B invite A à lire certains passages du *Supplément* du voyage. Cette invitation est marquée par la retombée du brouillard ; la scène s'achève donc symboliquement par le triomphe de la lumière sur l'obscurité.

II. Les adieux du vieillard

Diderot imagine ici un épisode du séjour à Tahiti que Bougainville se serait bien gardé de faire figurer dans sa relation. Il s'agit de l'adresse à un vieillard, respectable habitant de

Tahiti – on peut supposer que Diderot pense à celui décrit au début du chapitre IX – prononcée au moment du départ des navires français ; le vieil homme s'adresse à Bougainville lui-même et le maudit, lui et ses compatriotes, pour les maux qu'ils ont apportés au peuple de Tahiti en abordant à ses rivages. À cause des équipages de *La Boudeuse* et de *L'Étoile*, les Tahitiens ont été mis en contact avec la civilisation européenne et ses vices : « *Nous suivons le pur instinct de la nature ; et tu as tenté d'effacer de nos âmes son caractère. Ici tout est à tous ; et tu nous as prêché je ne sais quelle distinction du tien et du mien.* » Le vieillard comprend également que l'escale des Français est une prise de possession et que son peuple ne sera plus jamais libre de poursuivre l'existence qu'il menait jusqu'alors : « *Laisse-nous nos mœurs ; elles sont plus sages et plus honnêtes que les tiennes ; nous ne voulons point troquer ce que tu appelles notre ignorance contre tes inutiles lumières.* » L'auteur lance une autre accusation contre la religion et l'Église, en faisant intervenir l'aumônier de l'expédition : « *Cet homme noir, qui est près de toi, qui m'écoute, a parlé à nos garçons ; je ne sais ce qu'il a dit à nos filles ; mais nos garçons hésitent ; mais nos filles rougissent.* » Au sujet des plaisirs du corps, le prêtre a introduit dans l'esprit des jeunes Tahitiens un sentiment de culpabilité qu'ils ne connaissaient pas ; il leur a inculqué la notion du péché. Tahiti ne sera donc plus jamais un paradis de l'amour. Le vieil homme impute également aux Français l'introduction du crime, à travers le vol et le meurtre, sur son île. Sur ce point, Diderot détourne la vérité puisqu'il faut rendre justice à Bougainville d'avoir montré que les Tahitiens n'étaient pas exempts de ces maux.
A et B commentent ensuite ce discours « *véhément* ». Ce commentaire s'achève sur le rappel d'une péripétie plus légère, la scène où Baré, déguisée en homme, doit subir les assauts de jeunes Tahitiens qui ont immédiatement reconnu une femme dans ce travestissement. La narration de cette mésaventure cocasse fournit à A l'occasion de conclure sur une remarque spirituelle en direction du beau sexe : « *Ces frêles machines-là renferment quelquefois des âmes bien fortes.* »

III. Entretien de l'aumônier et d'Orou

La partie suivante présente l'aumônier de l'expédition confronté à une situation délicate : son hôte tahitien, Orou, conformément aux principes de l'hospitalité, lui donne à choisir entre sa femme ou l'une de ses filles nues. Orou s'effraie du refus du prêtre d'accepter de prendre une femme : « *Je ne sais ce que c'est que la chose que tu appelles religion ; mais je ne puis qu'en penser mal, puisqu'elle t'empêche de goûter un plaisir innocent, auquel nature, la souveraine maîtresse, nous invite tous ; de donner l'existence à un de tes semblables ; de rendre un service que le père, la mère et les enfants te demandent ; de t'acquitter avec un hôte qui t'a fait un bon accueil, et d'enrichir une nation, en l'accroissant d'un sujet de plus.* » La conversation s'engage alors entre les deux hommes. Elle va porter essentiellement sur les relations amoureuses entre les hommes et les femmes et mettra en cause les idées européennes de justice, en tant que système de lois imposées contre nature par des magistrats et des prêtres, et de propriété, l'institution du mariage étant définie comme la prise de possession d'un être humain par un autre. Là encore, à travers ces considérations, c'est à l'institution religieuse et à l'idée même de Dieu que Diderot s'en prend : « *Tu es en délire, si tu crois qu'il y ait rien, soit en haut, soit en bas, dans l'univers, qui puisse ajouter ou retrancher aux lois de la nature.* » Les pratiques tahitiennes sont conformes aux seules lois de la nature, et en matière de mariage et de procréation, elles ne visent que l'intérêt général et non celui des particuliers. La fécondité du peuple tahitien ainsi que son excellente santé en sont les preuves. L'idée même de l'inceste est débattue et Orou nie qu'il s'agisse d'un crime, reconnaissant seulement que cette pratique n'a pas de raison d'être. Malgré le caractère scandaleux de telles considérations aux yeux d'un ecclésiastique, l'aumônier finit par reconnaître leur fondement et l'épisode s'achève sur une note d'ironie : le « *bon aumônier* », qui avait déjà cédé la première nuit, finit par coucher avec toutes les femmes de la maison, agité de remords et par honnêteté envers son hôte.

IV. Suite du dialogue

Sur un jugement pertinent de A : « *J'estime cet aumônier poli* », le dialogue s'oriente sur le thème général de la loi et définit les trois codes qui régissent les sociétés, le code de la nature, le code civil et le code religieux. Les pratiques sociales, en particulier en matière d'amour, sont donc jaugées en fonction de leur conformité au code de la nature. Les raisons de la dépravation du plaisir sont ainsi énoncées par B : « *C'est par la tyrannie de l'homme, qui a converti la possession de la femme en une propriété. Par les mœurs et les usages, qui ont surchargé de conditions l'union conjugale. Par les lois civiles, qui ont assujetti le mariage à une infinité de formalités. Par la nature de notre société, où la diversité des fortunes et des rangs a institué des convenances et des disconvenances. Par une contradiction bizarre et commune à toutes les sociétés subsistantes, où la naissance d'un enfant, toujours regardée comme un accroissement de richesses pour la nation, est plus souvent et plus sûrement encore un accroissement d'indigence dans la famille. Par les vues politiques des souverains, qui ont tout rapporté à leur intérêt et à leur sécurité. Par les institutions religieuses, qui ont attaché les noms de vices et de vertus à des actions qui n'étaient susceptibles d'aucune moralité.* »
À cet énoncé fait suite la théorie de l'homme naturel, foncièrement bon, devenu « *moral et artificiel* » et par conséquent en proie au mal. La discussion s'oriente donc sur un débat classique de l'époque des Lumières et reprend les termes du mythe du bon sauvage. Pour finir, B rappelle le personnage de l'aumônier, tombé sous le charme de Tahiti, en une sorte de conclusion consistant à montrer que, malgré les défauts des lois sociales, la sagesse recommande de s'y soumettre : « *Imitons le bon aumônier, moine en France, sauvage dans Taïti.* » Ce compromis final vient nuancer les réflexions précédentes et permet à l'auteur de conclure sur un ton plus modéré et plus léger. En effet, si l'on considère la teneur des idées avancées, sur le mariage en particulier, on comprend aisément que le *Supplément au voyage de Bougainville* n'ait pas été publié avant la Révolution française.

Petit lexique de la marine

Affourcher
Mouiller deux ancres assez éloignées l'une de l'autre pour renforcer la tenue du navire.

Ancre à jet
Ancre utilisée pour les mouillages temporaires.

Ancre de miséricorde (ou Maîtresse ancre)
La plus forte du navire. Sur une frégate ou un vaisseau, les ancres étaient en général au nombre de six ou sept : quatre pour les bossoirs et trois à jet de plus petite taille, qui servent pour certaines manœuvres.

Ansierre / Aussière (Haussière)
Cordage composé de trois ou quatre cordons de fils tortillés en faisceaux et appelés torons. Les aussières, dont le diamètre peut atteindre trente centimètres, sont utilisées pour les opérations de remorquage, d'évitage ou d'amarrage des navires.

Arrimage
Répartition et rangement de la cargaison dans la cale d'un navire.

Atterrage (faire son)
Arriver dans le voisinage d'une terre pour la reconnaître et diriger sa route en conséquence.

Bature / Batture
Haut-fond de roches ou de coraux sur lequel, généralement, la mer ne brise pas, ce qui le rend dangereux pour la navigation.

Beaupré
Bas mât placé à l'extrême avant du navire dans une position oblique servant d'appui aux focs.

Bôme
Vergue sur laquelle se borde, à l'arrière du navire, la voile nommée brigantine.

Bonnettes
Voiles légères de beau temps de forme rectangulaire.

Border
Orienter une voile par l'intermédiaire de son écoute le plus près possible de l'axe du navire.

Bossoir
Pièces de bois saillantes à l'extérieur de la coque à l'avant du navire et servant à la manœuvre des ancres.

Bouteille
Demi-tourelle placée en encorbellement de part et d'autre de la poupe d'un navire où se trouvent les lieux d'aisance des officiers.

Brasse
La brasse mesurait cinq pieds, c'est-à-dire environ 1,62 m.

Cablot
Amarre utilisée pour tenir les embarcations lorsqu'elles sont mouillées sur leurs grappins.

Calfat
Homme d'équipage chargé de l'entretien de la coque du navire.

Carène
Partie immergée de la coque d'un navire, située sous la ligne de flottaison.

Caréner
Nettoyer, réparer la carène d'un navire.

Carguer
Serrer les voiles contre leur mât ou leurs vergues.

Débouquer
Sortir de l'embouchure d'un chenal.

Drisse
Filin qui sert à hisser une voile ou un pavillon.

Écoutes
Cordages destinés à border une voile, à l'orienter par rapport à l'axe du navire.

Encablure
Cent toises, soit environ 195 m.

Espingole
Sorte de fusil court à canon évasé qui se chargeait avec plusieurs balles. On le fixait sur un pivot pour armer les embarcations.

Étalinguer / Entalinguer
Fixer l'extrémité d'un câble ou d'un grelin à l'organeau d'une ancre (sa boucle mobile).

Étrave
Pièce saillante qui forme la proue d'un navire.

Focs
Voiles triangulaires établies parallèlement à l'axe du navire entre les mâts de beaupré et de misaine. Une frégate portait en général quatre focs : petit foc, faux foc, grand foc et clinfoc.

Gaillard
Partie extrême du pont supérieur. Gaillard d'arrière : partie située à l'arrière du grand mât ; gaillard d'avant : partie située sur l'avant des haubans de misaine.

Gisement
Situation ou direction générale d'une côte.

Gréement
Ensemble des mâts, poulies, voiles et cordages d'un bateau.

Grelin
Cordage constitué de trois ou quatre aussières commises ensemble.

Haubans
Câbles qui maintiennent les mâts verticaux.

Jumeler
Renforcer un mât ou une vergue endommagée.

Jusant
Marée descendante.

Larguer
Laisser aller un cordage.

Mât
Sur les navires à trois mâts du XVIIIe siècle comme les frégates et les flûtes, les mâts portaient les noms suivants : à l'avant, mât de misaine comportant un bas mât, le petit mât de hune et le petit mât de perroquet, au milieu le grand mât comprenant un bas mât, le grand mât de hune et le grand mât de perroquet, à l'arrière le mât d'artimon avec un bas mât, le mât de perroquet de fougue et une voile latine qui sera remplacée peu à peu par une brigantine. À l'extrême-avant se trouvait le mât de beaupré.

Mondrain
Monticule, élévation de terrain sur une côte généralement plate.

Mouiller sous barbe
Jeter l'ancre.

Orin
Gros cordage amarré par une extrémité à une ancre mouillée et par l'autre sur une bouée.

Panne (mettre, être en)
Un navire est en panne lorsque ses voiles sont disposées de façon à le faire rester presque immobile en dérivant le moins possible.

Poulaine
Construction triangulaire en saillie à l'avant du navire dans laquelle se trouvaient les lieux d'aisances de l'équipage.

Relèvement
Détermination de la position d'un point à l'aide d'un instrument de mesure.

Ris (prendre des)
Manœuvre qui consiste à réduire la surface de voilure à l'aide d'une suite de petits cordages placés horizontalement et suivant trois rangs sur les huniers, nommés garcettes.

Roulis
Mouvement d'un bord sur l'autre que fait un navire dans la houle.

Sonde
Filin à l'extrémité duquel on pla-

çait un plomb, pesant de trois à quatre kilogrammes pour les sondes à main et pouvant aller jusqu'à cinquante kilogrammes pour les sondages par grands fonds. L'extrémité du plomb de sonde comportait une cavité remplie de suif sur lequel se collaient les échantillons de la nature du fond.

Travers (être sous)

Se situer dans une direction perpendiculaire par rapport à l'axe longitudinal du navire.

Vent (sous le)

Dans la direction opposée où souffle le vent.

Vergue

Espar disposé en croix sur l'avant des mâts et servant à porter une voile.

Voiles

Sur une frégate du milieu du XVIIIe siècle, les voiles portent les noms suivants : à l'avant sur le beaupré, les focs, sur le mât de misaine de haut en bas : misaine, petit hunier, petit perroquet ; sur le grand mât : grand-voile, grand hunier, grand perroquet ; sur le mât d'artimon : perroquet de fougue, perruche ; à l'extrême-arrière : une voile latine ou une brigantine. Entre les principaux mâts, on établissait par beau temps des voiles d'étai. Les voiles de l'extrême-avant (focs) et celle de l'extrême-arrière (brigantine) sont des voiles d'évolution qui assurent la direction du navire ; les voiles placées sur les mâts principaux sont des voiles de propulsion.

Compléments notionnels

Argumentation
Production de discours visant à convaincre, persuader.

Auteur
Celui qui produit un texte ou une image. L'auteur est du domaine de la réalité sociale, par opposition au narrateur dans un récit. Pour le *Voyage autour du monde*, œuvre dont le caractère autobiographique est évident et affirmé, auteur et narrateur sont confondus.

Champ lexical
Ensemble de mots ou expressions se rapportant à un même thème ou à un même univers d'expérience.

Description
Production de discours rendant compte des composantes et caractéristiques d'un objet quel qu'il soit (être, chose, ensemble complexe).

Discours
Toute mise en pratique du langage dans une activité écrite ou orale.

Épopée
Long récit, fait d'Histoire et de légende, qui célèbre un homme ou un événement exceptionnel dont, en général, dépend le destin d'un peuple, voire de l'humanité.

Formes de discours
Suivant les finalités de l'énonciation, les discours adoptent des dominantes différentes.
Le discours narratif rapporte un ou des événements en les situant dans le temps.
Le discours descriptif vise à nommer, à caractériser et à qualifier.
Le discours explicatif cherche à faire comprendre.
Le discours argumentatif valorise un ou plusieurs points de vue, une ou plusieurs thèses.

Genre
Grande catégorie de texte, définie par des propriétés formelles. On parlera de roman, de tragédie, de comédie, de lettre, de poésie, de texte philosophique, etc. Le *Voyage autour du monde* appartient au genre du récit de voyage.

Histoire
Contenu du récit. Les principaux éléments en sont le temps, le lieu, les personnages, les actions.

Mythe
Récit merveilleux qui incarne des aspects de la nature ou de la condition humaine. Représentation déformée de personnes ou de faits

dont l'existence est réelle ou admise.

Narrateur

Celui qui raconte. Le narrateur appartient au texte, par opposition à l'auteur.

Narration

Production de discours rapportant des événements.

Personnage

Personne fictive représentée dans une œuvre, à ne pas confondre avec la personne réelle. Dans l'œuvre de Bougainville, il n'existe pas de personnages à proprement parler, puisque tous les acteurs sont des personnes réelles.

Récit

Énoncé dans lequel les différentes formes de discours sont mises en œuvre pour rapporter une histoire.

Texte

Forme concrète sous laquelle se présente un discours, ou un fragment de discours.

Édition

Si on souhaite lire l'intégralité du *Voyage autour du monde*, on pourra se procurer l'édition parue chez Maspéro/La Découverte en 1980. L'introduction par Louis Constant est très vivante et rend hommage à ce voyage « philosophique » et humaniste ; une restriction cependant : cette édition ne présente que le texte seul, sans les notes explicatives qui s'avèrent indispensables.

Sur Bougainville et son voyage

On ne peut manquer de citer l'ouvrage incontournable et exhaustif du spécialiste de Bougainville : Étienne Taillemite, *Bougainville et ses compagnons autour du monde, 1766-1769*, journaux de navigation établis et commentés, 2 vol., Imprimerie Nationale, 1977. Plus de mille pages de texte et de superbes illustrations pour tout savoir sur le sujet.
L'essentiel des informations, ainsi que de nombreuses analyses présentées dans ce volume, lui sont dues.
On pourra compléter cette lecture par *L'Importance de l'exploration maritime au siècle des Lumières (À propos du voyage de Bougainville)*, éditions du Centre National de la Recherche Scientifique, 1982 : travaux de la table ronde organisée par Michel Mollat et Étienne Taillemite, à Paris, les 8 et 9 décembre 1978.

Autour du voyage

• Pierre Chaunu, *La Civilisation de l'Europe des Lumières*, « Les Grandes Civilisations », Arthaud, 1971.

• *Les Grands Explorateurs*, ouvrage réalisé sous la direction de Nadeije Laneyrie-Dagen, « La Mémoire de l'humanité », Larousse, 1996.

Pour lire Bougainville à travers Diderot

• Diderot, *Supplément au voyage de Bougainville*, in *Œuvres*, édition d'André Billy, « Bibliothèque de la Pléiade », Gallimard, 1951.

Au musée

• Musée National de la Marine, Palais de Chaillot, place du Trocadéro, Paris. Un musée méconnu mais passionnant.

• Musée de la Découverte, La Pointe Vénus, Papeete, Tahiti. Situé sur la pointe où les navires d'Europe abordèrent, il fut créé pour commémorer les exploits des premiers navigateurs qui arrivèrent à Tahiti : les Maori au Vᵉ siècle, puis Wallis, Bougainville et Cook à la fin du XVIIIᵉ siècle.

CRÉDIT PHOTO : p. 7 Ph.© J.L.Charmet • p. 11 Coll. Archives Larbor • p. 17 Ph.© J.L.Charmet • p. 36 ; et reprise page 8 : Ph. Jeanbor/Coll. Archives Larbor • p. 97 Ph.© J.L.Charmet • p. 105 Ph.© Bibliothèque Centrale/M.N.H.N • p. 111 Coll. Archives Larbor • p. 157 Ph.© Lauros-Giraudon.

Direction de la collection : Pascale MAGNI.
Direction artistique : Emmanuelle BRAINE-BONNAIRE.
Responsable de fabrication : Jean-Philippe DORE.
Édition et révision des textes : Patricia GUÉDOT.

Compogravure : P.P.C. – Impression : MAME. N° 00061167. Dépôt légal : juillet 2000.
N° de projet : 10073398 (I) 10 (CSB 80°)